擬
MODOKI

「世」あるいは別様の可能性

松岡正剛

春秋社

擬

MODOKI

「世」あるいは別様の可能性

目次

第一綴……抱いて／放して 3
第二綴……きのふの空 13
第三綴……エクソフォニー 19
第四綴……顕と冥 29
第五綴……予想嫌い 39
第六綴……レベッカの横取り 53
第七綴……模倣と遺伝子 65
第八綴……ミトコンドリア・イヴ 79
第九綴……歴史の授業 95
第十綴……アーリア主義 103

第十一綴……猫の贈与 123
第十二綴……お裾分けの文化 131
第十三綴……カリ・ギリ・ドーリ 143
第十四綴……タンタロスの罪 161
第十五綴……「なる」と「つぐ」 175
第十六綴……孟子伝説 187
第十七綴……面影を編集する 205
第十八綴……擬 221
第十九綴……複雑な事情 243
第二十綴……マレビトむすび 265
別様のあとがき…… 275

擬

MODOKI

「世」あるいは別様の可能性

第一級……抱いて／放して

風が吹いたからといって桶屋が儲かるとはかぎらない。とはいえ「つもり」が挫折で、実現したことが「ほんと」だともかぎらない。

ジャック・タチの映画『ぼくの伯父さん』の主人公はユロという変なおじさんだ。「ぼく」の家はホース屋で、最新オートマチックな屋敷に住んでいる。おじさんは世の中のしくみがいまひとつ納得できなくて、水道部品も郵便屋も横断歩道もホテルサービスもちょっとずついじるので、いつも変なことばかりがおこる。「ぼく」はそのちぐはぐが大好きなので、いつもおじさんをこっそり盗み見る。

力学系カオスを示す微分方程式を遷移させていくと、リミットサイクルやストレンジアトラクターが出現する。近くに影響を及ぼす系がないのに、ちょっとした誤差から予想もつかないおかしなふるまいやゆらぎがおこる。それをおこしているのはたぶん自律的な非線形振動子なので、初期値と後のほうの動向には因果関係が乏しい。

多くのビジネスは変動性《ボラティリティ》に対応する。ナシーム・ニコラス・タレブが『ブラック・スワン』『まぐれ』に続いて世に問うたのは『反脆弱性』（AntiFragile）だった。あまり出来のよいタイトルとはいえないが、フラジリティ（脆さ）の反対がたんなる「強さ」ではなくて、「弱さ」を秘めた反フラジリティにあることを指摘した。

要素を足していったからといって、全体が保証されるわけではない。部分のほうがずっともっともらしいことがある。青年時代、ぼくは完成した自転車よりも一本のスポークのほうに器体を感じていた。原因と結果は一筋につながらず、サービスとレシーブはしばしば食いちがう。

世の中ではちぐはぐなことは、たいてい咎められてきた。変なことは嫌われる。「つもり」と「ほんと」の辻褄が合わないことも避けられる。発言や行動がちぐはぐで辻褄が合わなければ、信用されないか、疑われるか、相手にされないのがオチだ。

なぜ変やちぐはぐが責められるのかといえば、答えはかんたんだ。現在社会というものが首尾一貫を求めるようにできているからである。政治や法律や教育や会計は、とくにそうできている。たえず一貫性と整合性を重視する。コンシステンシー（consistency）が求められてきた。

それはそうだとしても、世の中の起承転結やコミュニケーションが「ちぐはぐではない」かどうか実証するのは、けっこう難しい。何をもって首尾一貫だとみなすのかは、かんたんではない。おそらく論証不可能なのではないかと、ぼくは思っている。

もともと「ちぐはぐ」という言葉は「ちぐ」と「はぐ」が並んだものである。漢字にすると鎮具《ちぐ》と破具《はぐ》になる。鎮具は金槌のこと、破具は釘抜きのことをいう。大工仕事で弟子が棟梁に金槌をわたすべきところで釘抜きを、釘抜きをわたすべきを金槌をわたしたりしているようでは仕事がすまないので、「お前はちぐはぐだ」ということになる。

社会が首尾一貫《コンシステンシー》を確立していくには、鎮具が何で破具が何かを決めなくてはならない。しかし大工道具や機械工学や電子部品ならともかく、社会や世の中において何をもって鎮具と破具とみなすかは、歴史や時代や民族や国情や生活文化によって異なっている。一様には「ちぐ」と「はぐ」は決まらない。

社会のどんな場面に対しても首尾一貫を求めるのは、押し付けである。

機械がコンシステントに仕上がっていても、複数の機械をどのように作動させるかは人知の判断によるし、たとえ契約の部分部分に整合性《コンシステンシー》があったとしても、それをどのように組み合わせて履行するかは人知の判断による。医療器械が正確な作動をしたとしても、患者にどんな処置をするか、どんな投薬をするかは医師の判断になる。人工知能は責任をとらない。

社会にはいろいろ継ぎ目があって、この継ぎ目にかかわるところには人知をめぐる「ゆるみ」というものがあり、手続きの「ぐあい」というものがある。「ぼくの伯父さん」はその継ぎ目が気になって、いじるのだ。変に見えることをいじるから、世の中も変に見えてくる。

チャップリンの映画もそこを強調した。そういう微妙な継ぎ目と手続きにことごとく首尾一貫をもちこむと、社会は次から次へと責任問題の所在判定とその処罰とで埋め尽くされていく。最近はこれをごたいそうにコンプライアンス（regulatory compliance）などと称して、役所や企業などの組織が自分で自分を咎めるようになった。自分で自分をがんじがらめにするのだから世話はない。

それでどうなるかといえば、個人や組織の言動にあらわれるちぐはぐな矛盾が疑われるか、排除されていく。記述の整合性にくいちがいがあるところは訂正されるか、非難されることになる。けれども、どう見たって社会は整合的にはできてはいない。コンシステンシーが一番えらいなどということはまったく立証不可能なのである。ぼくには、世の中は首尾一貫を求めすぎてつまらぬ社会を量産してきたとしか思えない。

なぜ、そんなふうになってきたのか。そこが大問題なのだが、一言でいえば「世界は合理的にできあがっている」というふうに信じられてきたからだ。計画よりも実行を評価の対象にして、「つもり」の多くを「ほんと」によって打ち消してきたからだ。そういう合理的な整合性を想定しないかぎり、世の中の合理が立ち行かないと思われてきたからだ。

それでは、その「世界」や「社会」って何なのか。おそらくは「擬《もどき》」というものなのだ。モドキの意味についてはおいおい説明する。

いつのころからか、ぼくは普遍的なことを自慢する連中に警戒するようになっていた。どこにでも、どんなことにも、いつもユビキタスに通用する「普遍」という基準があるという自負をもちすぎるのは、おかしなことである。それを世の中に広げることを普遍的だと言うのなら、そんなことを振りかざさなくともいいじゃないか、数学公理のように黙って前提にしていればいいじゃないかと思うようになったのである。

ユークリッドの平行線の公理だってユビキタスではなかった。普遍的な合理というものは、必ずしもどこにもあてはまるわけではない。閉じたシステムであてはまっても、別のところではあてはまらないことなんて、しょっちゅうだ。それゆえ「普遍」を押し付けようなどとはせずに、そんなことを言い立てるのではなく、「さまざまな世界というものがあるはずですが、その世界のひとつずつの成り立ちには、はい、このように成り立つコンベンションというものがあるのです、それがこのプロトコルです」と言えば、それですむ。

非ユークリッド幾何学の確立に向かったロバチェフスキーやガウスやリーマンがそうだったように、「平行線が交わらないような、そういう世界もあるんです」と言えばいい。そのうち、そこに新たな世界線が、非ユークリッド幾何学のばあいはミンコフスキーの光円錐がもたらす世界線が、あらわれればいい。アインシュタインはそういうミンコフスキーの時空幾何学をつかって相対性理論を組み立てた。

どうもユニバーサリズムやグローバリズムは説教じみている。「変」や「ちぐはぐ」や「あべこべ」を排除して、デファクト・スタンダードの設定の中だけで通用成立するプロトコルを普遍的だとみなしすぎてきた。

そんなふうに見ないほうがいい。そういうプロトコルはユビキタスに普遍的なのではなくて、「その世界」に通用するだけなのだ。そうだとすれば、そのような世界に言及できる「それぞれのインターフェース」はどうなっているのか、そこを議論したほうがいい。

分類をしすぎることも問題だ。全体をいくつもの部分に分けているうちに、部分と部分の差異ばかりが強調されて、あまつさえそういう部分を足していけば、きっちりとした全体になると思いすぎることになる。それでは「継ぎ目」やインターフェースや「膜」のほうに注意のカーソルが動かなくなっていく。

こんなことをつらつら考えるうちに、ぼくはいつしか「抱いて普遍／放して普遍」と言うようになった。抱いても普遍だが、放しても普遍になるものがある。普遍を抱きたければ抱きなさい、けれどもその普遍を放したって世界はそこそこ記述できるはずであるという意味だ。

これはぼくが強い首尾一貫性を求めるコンシステンシーよりも、出入り可能でゆるみを含んだコンテクスト（context）や、束ねてやっと一貫性が保てるコヒーレンシー（coherency）のほうを重視すべきだと見てきたからだ。

社会は機械システムのようにきっちりした部品やテクスト（text）が複合的に組み立てられた構成系ではない。そんなふうになってはいない。世の中はむしろ動的なコンテクストで組み立っていて、テクスチャー（texture）がらみのテクスタイル（textile）になっていると見たほうがよく、相互の干渉が混成して流れても成り立つコヒーレントな波があると見たほうが当たっている。法律ですらそうなっている。かつてホワイトヘッドは、このような混成テクスチャーと複合テクスタイルで出来ている世界のことを、「ネクサス」（nexus）と名付けた。

世の中で普遍がまかり通るのは、もとはといえば文明が「普遍な世界」を設定したからだ。普遍的な世界を設定したことは、とても大事なことだった。モーセやプラトンやブッダや孔子やゾロアスターは、そこに向かって信仰や哲学を組み立て、そこに向かっていけば人間の努力が進み、社会の契約が順々に成立していくと考えた。

やがて、そのような普遍世界を詳しく描くことが試みられた。神々の思慮、天国や浄土の様子、王の権力、聖人と英知の関係、仏国土、善と悪、罪と罰、修行の教程、戒律、教会や寺院の構造、冠位と式服、各種の法律、労働報酬などなどがそうやってできた。これらはすべて古代文明が生み出した「世界の部品」たちである。ここから哲学や宗派や、社会学や歴史学などの学問が派生していった。

一方、自然の法則や思考の仕組みを解明したいと思うことからも、普遍的な世界が合理的に設定された。こちらは主に科学がつくった「世界」である。ピタゴラスもパルメニデスもプトレマイオスも、ニュートンもデカルトもガウスも、ポアンカレもゲーデルもホーキングも、そのことを考えて真理や数学や論理を導いた。

こうして、われわれの歴史の中に「普遍」にふさわしいルールとロールとツールが、宗教世界のロゴスと科学世界のロゴスとして、二つぶん用意されたのである。ここまでは、それなりに大事なことだった。ロゴスが通るシステムが成立しなければ、文明はこんなふうには発達しなかった。ただし二つは、起源も仕立ても別々だ。二つはめったに交じわらない。その後、普遍世界はこの二つのロゴスにできるだけ精細に準拠して、ユニバーサルでユビキタスな普遍主義をつくっていった。いま「世界」といえば、このことをいう。

ちなみにカール・ポパーは「世界」を3つに分けて、世界1を物理生物的な出来事に、世界2を心的な対象と出来事に、世界3を客観的な知識の世界にあてた。一見、賢い区分のようだが、とてもつまらない。なぜなら、世の中はまぜこぜになっているからだ。

世の中はロゴスによる「世界」だけでできているとはかぎらない。農耕や裁縫や日々の言葉づかいや食欲は、もっとくだけている。ちぐはぐやあべこべもおこっている。ぼくはこれを、世界に対して「世間《せけん》」と言うことにする。世の中で世界に属するルール・ロール・ツールでかたちづくられているのが一割か二割くらいだとすれば、のこりの八割や九割は世間だらけになっている。

世間がどのようにできているかというと、説明するまでもない。家族、子育て、生きがい、お店、服装、うわさ、報道、旅行、恋愛、小説、欲ばり、犯罪、ポップソング、テレビ番組、からかい、デザイン、まがいもの、SNS、デマゴギー、おしゃれ、冠婚葬祭、ギャンブル、遊戯、お笑い、格闘技、ライトノベル、ジャンクフードは、すべて世間のほうにある。

どれも野放図にできているのではなく、それなりのゆるい因果律をもっているけれど、世界にくらべれば世間はずっとちぐはぐだ。ときにあべこべのことも共存しあっている。小説、ポップカルチャー、青春時代、ワイドショーはあべこべばかりで成り立っている。

それでよかったのに、そのうち面倒なことがおこったのである。世界基準のルール・ロール・ツールがだんだん世間に押し付けられていったのだ。世間のそこかしこに世界の畦道ができあがっていったのだ。実際にはそこは世間なのに、その継ぎ目に「世界の部品」をどんどん使わなければ認めないというふうにした。これでは世間が世界の支配に屈していく。ちぐはぐやあべこべが断罪されていく。

江戸の『和訓栞』では「あべこべ」は「彼辺此辺」と綴り、『南山俗語考』では「彼方此方」と綴ると説明されている。「あべ」はあっちで、「こべ」はこっちのことをいう。「あべこべ」は「あちこち」なのである。このように世の中をみると、「彼《あ》」と「此《こ》」とが同時に動いていることがわかる。それが「あべこべ」だ。「ちぐはぐ」同様、とてもすばらしい言い草だ。「彼《あ》」と「此《こ》」であべこべならば、世界も世間も本来はあべこべであったはずなのである。

この本は、「世」をめぐって「世」を問おうとするものだ。世の常や世の定めがどんなふうに意図され、世の譬《たとえ》や世の例《ためし》がどんな柵《しがらみ》となり、何が世の覚えとなっているのか、そういうことを俎上において少しく眺めようというものだ。

いいかえれば、世界と世間はどんな関係になっているのかを、少々掘り下げて問いただそうというものだ。いささか異議申し立てもする。「ほんと」は「つもり」よりもほんとうなのかを問題にする。こんなことを議論しようとする試みはあまりなかっただろうから、以下のぼくの話もけっこう風変わりなものになる。むろん「あ」と「こ」が乱れとぶ。

第一級……きのふの空

蕪村に「凧《いかのぼり》きのふの空のありどころ」という句がある。わが半生の仕事でめざしてきたものがあるとしたら、この一句に終始するというほど好きな句だ。ぼくの編集人生はこの句に参って、この句に詣《もう》でてきたといっていい。

正月の凧を見ていると一日前の空に揚っていた凧のことを思い出したとか、去年の大晦日や正月のことを思い出したとか、たしか中村草田男がそういう解釈をしていたが、「きのうの空も寸分違わずこのとおりであった」などという句ではない。蕪村は凧の舞う空の一隅に「きのふの空」という当体を「ありどころ」として掴まえたのである。不確実だが、これが蕪村が掴まえた「ありどころ」だった。空を仰いだところに「きのふの空」などあるはずはないのだけれど、一点の凧のような何かがそこにちらちら動向していれば、そこから古今をまたぐ「ありどころ」にまで及べたのである。

蕪村はこの及び方に徹した。及び方は大きくも小さくもなり、「あたり」にも「ほとり」にもなった。「雨の萩《はぎ》山は動かぬ姿かな」「さみだれや大河を前に家二軒」というふうにぐんと巨きくもなれば、「うぐひすの二声《ふたこえ》耳のほとりかな」「蘭の香や菊よりくらきほとりより」というふうに手のひらや耳たぶのそばのようなサイズにもなる。

このように「ありどころ」を自在に変化できればディマケーション（demarcation）の妙がつくれるようになる。ディマケーションというのは、観察している該当システムの境界がそれなりに決まっていくことをいう。日本語ではしばしば「分界」という。蕪村は俳諧における分界を「あたり」や「ほとり」に及ばせて、詠みたい「ありどころ」をみごとな十七音に収めて果たした。その分界は祇園南海や池大雅らもそうしたのだが、水墨の絵に描けるものにもなっていった。

蕪村がそうなったについては、むろん紆余曲折がある。若いころは二〇歳で大坂から江戸に出て早野《はやの》巴人《はじん》の書生になった。芭蕉の技に近づくためだ。巴人は夜半亭を営んでいたが数年して没したので、蕪村は職を失った。徳川社会で俳諧師として糊口をしのぐのはかなりたいへんである。よほどでないと食べられない。

しかしいったん芭蕉に憧れて江戸に出てきた以上は泣き言はいえない。言ってはならない。

上野国《こうづけのくに》などをめぐり、陸奥《みちのく》を訪れたりしてほぼ十年たっぷりをスキルアップの修養に注いだ。

　寛保三年は芭蕉の五〇回忌となった。各地でさかんに追善法要や追善句会が開かれ、時ならぬ芭蕉ブームがやってきた。すでに俳諧修行をあらかた了えていた蕪村は、ここで満を持して芭蕉復活に名のりを上げた。しばしば芭蕉リバイバルとか芭蕉ルネサンスとかと言われる。『奥の細道』を再版し、『去来抄』や『三冊子』を刊行させ、編集に徹した。

　このとき蕪村は覚悟して芭蕉を継承し、芭蕉の二つのヒントを正面に掲げることにした。ヒントは一に「言ひおほせて何かある」、二に「高くこころを悟りて俗に帰るべし」である。

　一の「言ひおほせて何かある」は、表現できたからといってそれでどうしたの、何かをまっとうしたのという問いだ。世の中の作家やライターやクリエイターやアーティストは、何かをつくってタイトルや値札をつけると、それで何かが表現できたと思っているようだが、そんなわけがない。表現というものは、そんなものじゃない。言ひおほせて何かある？

　そんなものじゃないとしたら、どうするか。蕪村は芭蕉に倣って、二の「高くこころを悟りて俗に帰るべし」を肝に銘ずる。表現するなら高きを知って俗に降りてきなさい。高みをめざすとは何かということはいろいろ説明があろうけれど、ここではそこは問わない。ともかくも高みや深みに行きなさい。心や志しはそうしなさい。そのうえで、そこから俗を纏って降りてきてみなさいと教えたのである。

自問自答する「言ひおほせて何かある」から自高自俗する「高くこころを悟りて俗に帰るべし」へ。芭蕉は晩年になってそこを「しをり」や「ほそみ」にまで絞ったが、蕪村はそうした方法をまるごと踏襲することにした。踏襲して広げていった。

ここから蕪村が京都に入るまでにはまだいろいろ工夫があったけれど、この寛保期の得意で（それなりの意を得たので）、蕪村は芭蕉をディマケーションできた。「松のことは松に習え」が編集できたのである。

ぼくは、蕪村のことを母から教わった。最初に見せられたのは牡丹の句だった。

蕪村は牡丹の句をいろいろ詠んでいる。「牡丹散りて打ちかさなりぬ二三片」「地車のとどろと響く牡丹かな」「山蟻のあからさまなり白牡丹」などだ。いずれもすこぶる絵画的で、子供のぼくにもそのコンポジションが伝わってきた。しかしその後、蕪村がもっとすごい牡丹の句を詠んでいたことに気が付いた。

A……寂《せき》として客の絶間《たえま》の牡丹かな

B……散りてのちおもかげにたつ牡丹かな

この二句だ。二句ともに牡丹を相手にしているようでいて、そうではない。絶妙の「ありどころ」だけを詠んだ。Aでは、先ほどまで客がいた。しばらくしたらまた別の客がやってくる。その客の絶間に牡丹がある。Bの句は、牡丹はもう散ったのである。けれども、そこには面影がのこっている。蕪村の牡丹はその面影の中にある。そういう句だ。
まったく溜息が出る。牡丹についての主観でも客観でもなく、表現主体や客体描写ですらない。牡丹によって忽然とあらわれた「寂《せき》」と「絶間《たえま》」と「おもかげ」だけを詠んだ。そうか、これなんだと思った。ぼくもこれでいこうと決めた。

俳句をつくろうとか江戸文化を再興しようというのではない。むろん普遍を相手にしたいのではない。といって世事に加担しようというわけでもない。できれば思索と仕事と表現のあいだに、科学やアートやコンピュータのあいだに、「寂」や「絶間」や「おもかげ」がのこるようにしたい。できれば、自然界や認知の世界や情報世界における「きのふの空のありどころ」が見えてくるようにしたい。それが少し進めば、自分がまみれてきた「世」というものを突き放したい。AとBの牡丹の句を感じてからは、そう思うようになったのである。

いったい、どのようにしたら「寂」と「絶間」と「おもかげ」に向えるのだろうか。そのようなものに向かって仕事をするにはどうしたらいいのか。

おそらく自分の関心事からフッーや平均主義や量産を排除しなければならないだろう。まずは、そう思った。

それには逸脱や例外を仲間とすることになるだろう。だったら、異相や異質を怖れるわけにもいかない。次には、そう思った。けれども最も心すべきは矛盾や葛藤を朋友とするような仕事をつくり、そこに蕪村の句のような温度のある方法と、ちぐはぐをおもしろくさせる景色をもってこなければならないのだろうと思ったのだ。

そう思ってからはけっこう愉快になった。世の中の例外的方法や異質の表現者を次々に当たり、その好みや細部をメモし、それらを並べなおし、そこに標題《タイトル》をたて、見出し《ヘッドライン》をおき、見解《コメント》をくっつける作業に没入していったのである。ぼくが「編集《エディティング》」ということを意識するようになったのは、それからだ。

第三級……エクソフォニー

ぼくが注目してきた仕事師たちは、内と外のどこかをつなげ、内と外とをひっくり返していることが多い。みんな、そういう仕事をエッシャーの版画のように仕上げてきた。

ソルボンヌで文学と数学を修めたレイモン・クノーは、あるときデカルトの『方法序説』を今日の話し言葉で書いてみたらどうなるかと思いついた。それでアルフレッド・ジャリやレーモン・ルーセルらとともに潜在的文学工房「ウリポ」（Oulipo）をつくり、自分でも文体がどのように現象を記述するかという実験にとりくんだ。その成果のひとつはめざましい『文体練習』という一冊になっている。デカルトを「くずし」や「やつし」の対象にするとは、感心した。

井上ひさしは「難しいことをやさしく、やさしいことを深く、深いことをおもしろく、おもしろいことをまじめに、まじめなことを愉快に」と言い聞かせて、戯曲や小説を書いてきた。「言いおほせて何かある」をめぐる言い換えの徹底だ。そういう徹底をしていくと、東京ローズが七人の東京セブンローズにふえたり、日本政府に愛想をつかした東北の寒村は吉里吉里国《きりきりこく》になって、作家古橋と編集者佐藤を二人ながら巻き込むことになった。

多和田葉子は「エクソフォニー」と言った。「外へ出る声」だ。多和田はドイツに住んで、そういう生活をするうちに出入りするようになった内なる多国語性を不思議な小説にしてきた。ドイツ語と日本語のどちらが妥当性が高いとか普遍性があるとかとは言えないのはわかっているので、いったん「外に出てみよう」というのだ。その外は、意識の中の「新たな外」である。ぼくは、この意識の中に棲む外なるエクソフォニーの発想に脱帽した。

庵野秀明は、自分が世界や世間に問いたいことを途方もなく破壊的で象徴的な「シン・ゴジラ」と名付けた。映画の中ではヒト・ゲノムの八倍の遺伝情報で動く汎生物的怪獣（尻尾が長すぎるゴジラ）が、誰もが感じていながら押し黙ってきた戦後の日米同盟のめんどうきわまりない矛盾を体現するというふうになっているのだが、そのようにしてみると、なにもかもがシントピックでシンクロニックになっていた。庵野はすでに『エヴァンゲリオン』で、シーン展開と文字展開をシンクロさせていた。

みんな「言いおほせて何かある」と思って、作品をつくってきた。「ちぐはぐ」を怖れなかった。

文学や芸術だけがそういう試みに挑んできたのではない。ぼくがおもしろい仕事だなと感じてきたものは、どこかに「言いおほせて何かある」の問いがある。「ちぐはぐ」を含ませる勇気をもっていた。

あまりに有名な話で恐縮だが、ソニーのウォークマンは井深大が飛行機の中できれいな音で聞けるものがほしくて、テープレコーダー事業部長の大曾根幸三に試作してもらったところ、思いがけなく出来がよかったので商品開発に踏み切った。録音機の技術屋が録音機能のないウォークマンをつくったのは、クノーがデカルトからデカルトの文体を取り除いたことに匹敵する。

任天堂がファミコンを思いついたのは業務用ゲーム事業の縮小期のことだった。開発部はその時期にアーケードゲームの「ドンキーコング」「五目並べ」「麻雀」などを、8ビットCPU搭載の器具にロムカセットを差し込んで交換できるスロットをつけてプロトタイプとし、やがて十字ボタンやABボタンをつけたコントローラを外部に引き出すことを思いついた。

こういうことは、メーカーの開発事業だけでおこっていることではない。哲学や思想でも、いつも試みられている。それを一言で変換とか外部移転とかとは言えないけれど、そうではないとも言えないとも思う。ファミコンはクノーらの「ウリポ」であって、多和田葉子の「エクソフォニー」なのである。

エマニュエル・レヴィナスの『全体性と無限』は、世界にはびこる暴力の全体性から外に逃れる方法に言及した。レヴィナスは一方で世界はとっくに壊れかけていて、その壊れは、さまざまな「外傷」としてわれわれに突き刺さるように刻印されているという実感逃れようとしたところで、その「外」のことがわかっていないのだと考えた。

大澤真幸は、世の中で社会的な善悪や賛成反対がやみくもな議論になって、なにもかもが不確実きわまりないものになっていくとき、その社会がつくっている世界観を参照できるような第三のポートフォリオのようなものがあらわれる可能性のことを「第三者の審級」と言った。レヴィナスも大澤も「内なる外の声」に耳を傾けたのである。

おこがましいが、ぼくの場合は『外は、良寛。』である。芸術新聞社で本にした。良寛の書と生きざまをめぐった一冊だが、気がつくと、外は良寛だらけだったというメッセージをこめた。内なる良寛のこともさることながら、外にも良寛がエクソフォニックに滲み出ていったことを言いたかったのだ。このことは良寛の一首、「沫雪《あわゆき》の中に立ちたる三千大千世界《みちおほち》またその中に泡雪《あわゆき》ぞ降る」に如実に詠《うた》われている。


この本では、それが主題だということではないけれど、ぼくが仕事を通して感じてきた本音のいくばくかを洩らそうとも思っている。

本音を洩らす気になった理由についてはこのあと綴っていくが、その前に「仕事」についてあらかじめ言っておきたいことがある。それは、どんな仕事も「あらわれている」を「あらわす」に変えようとすることで成り立っているということだ。

文明も芸術も、経済も文化も、知識も学習も「あらわれている」を「あらわす」に変えてきた。そうみなしていいだろう。この「あらわれている」と「あらわす」のあいだには、かなりの変換がおこる。内なる「あらわれ」が外なる「あらわし」に変わるからだ。そこにはときに杜撰《ずさん》に見えることも、ちぐはぐもあべこべもおこってきた。

もともと自然界には「あらわれているもの」はいくらでもある。銀河系は回転し、プレートテクトニクスは動き、光合成は続いている。鉱物も動物もすでにあらわれている。その世代交代は継続もするし、絶滅もする。オウムガイも糸杉も、スイートピーもシジミチョウも、胃痛もインフルエンザもずうっとあらわれている。もしも何かの都合で地球から「あらわれている」が少なくなっていくとしたら、それは地球に晩期が近づいているということだ。

生物が進化してヒトが文明をつくってから、「あらわれている」は人為的にいろいろふえた。墳墓と神殿と国家と市場と学校があらわれ、兵器と売春と病院と飢餓もあらわれた。そうした社会的な「あらわれ」はたえず変遷と退行、吸収と合併、技術変換と流通変化をおこす。そのうち新聞や雑誌やラジオといったメディアもあらわれ、そうこうしているうちに社会をテレビやコンピュータ・ネットワークが覆った。それはコンクリートが地面を覆い、電線が世界中を覆ったことと同じことだ。

これらはすでにあらわれている。三角定規も雨傘も核兵器も、サッカーもポルノグラフィも、油っぽいドーナツも似たような服装のアイドルたちも、このぶんではとうてい廃れることはないだろう。いったんあらわれたＧＰＳはもうなくならない。

他方、「あらわす」はもっぱら言葉や数学や音楽や建築や機械を通して実現されてきた。思想や文学はテキストやポエトリーを使って表現という「あらわし」を仕事にしてきたし、科学も方程式も、楽曲やアート作品も、住宅や茶の湯やファッションやお笑いも、道具立てこそまちまちだが、「あらわす」という仕事になった。

哲学は人生の苦悩と停滞をあらわす仕事になり、文学や絵画はイメージの翼に結着をつけ、ビジネスは仕事を財務諸表と利益率であらわした。みんな、それが仕事だと思っている。商人たちも同じだ。みんな、お店をもちたいと思ってきたが、店舗が商品とサービスの別名であるのは平気だったのだ。

そのようにあらわされてきた「あらわし」のあれこれを、ときにまとめて表現物（artifacts）とか表象（representation）と言うのだが、世の中の仕事の多くはこのアーティファクトとリプレゼンテーションに向かってきたと見ればいいだろう。核兵器が「あらわれ」であるとすれば、ゴジラは「あらわし」なのである。

こうして自然と文明と都市はあらわれ、芸術や商品や風俗はあらわされてきた。それらは最初の最初から世界と世間がまぜこぜになっていた。哲学と商品が一緒くたになってきた。よしよし、それでこそ世の中なのである。

　ウィリアム・ターナーの『雨・蒸気・速度』はぼくが大好きな絵画作品のひとつだ。それまでターナーは空気の雰囲気や事故の背景や絵の具の戯れを相手にしていた。そこに蒸気機関車があらわれたので、そのロンドン郊外を驀進する姿を「加速する雰囲気」にした。しかし当初、ターナーの絵はまるで不人気だった。それを猛然と擁護したのはジョン・ラスキンだ。ラスキンは美術批評という仕事をつくり、芸術経済学という門を開いた。

　マルセル・デュシャンは自分の作品を「レディメード」（既製品）と名付けた。この卓抜なネーミングをもって、世の中の商品にちょっとだけ手を加えて芸術展示にした。世間のモナリザ、世間の便器、世間の花嫁が、こうしてアート世界になった。写真家のアルフレッド・スティーグリッツはそういうものをニューヨークの「２９１」などのギャラリーに入れ、ジョゼフ・コーネルはそういうものを箱に入れて作品にした。いずれも誰も思いつかなかったことだが、その後はこれを踏襲する仕事がふえた。アンディ・ウォーホールは、こういう仕事をすれば誰だって十五分だけは有名になれると嘯《うそぶ》いた。

　桑田佳祐は、茅ヶ崎で映画館を経営していた父親と英語好きのビートルズファンだったお姉さんの影響で、英語っぽいボブ・ディランと日本っぽい前川清をミックスした歌唱法で、青山学院時代からバンドで唄っていた。「温泉あんまももひきバンド」「ピストン桑田とシリンダーズ」などをへて「サザンオールスターズ」になっていたときは、曲先行での歌詞づくりが始まっていた。桑田はどんな歌詞もダブルミーニングすると確信した。いまではここからJポップという仕事が燎原の火のごとくに広がっている。

仕事が仕事を生んでいく。みんな、こんなふうに仕事をしてきた。

それぞれ一応は戯曲家や画家や、作家や歌手やアニメ監督としても仕事をしているが、誰もそんな肩書には収まらない仕事をやってきた。哲学と商品は一緒くたなのだ。

それなりの仕事の作法をもってきたとも言えるけれど、世界と世間のどちらにも加担して、その両方を行ったり来たりするリバースエンジンを動かして仕事をしてきたとも言える。そういう仕事は内外両用エンジンであり、各国共通リプレゼンテーションだ。ここに特徴的なのは、たんに仕事が丹念になっていったというのではなく、当該問題の意味や意表がふえたりへったり、Aになったり B に見えたり C に近づくというような、つまりは行ったり来たりのリバースエンジン性をもったということだった。つまりは誰もが「ちぐはぐ」と「あべこべ」をまっとうに相手にして仕事をしてきたということだ。

もとより「あらわれている」と「あらわす」は、稲作や自然科学や料理のようにそれぞれがつながっていることもあるし、議会と黒沢明とイカフライの関係のようにつながっていないことも少なくない。これらを勝手につなげられるのは、詩歌かアートかポップカルチャーだけである。できれば学問にもそういう仕事をしてほしいけれど、あまりに合理をいじりまわすので、「ずれ」の哲学になかなか達しない。

イメージの露出とつながりだけでは、仕事はできない。頭の中のイメージはつねに文字や曲想や画像や技術としてマネージされてきた。このイメージとマネージの両方に「あらわれ」と「あらわし」がおこってきた。たとえばエジプトのヒエログリフや漢字のような表意文字は「あらわれている」を素材にし、アルファベットや仮名のような音標文字は「あらわす」で組み上がってきた。漢字はあらわれ、アルファベットはあらわされたのである。

しかし人間の知覚と心による鑑賞と評価は、言葉や音楽や絵画による「あらわし」に新たな「あらわれ」を感じさせるようにもなった。アリストテレスが「芸術は自然を模倣する」と言ったところを、オスカー・ワイルドは「自然が芸術を模倣する」と逆攻めした。何にだってイメージとマネージのあいだがある。ミシェル・フーコーはそのような「あらわれ」と「あらわし」のあいだに位置するだろう「知」を、好んでコネサンス（connaissance）とかサヴォワール（savoir）と呼んでいたが、あれはあれでなかなかうまい言い方だった。

当然ながら、ぼくの仕事の大半も「あらわれ」と「あらわし」とのあいだを、たえず行ったり来たりする。ぼくが相手にする「知」はまさしくサヴォワールに出入りする知というものだ。ぼくはそういう知を動かすことを「編集する」と呼んできた。「ずれの編集」あるいは「あいだの編集」

だ。ただし、そこにはさまざまな紆余曲折が生じるので、あいだをつなげるにはそれなりの技法や方法が必要になる。

この本は、ぼくが仕事を通して感じてきた世界と世間のあいだに「あらわれ」と「あらわし」のリバースモールドを、あらためて問い直すためにも綴ってみた。マネージメントではなくイメージメントを話題にしたい。

第四綴……顕と冥

日本語の「世《よ》」とは、竹の節と節のあいだのことをさしている。転じて人の世は人の一生のことを言い、世に染まるといえば他人が織りなした世と交わることを言った。「世」にはなんでも入っていた。世の常も世代も、世の習いも世事《せじ》も、出世も世間も、厭世《えんせい》も世捨て人も「世」の出来事なのである。

やがて、そうした「世」の出来事や出来ぐあいを、総じて「世の中」とみなし、そこにいっさいの世事と世間が変転していると考えるようになった。

漱石は世間や世の中のことをしばしば「人の世」と言った。観客の前でピアノを演奏するのが嫌いになったグレン・グールドがアラン・ターニーの英訳で何十回も読み耽ったという『草枕』は、

「山路を登りながらこう考えた。智に働けば角が立つ。情に棹させば流される。意地を通せば窮屈だ。とかくに人の世は住みにくい」と始まっている。だから自分は画工のように好きな空想を遊びたいと続く。知と情をふりかざして世の中との帳尻を合わせようとしても、なかなかうまくいきそうもない。だったら画工のように想像の世に遊んでみたいという幻想譚である。それがあの『草枕』独得の奇妙な内容だ。世間から逃げたい、世間で遊びたい、でも文句を言いたいという気分が随所に滲《にじ》んでいる。

漱石はもともとふてくされた男だった。ぼくは漱石の主題はずばり「癪《しゃく》にさわるとは何か」というものだったと見抜いているのだが、つまり漱石はおそらくは「癪《しゃく》の文学」というものを確立したのだろうと見ているのだが、そういう漱石はホフマンの『牡猫ムルの冒険』を借りた『吾輩は猫である』はともかくも、そのあとの『三四郎』『それから』『こころ』を通しては「アンコンシアス・ヒポクリシイ」（無意識の偽善）ばかりを綴った。そのうえで『草枕』に臨んだので、智に働けば角が立ち、情に棹させば流されるというふうになった。

ふてくされた漱石にとっては、世の中は住みにくいほうがよかったのだろうと思う。世間とは付き合いきれなくたってかまわなかったはずだ。則天去私をしたくなったのもそのためだ。

おおそれながら、ぼくもずいぶん以前から世間とは付き合いきれないと思ってきた。則天去私をしたいとか禅で悟りを得たいなどとは思いもよらないが、世間とはけっこうな距離をとってきた。なぜ付き合いきれないのかといえば、ほんとうは万事や万端が複雑なのに、多くは「擬《もどき》」でできているはずなのに、世の中がぼくに見せている姿は、まるで簡便に主張や施策や民主主義や予算配当が成り立つようになっているからだ。これには付き合えない。

世の中がそう見えるのは、世の中は手続きと制度でみっちりできあがっているからである。ずれや杜撰や非一貫を極端に消したがる。これが嫌になる。これでは必ずや「きのふの空」がなくなっていく。

ぼくは仲間とともに仕事のための手続きをつくるのは好きだけれど、世の中の手続きをマスターしたりクリアするのはからっきしへたくそだ。ぼく自身が根っから杜撰なのである。ところが世の中のほうは調査をしたがりすぎるようにできている。近代社会は「統計の知」と「調査の知」をもって確立したわけだが、統計したり調査したりしてどうしたいのかというと、当該案件のエビデンスをはっきりさせて、そのエビデンスをもって世の中との適合度、あるいは世の中からの脱落度を決める。当然、こういう手続き調査をぼくにあてはめられれば、ぼくはボロだらけになる。脱落度は二〇点を下まわる。

だから、そういう手続きが嫌いなぼくは、なるべく予約や申告をしないように生きてきた。そういうことは松岡事務所のスタッフにしてもらってきた。それがほぼ三〇年続いた。

世間のほうもそんな松岡とは付き合えないと呆れてきただろう。ぼくが親戚を遠ざければ親戚もぼくを遠ざけ、アカデミズムやメディアと距離をおけばアカデミーや新聞雑誌はぼくとの距離をおく。たまには松岡と仕事をしようと思いついていただいた諸姉諸兄も、いっこうに付き合いをしようとしない松岡にわざわざ親切にしたいとは思わない。

世間という日本語はとても平易な言葉のように見えるけれど、もともとは仏教用語の「器世間《きせけん》」や「仮名世間《けみょうせけん》」などから出た言葉だ。ヴァスバンドゥ（世親）の倶舎論には、のべつ出てくる。だから仏教用語としてはめずらしくも何ともないのだが、サンスクリット語の「世間」にあたるローカ（loka）は「砕く」をあらわすlujから派生しているので、そもそもは「滅するべきもの」というとんでもない意味になる。仏教は紀元前後から世間をすべからく俗界（俗世間）とみなしたのだ。驚くべき認識だ。それを承けて聖徳太子はずばり「世間虚仮《せけんこけ》」と言った。そうとうなニヒリズムだった。

やはり紀元前後から組み上がっていったキリスト教が、世界と世間を区別せずに「愛」などによって説明しようとしたのにくらべると、このような仏教の見方ははなはだ残酷である。ブッダが当初に「一切皆苦《いっさいかいく》」を説いたことが継承されているからだ。そういう仏教は世間を俗界とみなすことで、菩薩道を生み出せた。大乗仏教とは「高み」に向かった菩薩がそこでUターンをして「俗」に帰っていく道のことをいう。「高くこころを悟りて俗に帰るべし」が菩薩なのである。

それなら今日でいう世の中や世間はどうかといえば、二一世紀の世だって俗界や塵界であることには変わりないはずではあるだろうけれど、もはや滅ぶべきものだなどとは思っていない。虚仮《こけ》とも思わなくなった。ニヒリズムははやらなくなったのだ。

それどころか日本人は世間体を気にし、世間話に興ずることを好んできたので、やたらに世間が大好きだ。この風潮は江戸の町人社会から目立ってきて、永井荷風や葛西善蔵をへていまなおテレビのワイドショーまで続いている。


少しだけ説明しておくが、日本人はある時期から仏教の汎用解釈にもとづいて「世」というものを二つに分けていた。浄土《じょうど》と穢土《えど》である。「浄められた世」と「穢《けが》れた世」に分け、あの世の「浄められた世」に迎えられれば往生ができたとみなした。

その一方で、この世は「穢れた世」ではあるが、それは浮世でもあって、その浮世にもそれなりの定めがあっていいと思ってきた。これはそれなりの知恵だった。定めがあるから諦めもついた。だから日本では「定め」と「世間」と「諦め」とは同義語に近い。

長らくヨーロッパの歴史を研究していた阿部謹也が日本社会に眼を転じたとき、日本人のこのような世間は英語の society（社会）とはかなり異なるニュアンスをもっていると論じた。とくに兼好や西鶴や漱石が世界よりも世間と向き合って「定め」や「諦め」を思想したことに注目し、それまでの歴史学者や社会学者が世間体というものを組上にのせてこなかったことを反省した。

阿部は「世間をお騒がせしてすみませんでした」というコメントに注目したのである。そして、こう書いた。「欧米の社会という言葉は本来個人がつくる社会を意味しており、個人が前提であった。しかしわが国では個人という言葉は訳語としてできたものの、その内容は欧米の個人とは似ても似つかないものであった」「日本の個人は、世間向きの顔や発言と自分の内面の想いを区別してふるまい、そのような関係の中で個人の外面と内面の双方が形成されている」。

まさに、そうなっている。日本的自己は、いつしか世間との関係のなかでつくられていた。しかし、こういう世間的自己は、ぼくにはまったく魅力のないものだった。仏教者のように出世間をしたほうがいいとは言わないが、せめてもっと愉快な「もうひとつの世間体」をつくるほうがいいと思われた。

ぼくの仕事は編集《エディティング》である。

その立ち位置は作家や学者にほど遠く、絵師や彫師などの職人にけっこう近い。職人の腕をもって世界と世間のあいだで情報を編集するわけだ。まちがっても正義や民主主義はふりかざさない。ふりかざせばボロが出る。ぼくにとっての情報はそもそも魔もので水ものなのである。編集は同質をめざさない。いつも異質や異物と一緒にいるほうを選ぶ。そこをまぜこぜに組み上げて「もうひとつの世間体」を用意する。それがぼくが選んだ編集という仕事なのである。

それには、ひとまずは世界と世間のあいだのインターフェースをつくっていく。インターフェースと言っているのは、あとからやってくる者たちのために用意をしておく界面のことをいう。

世の中がつくったインターフェースには、学校や会社やサロンやＮＰＯ、新聞やテレビや競技場やライブハウス、それからもちろんコンピュータ・ネットワークにぶらさがっているサイトなど、いろいろがある。出来のいいものものもちゃらんぽらんなものもあるが、ぼくはそれらともできるだけ別して、たいへん小ぶりではあるが、そこにさしかかる者が感じられる「きのふの空のありどころ」を想定して、なんとか松岡正剛ふうのエディティング・インターフェースをつくってきた。それが編集工学を仕事にしたことにあたる。「たくさんの私」というカーソルをつかって、師範代の指南をうけながらネット上で編集術を学ぶイシス編集学校も、そうやってつくった。

このインターフェースではブラウザーが同時に二つ以上動くようにする。いろいろの二つがペアになっていいのだが、それは二項対立ではなくて、必ずや二項同体的もしくは多項対応的なのである。とはいえ、こういう考え方は特別なものではない。ぼくと似たような見方をした先達がとっくの昔からいた。

たとえば慈円《じえん》とボームだ。

天台座主《てんだいざす》の慈円は瞠目すべき著作『愚管抄《ぐかんしょう》』のなかで、世の中には「あらはるるもの」と「かくるるもの」があるのだから、歴史を見るには「顕《けん》」と「冥《みょう》」の両方で別々の起承転結を見るしかないと言った。世の中を顕界と冥界にディマケーションした。「顕」が「あらはるるもの」のこと、「冥」が「かくるるもの」である。

一方の「顕」の歴史は人々の世の中の動向とともに見えている。他方の「冥」の歴史は目に見えない。慈円は目に見えない歴史にも世のシステムが作動して、インビジブル・インターフェースをつくっていると考えた。どんなシステムの作動かというと、「道理」というシステムが動く。

第一に時代の現象と関係なく神々の力が動いている。これを仕切っているのはアマテラスとアマノコヤネだとした。伊勢と春日のことだ。第二に、外側に目立っているタンジブルな顕の世の動きはインビジブルな冥の世の動きが反映して仮の姿であらわれたものだと見た。慈円はこれを「化身」とか「権化」と呼んだ。たとえば菅原道真が冥を負うことによって、藤原氏の顕が維持できたのだと見た。これは言ってみればゴジラのようなものだ。第三に、俗界の怨霊や異類異物が凝りかたまると歴史に影響が出ると見た。まるでオカルト解釈のようだが、そうでもない。今日でも石原莞爾や田中角栄や岸信介の怨念がそのへんで動いている。

慈円はインターフェースを見えるものと見えないものに分けたのだ。道理については、のちに第十三綴《てつ》の「カリ・ギリ・ドーリ」でまたふれる。


理論物理学に哲学をもちこんだデヴィッド・ボームは、世界を記述するには一通りではできないと考えた。そこで、「明在系」(explicit order)と「暗在系」(implicate order)の両方で自然界の秩序のあらわれかたを記していくしかないと見た。

エクスプリシット(明在的)なオーダーはあからさまをめざし、インプリケイテッド(暗在的)なオーダーは内に巻きこんでいく。ボームも慈円同様に、見える「明在系」と見えない「暗在系」を分けて、物理学による解明がどちらのインターフェースにかかわるのか、そこを弁《わきま》えるように警告した。『全体性と内蔵秩序』はこの話で充ちている。

量子力学では観測の問題というものがあって、世界の物質をどんどん小さくして（そこに量子現象があらわれてくるのだが）、その最も小さな素粒子を観測しようとすると、それを見るための光子（光量子）を最低ひとつは当てることになって、そこに擾乱がおこることに注目した。そのため、究極の真相はどうしても観測できないことになる。素粒子にあっては、アイデンティティ（自己同一性）が根本のところで崩れているのだ。このことは別の観点からハイゼンベルクが不確定性原理でも証明したことだった。

観測の問題とは、言ってみれば脳やコンピュータがどういうインターフェースで情報を編集するのかということである。ボームは明在系と暗在系の二つのインターフェースを用意すべきだと提言したが、今日のインターネットもグーグルもその他のアプリも、ひたすら明示的検索に従属させられたままになっている。

二人の先達はほぼ同じことを提案した。慈円は世間について、ボームは世界についてという対象の違いはあるけれど、ともに「ありどころ」を浮かび上がらせるためのインターフェースとそこにさしかかるためのブラウザーのありかたを提案したわけだ。二人ともそういうふうにしなければ、世界も世間も「まちがった予想」に埋もれてしまうと危惧したのである。このこと、二一世紀のビッグデータ時代やＡＩ万能時代では、よくよく注意したほうがいい。

それはともかく、こうして慈円には「顕と冥」の、ボームには「明在系と暗在系」の、ポリセミック・ブラウザーが必要になったのだ。慈円は「あらはるるもの」と「かくるるもの」の両輪を動かして『愚管抄』を書き、ボームは世界について明在系の記述方法を点検して、それだけではあらわせない暗在系の記述方法を求めていったのである。世の中の愚にもつかない予想にまみれないように、ぼくも何かにつけて二人の先達の案内を参考にした。

参考にしてどうなったのか。世界と世間を代わる替わるに見て、「かわる」と「がわる」のあいだを見るように自分を仕向けてきた。世界と世間のあいだに去来する動向を、蕪村のように「寂」やら「絶間」やら「おもかげ」やらに向けて編集するようにしたいと思ったのである。

第五級……予想嫌い

平成二八年の十一月半ば、CT画像を前にした国立がんセンターのF医師の診察室に入ったとたん、「松岡さん、肺癌です」と言われた。仲のいい医師だ。何の説明もなかった。しばし絶句していたら「松岡さんは、ほら、ヘビースモーカーだから」と付け加わった。

三〇年か四〇年かにわたって一日六〇本の、五五歳くらいからは八〇本くらいのタバコを所かまわずすってきたのだから、これはどう見ても自業自得だったろう。右肺上葉部に第一ステージの原発性の腫瘍があるらしい。切除することになった。それまで一カ月間は絶対禁煙をしないと手術がうけられない。合併症が防げませんからと執刀担当の呼吸器外科のW医師から忠告された。やむなく、その後は断煙中である。禁煙や絶煙ではない。

手術は右肺の三分の一を切り取った。さいわい転移はなかったが、両方の肺は真っ黒で、まるまるのCOPD（慢性閉塞性肺疾患）であることが判明した。これもあんなにタバコをすっていればやむをえないことだ。つまり肺気腫《はいきしゅ》なのだ。本書が印刷されるころには肺活も少しすすんで、いろいろ仕事を再開しているだろうけれど、何がどうなるかはわからない。

どうなるかはわからないけれど、こんなふうになったのを機会にこの一冊を綴ることにした。だからこのあとの文章は肺癌宣告から入院までの時期の「ひとつながりの束」から発したものだと思われたい。

癌の宣告をうけたのは二度目である。「千夜千冊」の千冊目に良寛を書いた直後に胃癌だと診察された。噴門と幽門と一部の胃袋を残して大半の胃を切除した。このとき国立がんセンターのF医師のお世話になった。

そのころの手術方法で腹を二三センチほど割いたので、ぼくのおなかにはタテ真一文字の切れ目がケロイド状に残っている。第一ステージと第二ステージの中間状態の癌だったが、転移はなかった。臓器を取ったのは四二歳のときに切除した胆嚢についで二つ目だ。

胃癌の回復には一カ月半、ふつうに歩けるまでに三カ月かかった。そのあいだ、この体験によって何を受けとめたのかをつらつら考えた。体にどんな欠損や不足が生じたか、その一部のことについては『フラジャイル』（ちくま学芸文庫）に書いた。けれども、癌であったということがぼくの思想や身体感覚にいったい何を及ぼしたのか、不覚にもほとんど掴めないままにおわった。遺伝子に過誤が生じて、それが内臓に捩れをつくっていったわけなのだろうが、そのような異常が内側からどのようにぼくの体感思想や意識を変質させたのか、まことに迂闊なことにからっきし把握できなかった。癌細胞のアリバイとなるともっと掴めない。遺伝情報の誤作動であることもむろん実感がない。

F医師が発見してくれた肺癌と、それを切除したW医師が示してくれた肺気腫についても、いったんはいろいろのことを考えてみたけれど、この悪辣でデリケートな体験をどう感じるかということは、まとまらない。これから数カ月後あるいは数年後に、はたしてどんな体調と気分の変化がおこって、ぼくの思索や表現感覚に何をもたらすのか、このことについてもなんら展望することがない。自分の寿命をつかさどる砂時計の残量についてどんなことを感じるのか、仕事の具合にどのくらい差し障りがあるのかも、予想がつかない。

どうやら癌とはそういうものらしい。そんなことを左見右見《とみこうみ》したうえで、うんうん、そうだったよなと、やっと割り切ることにした。べつだん癌でなくとも、ぼくは自分にまつわる予想なんてほとんどしてこなかったのであるということを。

世の中は予想通りには進まない。

だいたいは思いがけないことばかりがおこる。裏切られることもあれば、何もおこらないこともあるし、予想もしなかった意外な結果が待っていることもある。どんな結果になったかによって、取り沙汰される原因もひょいひょい変わる。

それなのに、予想は流行しつづけてきた。予想をしてどうしたいのかといえば、おそらくは結果の前に「合意」や「納得」を準備しておこうというわけだ。さもなければ予想が当ったか外れたかに一喜一憂をなすりあいしようというわけだ。けれども世の中の合意と納得なんてたいそう気儘なもので、たいていは結果が原因をつくっている。原因があとから付け足されるのが関の山なのだ。トルストイの『アンナ・カレーニナ』の冒頭は「幸福な家庭はみんな似通っているが、不幸な家庭は不幸がさまざまなのである」から始まっていた。トインビーの『歴史の研究』にさえ「歴史は申し訳によって展《ひら》かれてきた」とある。世の中、予想はずれと申し開きばかりなのである。

どうして予想ばかりしたがるのだろうか。予想をするとどんな得失を経験することになるのか。ぼくは予想に合理を見たくはなかったはずである。癌だからといって、この判断を変えるべきではなかったのだ。

ドナルド・トランプが僅差で大統領選に勝つという予想は、なかったわけではない。そういうこともありうるとも、そんなことはおこりっこないとも予想されていた。

しかしメディアが刻々とヒラリーとドナルドの「支持率」などという虚構の値を天秤にかけて報知しているうちに、アメリカはこういう国だろうと思っていたはずのアメリカ人さえ、いったい何の原因と何の結果でこんな大統領選びになっているのか、どんどんわからなくなっていった。調子にのって比較予想をしすぎたのだ。

イギリスも似たようなものだ。EUから離脱するかどうかを国民みんなが紙っぺら一枚にチェックを入れて選択するなどとは、その一年前までは想定してもいなかった。それなのに、みんなで評決してみようなどという公明正大をデイヴィッド・キャメロンというつまらぬ首相が自分の公平力として示したくなったから、「言わぬが花」の花の色がはっきりしてしまった。EUを去るも残るも、おそらくどっちでもよかったのだ。

ぼくはその経緯をBBCニュースでよく見ていたけれど、あのBBCですら賛否の天秤の傾きかげんを巧みに報じていただけだった。その傾きだってどっちこっちだったのである。ランカスターとヨークの薔薇戦争や英仏でとことん詰りあった百年戦争をやってきたイギリスなら、そんな判断はできたはずである。けれども歴史の蹉跌は活かされない。

日本も似たようなもの、アメリカ抜きのTPPにも習近平の一帯一路にもASEANにもロシアとの北方領土交渉にも、もちろん沖縄基地領域の縮小交渉にも手を出しているが、なかなか予想通りのことはおこらない。プラザ合意や日米構造協議以来、ずっとこうなのである。それなのに話がうまくいかないと、小泉純一郎も安倍晋三も突然の総選挙でサイコロを振りなおす。マスメディアも刻一《こくいち》でこれを追う。でも小池百合子の大勝を予想できないことになる。

世の中の予想なんてそんなものだ。だから「予想はずれ」と「申し開き」ばっかりが政治ニュースになっていく。

それを支えている大衆の選好も似たりよったりである。誰も「やさしいことを深く、深いことをおもしろく」などと工夫していない。マスメディアも大衆こそがお客さんなのだから、個人の行き過ぎは問題にしても、大衆の偏向については触れないようにする。そういうものだ。そんなことはスペインの社会哲人オルテガ・イ・ガセットがとっくに見抜いていた。大衆の観念は「思いつき」で、大衆の信念はたいてい「思いこみ」である、と。


世の中の勝ち負けを予想したり追跡しつづけるのは、そこそこにしたほうがいい。日本社会は六割以上が企業社会の関係者で埋まっているが、その会社の多くが「予想漬け」だ。

会社は成長しなくてはいられないので（そう思いこんでいるので）、そこで営業力とマーケティングとサービスと株主集めとＭ＆Ａによって勝ちを求めていくのだが、勝ったところでいっときの勝ちに酔えるだけのこと、いつまでもうまくいくとはかぎらない。シャープも東芝もそのことで苦汁をなめた。

果報はなかなかやってはこない。本田宗一郎が「果報は練って待て」と言っていたように、勝ち負けのことなんてどっちに転んでもいいように、腹を決めておけばいいはずだ。けれども最近のホンダもあの本田ではなくなった。トランプに媚びを売るトヨタも豊田ではなくなった。ぼくは日本の小学校の教科書でトヨタの今日までの仕事ぶりを教えるべきだとずっと提案しているのだが、最近の情勢にはやや困っている。

世の中の予測という予測は統計と確率にもとづいてきた。そんなふうになったのはナポレオンとベイズ統計のせいだろう。ナポレオンの失脚以降に各国がネーションステート（国民国家）をつくり、ベイズが事前と事後に尤度《ゆうど》をもちこんで便利な統計算定法を考案したからだ。

ヨーロッパの哲学や思想では長いあいだ、普遍的な世界はなんらかの秩序によって決定されているはずだという「決定論」（determinism）が支配していた。世界には普遍的なものがあって、そこには何かが決定付けられている。したがって、ある現象群は必ずや何かの現象状態に帰結するはずで、その二つの現象のあいだははっきり原因と結果で結びつく。将来に何がおこるかは過去に決定されている。そう、考えられていた。ニュートンの運動法則に端を発した古典力学はこのルールをもとにしてできた。そこに「合理」があると考えられてきた。

キリスト教の世界観もほぼ似たような「合理」で正当性（正統性）の体系をつくりあげた。科学とくらべると、その正当性の理屈にはアウグスティヌスの三位一体論のようなアクロバティックな非科学的見方も入りこんでいるが、それでも教理はあくまで「合理」であった。古典力学もキリスト教も、これらが適用される世界は決定論的な秩序で構成されているとみなしたのである。

そういう世界観のもとでは、「まぐれ」や「たまたま」や「予想はずれ」を相手にするなんてことはひどく野蛮なことで、非合理きわまりないもの、無謀なこと、天に背くものだとみなされた。

「まぐれ」や「たまたま」や「ずれ」は杜撰なもので、世間のそこかしこに充ちているのに、世界観の組み立てには入ってこないものだったのだ。

ところが、それが一転した。十九世紀に入ってラプラスやポアソンといった数学者が登場し、ナポレオン型の統計調査が広まるにつれて変質していった。ラプラスは確率の法則の、ポアソンは大数の法則の確立者だ。ベイズ統計はこれらを基礎に組み立てられた。

十八世紀はデカルトから啓蒙主義をへて、フランス革命とアメリカ独立がもたらされた時代だった。あまり図式的に言うのは気がひけるけれど、これを社会哲学史ではまとめて「理性の時代」などという。

この時期に哲学や思想が追求したかったのは、一言でいえば人間にまつわる本性である。本性にはきっとreason（理性）というものがあるはずだから、それを開花させようとした。

十九世紀になると、理性ばかりじゃ社会はつくれないことが見えてくる。軍事力や産業技術力のほうが力をもってくる。強ければ勝つ、性能がよければ凌駕できる、速ければ制する、カネがあればビンタもとばせる。そういう見方が広がった。産業革命と工業生産力が新国力とみなされて、このことを後押しした。そうすると、だんだんreasoning（推論）することのほうが新たな合理的な方法になっていった。

リーズニングするとは、予想する、推論する、推理するということだ。またまた図式的にいえば、ここで十八世紀的な「理性」（reason）が切り替わって十九世紀的な「推論」（reasoning）になったのである。

その予想と推理のために、近代社会では大がかりに「数えあげる」とか「ともかく数値にしてみる」とかという統計的手法が採用された。この予想や推理は夢見る夢子ちゃんやドラえもんふうのあらまほしき連想のことではなくて、もっぱら統計的で確率的な合理的推論のことだ。比較された数値にもとづいた自己立証的なものだった。

統計や確率が雄弁になっていくと、かつての決定論はだんだん退嬰していった。代わって平均値や予測値や調査値が前方に出てきた。ぼくが大好きなカナダの情報社会学者のイアン・ハッキングは、このような事態になったことを「決定論の侵食」と名付け、近代社会と国民国家と民主主義はこぞって「偶然と機会を飼いならしてしまった」というふうに喩えた。

まさにその通り。そのトリガーを力をこめて引いたのがナポレオンだったのである。これらのこと、ハッキングが書いた『確率の出現』『表現と介入』『偶然を飼いならす』『何が社会的に構成されるのか』に詳しい。

ナポレオンはけっこうな記録魔だった。異常だったかもしれない。あの精密で厖大な『エジプト誌』でもわかるように、あらゆることを記録させた。

記録にはちょっと記録するのと、とことん記録するのとでは見え方に大きなちがいが出る。とことん記録していくと、そこに病気や犯罪や自殺などのデータが似たような規則でおこっていることが見える。今日のビッグデータ時代につながる話だ。

ナポレオンの理想とするヨーロッパ世界は（つまりナポレオンがほしがったヨーロッパ世界は）、できるだけ水準が均一で、かつ上から下へ向かって階層的であるようなものであってほしかったから、皇帝は官僚たちに出生と死亡の記録だけでなく、病気の発症率、個人の身体属性、犯罪の分類、労働者たちの家計などなどを調べさせて、徴税と徴兵のための国力評価に役立つデータをできるだけ集めさせ、整理させ、分類させせた。こうして世の中に「統計学」（statistics）が生まれていった。

世の中にはいろいろの「ばらつき」がある。それがあるから世間は世の中なのである。人間の「世」というものなのである。

しかしナポレオンはそれでは気にいらない。そこで、これらを国力や国勢に寄与するものとそうでないものに分けた。寄与するものを「正常」とし、そこから逸脱しているものは「異常《アブノーマル》」もしくは「社会病理」とみなした。そして、こういう見方を国民国家の基準に措いて、その根拠となる情報データを独占することをもって帝国を強化しようとした。さらにはそのための専用の役所をつくり、情報管理の新しい制度にしていった。

これが今日につながる統計的官僚制というものだ。近代官僚の起源はここからが始まりで、もともとが「統計＝官僚」なのである。ヨーロッパ近代が生んだ官僚制度はすべてこの統計的官僚の制度だといえる。

この統計と官僚によるシステムを、ナポレオン以降に独立していった近代国家（nation state）がことごとく吸い上げていった。それを会社もことごとく踏襲していった。こうして平準化が軒並みに通っていった。政治社会とビジネス社会の大半は、よせばいいのにそういう平準化を「グローバル・スタンダード」などと呼び、これにひれふした。これでは智に働けば角が立ち、情に棹させば流される。すべては統計値が勝っていく。

不確実な世の中の不確かな現象のなかで、何かを意図的に行為するということは、確率的に予測できそうなオプションから何かを選択しているということにあたる。

確率的に予測できそうなことは、そのことがおこる可能性がどのくらいあるのかということだから、いくらでもありうるとも言えるのだが、実はそうはいかない。不確実な現象を確率統計の数値で示そうとしたとたん、さまざまな可能性にも大儲けの野望がリストアップできる一方で、思いがけない困難にも難関にも裏切りにもぶちあたる。「変なもの」もあらわれてくる。

通りの向かいの中学校の正門から出てくる次の生徒が男生徒か女生徒かを当てようとすると、次に正門を出てくる生徒は「七分が男で三分が女」のキマイラ生徒になる。その中学校の男女比が七対三であるからだ。

不確実な社会で何かを予測すれば、つねにこうした化け物じみたキマイラのオプションがふえていく。しかし、次におこる現象を正確に予測するなんてことはほぼ不可能であるだけでなく、そもそも正確に予想すること自体が不可能なのである。明日の株価の上がり下がりなど、それこそ誰もが知りたいことだろうに、いくら高度な確率をどう使ったところで予測はつかない。株価が上がるかどうかは、その変動性《ボラティリティ》をどう予想したかによって決まっていく。予想したぶん、当たりぐあいが異なってくる。予想しなければ確率も生じない。予想するから面倒とオプションがどんどんふえるのだ。それなら、そういう世の中とは付き合いきれない、とぼくは言いたい。

アマルティア・センはぼくよりずっと真面目な社会学者だから付き合いきれないとは言わずに、そういう「合理的な愚か者」が世の中を動かしていると思いなさいと言った。ロバート・ルービンはどんな確率思考をしたってしょせんは「蓋然的思考」(probabilistic thinking) がすすむだけだと言った。ルービンはゴールドマン・サックスのトップだったのだが、そのルービンにしてこの言いようなのである。

それにしても、ぼくはどうしてこんなに予想が嫌いになったのだろうか。予想だけでなく予約も嫌いで、アポイントメントもめったに自分からはしてこなかった。とうてい自慢できる習慣ではないけれど、多少の理由はありそうなので、一言付け加えておく。

一つに、未来予測をほとんど信用していない。ぼくが学生のころに未来学というものが流行したのだが、「未来はこうなります」という情報とは付き合えないと思ったのだ。未来学には編集工学が欠けていた。アメリカのシンクタンク（ランド研究所など）がお得意のゲーム理論による予測も大嫌いだった。

二つには、予想のために大切な数学をつまらなく使っているのが気にいらない。不確実性についての数学そのものはたいへんスリリングで、ヘルマン・ワイルやモーリス・クラインらが列挙してみせたように、複素数やハミルトン四元数からフーリエ級数やペアノの公理をへてフレーゲの概念記法にいたるまで、どれもこれも純粋におもしろいものばかりなのに、予想のための統計数学は葛藤や保留や曖昧さやパラドックスを遊べなくしてしまった。これが退屈だった。

三つ目に、芸術や芸能にとっては予想ほど不必要なものはないからだ。芸術や芸能は「予想を裏切ってナンボ」なのである。世阿弥は「舞に目前心後《もくぜんしんご》といふこと」がある、目は前を見ても心は後ろに置いておきなさいと言い、「離見の見《りけんのけん》」に徹することを奨めた。すぐ前にあることばかりを見るのではなく、離れて見なさいと説いた。能仕舞があんなに省略が効いた所作と象徴の美に徹することができるのは、離見の見のせいだ。

ジャコメッティはモデルを彫刻におきかえるときに眼前のモデルにとらわれる自分が嫌になったので、ある日からモデルを呼ばずに脳裏に浮かぶイメージだけで彫像をした。ジャコメッティの彫像があんなに削いだ姿になったのは、眼前のモデルを捨てたからである。

とりあえず三つの理由をあげたけれど、そういうぼくも予想の何もかもに反対するのではない。数学の大半は合理的な予想でできているし、よくできた予想と合理は美しい。

そうではなく、合理的な予想にもとづいてしかどんな主張もできないと思い込んでいること、合理的な予想を下敷きにしたものでないとどんな計画も立てられないこと、そういうことを前提に仕事をするのが気にいらないだけなのだ。葛藤や矛盾の渦中から何かを始めたり発見するのではなく、葛藤や矛盾を取り除いた残りのオプションだけで仕事をする連中が嫌なのだ。

いつからそんなふうな好き嫌いができたのか。振り返ってみると小さなときからずうっと予想嫌いだったと憶う。明日の遠足や運動会も、ドリカムには悪いけれど、晴れるといいなとは思わなかった。雨の遠足も見たかったのだ。こんな身勝手な見方がその後になるにしたがって急激に増したのは、学生時代に埴谷雄高の『不合理ゆえに吾信ず』を読み耽ったせいだったろう。

第六級……レベッカの横取り

谷内六郎は柱時計にはホタルが棲んでいると信じていた。茂田井《もたい》武《たけし》は幼稚園には秘密の楽団の基地があると決めこんでいた。梶井基次郎には美少女と書店が実験室に見えていた。

フランソワ・ラブレーは六角形のテレームの僧院では神の下僕たちが象徴語で喋り続けていると期待していた。トルーマン・カポーティはベッドに帽子を置くことがこの世を一番やっかいなものにすると感じていた。スティーブン・キングが子供のころに熱心に考えていたことは「誰と誰とがぐるなのか」ということだ。

誰にもおぼえがあるように、子供は世界や世間のどこかに突飛なものや理解しがたいものがあると思いたい。絵本や童話がそんなことばかり感じさせるようになっているのだから、お菓子の家や三匹の子豚やトトロの森はなんなく実在できたのである。いったんそんな想像をすると、大人になってもそのイメージはそのままになっている。

けれども何かのきっかけやどこかのはざまで、子供たちにもリアルな世界とヴァーチャルな世界とは変にまじりあっていると感じられてくる。スティーブン・キングが身近などこかに「ぐる」になっている者たちがいるにちがいないと思ったのも、こういうはざまで想像したことだ（キングのモダンホラーはこの「ぐる」を恐怖に仕立てて成功した）。

ぼくにも少年期のどこかで、世界のどこかにきっと変わった仕掛けがあるんだろうと思っていたことがあった。小学校五年の途中くらいでのことだったと憶うのだが、世の中には「知ってはいけないこと」があるらしいと感じたのだ。

身のまわりに親の秘密や学校での仕打ちがあったわけではないし、新聞やラジオで何かあやしいことを嗅ぎつけたのでもない。そのことを知りたいのに、世の中には「そのこと」を知るのを禁止しているか邪魔しているものがあるのだろうと、なんとなく感じたのだ。

そう感じてみると、子供ごころにも合点がいかないことがけっこうあった。ゼペット爺さんが木で作ったピノキオがどうしておいしい話に次々に騙されるのかわからなかったし、鶴が恩返しのために自分の正体を知られまいとして布を織るのは、いったい何が知られるとまずいのかわかるようでわからない。ウサギとカメの競争だって、カメこそいかにも昼寝が好きそうなのに、ウサギだけが一服してしまった理由がわからない。富士見町教会に通っているときに読んだのだが、ヨブが体をかきむしるほどの苦痛を強いているのは神さまの仕業《しわざ》であることは自明だろうに、なぜ神さまのせいだと叫んではいけないように『ヨブ記』に書いてあるのかも、わからない。

高校になってからは「知る」と「知ってはならない」の境い目には、かなり高級な一線が引かれているらしいことが知れてきた。とくにドストエフスキーやカフカやトーマス・マンやフォークナーの作品に、そういう問題が相克しながら頻繁に出入りしていることに驚いた。なかでも「審判の正体」は知ってはならぬこと、あるいはなんとかして知られまいとしてきたらしいことには、不気味なものを感じた。

そのうち、世の中の肝心な情報は「詳しくなりすぎてはまずいこと」ばかりでほぼ成り立っていると思うようになった。詳しくなりすぎるとまずいのは、きっと「詳細を知られては困る当事者」がいるからだろうとは思ったけれど、その当事者は事実を隠したいのだからそうしたわけで、これは「知ってはならないこと」とはかぎらないとも思えた。実際にもこの手の「事実隠し」なら、収賄や隠し金や殺人後の埋め隠しなどの事件としてゴマンと列挙されてきたのだから、こういうものはたんにバレるのをあとまわしにした犯罪にすぎない。

どうやら、知ってはいけないことがあるのではなさそうだ。世の中にはもともと知られないようにしておく装置や経路が用意されてきたようなのだ。それゆえ慈円は、それをこそあらかじめ

「冥」に入れておいたわけである。

念のために言っておくが、知りえないことがあるだろうという議論は、以前から別にあった。そのことをアグノスティシズム（agnosticism）という。トマス・ハクスリーがあるパーティでパウロの使徒行伝十七章二三節の「知られざる神」を引き合いに出して、世の中には知りえないものがあるんだよと言ってみせたときに使った言葉だ。

ハクスリーは「知りえないことがあることを知っている」という態度を見せることを、ペダンティックにアグノスティシズムと言ってみせたのだ。日本語では不可知論と訳される。

しかしこういう不可知論というものは、神が人間の感覚や知覚に与え賜うたものだけによって問題を考えていこう、そのほかのことは扱うのをやめようという立場にすぎない。哲学史ではポジティヴィズム（positivism）に入る。ポジティヴィズムは日本では実証主義の系譜になるから、ここからヴィトゲンシュタインの論理実証主義のようなものも出てくることになっているのだが、けれども、こういう「知りえないこと」はどこかで知るのを中断したほうがいいと判断したわけだから、知ってはいけないことには入らない。

もうひとつ、念のため言っておく。「知ってはいけないこと」は世の中にさまざまなタブーがあるということと関連する場合も含んではいるが、これまた必ずしも直接には重ならない。タブーが隠されているために、世の中にちぐはぐがおこっているということもある。

タブー（taboo）はポリネシア語の tabu が語源になっているように（それをジェームズ・クックがヨーロッパに持ち帰って広めたわけだが）、もともとは古代社会や未開社会で個人や共同体のありようを示した強い決まり事のことである。ta は「徴《しるし》」、bu は「強く」で、その社会で「強く徴《しるし》づけられたもの」がタブーだった。それがしだいに不浄なものや穢れたものにタブー視がおこって禁忌の対象として広がり、差別観念に結びついていった。

もちろん近代や現代にもタブーはあるが、その多くは「いまはあからさまにできないというタブー」になっている。そういうタブーはウォーターゲート事件、毛沢東の陰謀、沖縄への核持ち込み、金大中の誘拐、コソボ事件、「マルコポーロ」廃刊、パナマ文書関連事件、森友学園問題をはじめ、いくらでも挙げられる。

これらは新聞や週刊誌などのメディアがすっぱ抜いて暴いてきたが、最近ではこれらのプロセス事情をどんどんＰＣに入れておくようになったので、ハッカーやクラッカーたちのハッキングの対象にもなってきた。

しかしぼくが気になった問題は、こういうタブーでまぶされたこととはかぎらない。たとえば天皇の葬礼のときに登場する八瀬の童子という集団がいるが、この人たちはタブー視されているのではなく、あえて自らの出自を語らないわけなのである。こうした例は世界各地にひそんできたのだと思う。代々にわたって隠してきたことや、隠しなさいという密命を受けていることなどは、ぼくが想像することをはるかにこえて、世の中のどこかに隠れたままにあるはずだ。

それでは世の中では何が隠される必要があり、何があかるみに出てもかまわなかったのか。このこと、あまり深い理由がないようにも感じられもして、考えていくと意外に難問だ。

それでしばらくほったらかしにしていたのだが、そのうち突如として、この難問に最初に一条の光をもたらしてくれた思想者に出会えた。ルネ・ジラールだった。『欲望の現象学』と『暴力と聖なるもの』で半分のヒントが、『世の初めから隠されていること』と『身代わりの山羊』でもう半分のヒントが提示されていた。

ジラールはアヴィニョンの生まれで、父親は博物館の学芸員だった。そのせいか最初はパリの国立古文書学校で中世史にとりくんでいたのだが、比較文学の研究を通して模倣《ミメーシス》にとりくみ、アメリカに渡ってからは本人のアピールによれば「暴力と宗教をつなげる人類学」を切り拓いた。ぼくは晩年のミシェル・セールとの共同討論のプロセスに関心をもってきた。

ジラールの半分のヒントは、どんな共同体においてもどこかで暴力が使用され、そこにはたいてい犠牲と復讐とがおこっていただろうから、その犠牲者の名や復讐の理由のことをどうしても隠す理由が共同体の側にあったということを示していた。共同体はそのことを隠したせいで富を蓄え、繁栄できたのである。

なるほど、この筋から考えていけばよかったか。たしかにそう見ることにすれば、そういうことはいくらでもありえた。共同体は村のサイズ程度のこともあれば、豪族連合や国家や帝国のサイズのこともある。始皇帝、チンギス・ハーン、エカテリーナ女帝、秀吉、アクバル大帝、スターリンはこうした秘密をよく知っていたはずで、隠しきれなかった島津久光もバルフォアも毛沢東もニクソンもチャウシェスクも、この秘密に関与した。

村のサイズでも同様の犠牲と復讐がおこってきた。徳川社会にはしょっちゅうおこっていたことだが、六部《りくぶ》とか六十六部と呼ばれた外部者がその村に呼び込まれ、なぜか秘密裏に殺されることによってその村の富がふえていったという記録はいくらも残っている（この経緯については小松和彦が詳しい）。こういうことはいまなお役所や会社や警察組織にもおこっている。とはいえ富と暴力、覇者と暴力が裏腹の関係にあったなどということは、いまさら驚くべき問題ではない。

もう半分のヒントのほうは、けっこう決定的だった。

暴力と犠牲の奥にはきっと「横取り」があったのではないか、隠されなければならなかったのは「誰が何を、誰からどのように横取りしたか」というせいだったのではないかという指摘だ。横取りをするために何かが正当化され、何かが制度化されていったというのだ。

このヒントは、その後のぼくの世界や世間に対する見方に大きな編集的連想力をもたらした。それとともにすぐに『レベッカ』を思い出させた。ジラールが「世の初めから隠されていることがある」と言っているのは、レベッカのことでもあったにちがいない。

ダフネ・デュ・モーリアの『レベッカ』は奇妙な味の小説だ。主人公は表題にある通りレベッカ・デ・ウィンター夫人なのだが、この女主人公は小説が始まるときにはすでに死んでいる。埋葬も終わっているから死体もない。主人公がいない小説なのだ。そこで物語の展開は「わたし」によって語られる。

語り手の「わたし」は、レベッカ亡きあとにデ・ウィンター（マキシム）に見染められてマンダレイの屋敷に来た後妻だ。屋敷は広すぎるほどで、生活の段取りはなぜか家政婦長のダンヴァース夫人が仕切っていた。「わたし」は自分のふるまいのすべてが前妻レベッカとくらべられているようで、だんだん不気味な日々をおくるようになっている。屋敷のそこかしこにレベッカがいるようなのだ。そこへ身の毛もよだつ出来事がおこる。仮装舞踏会の翌朝、海中に沈められていたヨットから埋葬されたはずのレベッカの死体が発見されたのだ。これをきっかけにレベッカの死にまつわる驚くべき秘密がだんだんあきらかになっていく。

話の筋はそういうふうで、ヒッチコックがみごとなサスペンス映画に仕上げたので観た者も少なくないだろう。アカデミー作品賞もとった。ヒッチコックは同じデュ・モーリアの『鳥』も映画化しているので、その恐怖感がどういう種類のものかはおおよそ見当がつくだろうが、ここで持ち出したい話は、そういうフィクショナルなミステリーの出来映えのことではない。この物語にはもう一人のレベッカがいて、そのレベッカが「外」から原作を覆っているということだ。

ほんとうに怖いのは、こちらの話のほうだ。


旧約聖書創世記では、レベッカはアブラハムの子のイサクの妻である。ヘブライ語の発音にしたがって、日本語ではリベカ（Rebekah、Rebecca）と表記されることが多い。

ユダヤの父祖はアブラハムが第一代の族長で、イサクが第二代の族長になっていた。アブラハムはカルデアを出て約束の地カナーンの地に住み着き、同族の拡張を望んでいた。だから自分の息子イサクにはカナーン人ではなく、自分の故郷のカルデアの娘を迎えたいと思っていた。レベッカが選ばれた。

こうしてレベッカは、アブラハムの下僕のエリエゼルからイサクとの結婚を勧められて、イサクの妻となった。だが、長らく子に恵まれない。やがて子供をほしがるイサクが主《しゅ》に祈るうちに、双子のエサウとヤコブが授けられた。ずいぶん特徴が異なる兄弟だった。兄のエサウは全身が赤い毛でおおわれ、長じては狩りの名人になった。体育会系なのだ。弟のヤコブのほうは弱い子であったが、知恵をもっていた。文系だ。レベッカはヤコブをかわいがった。

老いて目も見えなくなったイサクが第三代の族長を選ぶ時がきた。族長イサクは兄のエサウに第三代を継がせる気になっていたのだが、それを知ったレベッカが一計を案じた。父が子に祝福を与える場にエサウの代わりにヤコブを変装させて送り込むことにした。声を真似させ、服装もそっくりにし、項《うなじ》や腕には毛深い赤毛に似た子ヤギの毛を巻き付けた。目が見えない父はエサウだと信じて、いっさいの権限をヤコブに譲る決定をした。

ユダヤ社会は長子相続である。最初に生まれた子（長子）が家産を相続する。ヤコブは偽の長子として財産と家督を継承した。フェイクが成立したのだ。企みに気づいたエサウは弟への殺意をもつが、レベッカがヤコブを逃がして族長の座を守った。のちにパウロはレベッカの計画をイスラエルの民のための「努力」であって、あれは「正しい選択」だったと解釈したが、これは糊塗である。レベッカの計画はあきらかに「長子」と「始原の資産」を横取りしたものだった。

ぼくはこの話を「レベッカの資本主義」と名付け、ユダヤ・キリスト教社会が資本主義と結び付いた理由のひとつには、このレベッカの横取りが世の始まりにおいて隠されてきたというふうに見ることにした。

ちなみにエマニュエル・トッドによると、相続には自由に決める相続（イギリス・アメリカ）、子供に平等に分ける（フランス）、長子が相続する（ユダヤ・ドイツ・日本）、大家族を構成して相続財産をプールする（ローマ・中国・イスラム）があるというが、はたしてこの程度の区分けで当たっているのかどうか、ぼくは詳らかにしない。

ルネ・ジラールが「知ってはならないこと」と「横取り」を結び付けたことは卓見だった。考えてみれば、もとより歴史はさまざまな横取りの歴史だったのである。占拠、簒奪、侵略、植民地化、暗殺、クーデター、強姦、ハッキング、万引、みんな横取りだ。横取りは占有や特権の歴史の秘密にかかわることすべてに及ぶ。だからレベッカのような財産の横取りばかりが横取りではない。土地の横取りや屋敷家財の横取りもある。

それでもこれらは、まずは不動産にかかわるハードウェアだからまだわかりやすい。そうでないものもある。たとえば手柄の横取りや履歴の横取りなどはどうか、これらは物体的でなくソフトウエアの横取りだ。動産の横取りだ。

手柄の横取りがあるとすれば（もちろんあるわけだが）、そうなると、ここで初めて「手柄」っていったい何なのかということになる。履歴が横取りできるのなら、そもそも「履歴」とは何だったのかという問いが出る。名誉を横取りできるのなら、そもそも「名誉」とは何かということになる。手柄や履歴や名誉は動産であり、横取り可能な知財だったのだ。

ジラールを端緒にこんなことを考えているうちに、自分ながらギョッとすることに気が付いた。「模倣」や「まね」についてのことだ。模倣やまねは横取りなのかどうかということだ。

このあとその話をしていくが、模倣はぼくの価値観ではけっこう高い位置を占めている。とりわけ日本の芸能や陶芸では「写し」ということを重視するのだが、これはきわめて有効な創意の継承で、ぼくの大学の同級生でもある中村吉右衛門が「いやあ、初代にそっくりになってきたと褒められたときは、どうにも不思議な気持ちだったんだ」と言ったのは、日本文化の本来に即しては「よくぞ、そこまで達したか、ご立派、ご立派」ということなのである。

世阿弥は「物学《ものまね》」をこそ芸道の基本においたのだし、書道でも「臨模《りんも》」は欠かせない。まして和歌や歌物語や戯作にあっては「本歌取り」は創造的表現《リプリゼンテーション》の極意のひとつであって、この作意がないかぎり、のちの「見立て」の文化は花開かなかった、本歌取りは模倣というよりメタフォリカルな引用であり、見立てはむしろ模倣からのアナロジカルな脱出でもあるが、それでも日本文化が模倣に意表を見いだしてきたことは動かない。

だから編集工学も模倣という方法に積極的な価値を見いだすのだが、しかし世の中で模倣を擁護するのは、ふつうはそうとうに分が悪い。とくにオリジナリティや創造性を重視する立場からするとヤバイことになる。東京オリンピック２０２０のエンブレム騒動がそうだったように、模倣はときに盗作とみなされ、ときに著作権の侵害になる。模倣の評判はいいはずがない。

しかしはたして、そうなのか。模倣の禁止は実のところは横取りの封印ではなかったのか。

第七綴……模倣と遺伝子

世の中には忘れられた名著、軽んじられてきた問題作、いまだに誤解のなかにある書物がいくらでもある。また、いつの時代にもマイナーポエットやサブカルチャーがあって、そのマイナーやサブカルの地面や隙間から出てきた地衣類のような本にもかなり充実したものがある。

隠れた名著や問題作に出会うのは、読書に日々の時間をささげてきた者にとってはかけがえのないことだ。ぼくの場合も「千夜千冊」を選書するたびごとにその手の本がどんどんふえて、紹介しきれないでいた。十数行のコメントや数十行の案内ならラクチンだが、読み込んだうえでの解説となると、それなりの準備も覚悟もいる。それでも、そのような本を採り上げるのは「きのふの空」のためのぼくの大事な編集的著作行為だった。

そうした埋もれた本のなかに、ときおり断然に光り輝く本がある。「千夜千冊」で選んだものでいえば、たとえばロバート・グレイブスの『暗黒の女神』、塩見鮮一郎の『浅草弾左衛門』、ハンフリー・ジェニングズの『パンディモニアム』、龍胆寺雄の『シャボテン幻想』、アシュレイ・モンターギュの『ネオテニー』、甲斐大策の『餃子ロード』、シルビオ・ゲゼルの『自由地と自由貨幣による自然的経済秩序』、犬塚彰の『右翼の林檎』、そしてこれから採り上げるガブリエル・タルドの『模倣の法則』などだ。

タルドの『模倣の法則』は一八九〇年代に書かれたもので、ジル・ドゥルーズが『差異と反復』で採り上げるまで長らく注目されていなかった。日本では一九二四年に風早八十二が鋭意翻訳していたが、高田保馬などを除いてはほとんど議論にのぼらず、二〇〇七年に河出書房新社が新訳を出して中倉智徳や大黒弘慈が論陣を立て、やっと少しだけ話題になった。しかし論壇での話題は小さいかもしれないが、この本は読めば読むほどなかなか痺れる内容なのである。統計主義についても噛みついている。

タルドは一八四三年にフランス南西部のサルラという小都市の名家に生まれた。父親は判事や市長にもなったらしいが、タルドの少年期に没した。少年は数学や理科に惹かれたものの眼病に罹ったためか、父親に倣ってトゥールーズの法律学校に学んだ。それで一八八〇年代に『比較犯罪学』や『刑事哲学』などを著していたのだが、そのうち社会犯罪にひそむ共通点に気づき、犯罪が統計主義では説明できないことを痛感して『模倣の法則』を組み立てた。エミール・デュルケムが絶賛した。『自殺論』のデュルケムだ。

ところがタルドの名を有名にさせたのは、いまは『世論と群衆』のタイトルで知られる「公衆論」のほうだった。模倣論はあまりに過激な中身だと思われたのである。アカデミズムは仮説が多くて論証にページを割かないものを過小評価する。


タルドの思想を吹聴する前に、模倣をめぐる議論の前段を話しておく。二〇世紀になって模倣という方法に目を光らせたのは、ぼくが見るところアウエルバッハ、ホルクハイマー、アドルノ、ベンヤミン、カイヨワたちである。

アウエルバッハの『ミメーシス』は快著だった。ホメーロス、ペトロニウス、ダンテからラブレー、モンテーニュ、セルバンテスに及ぶ文学作品群をミメーシス（模倣）による文体形象の躍動譜と捉えて、そこに一貫する文芸的模倣性の重要性を説いた。ジラールがミメーシス研究に入ったのはアウエルバッハの影響による。

フランクフルト学派のホルクハイマーとアドルノは『美の理論』『理性の腐蝕』『啓蒙の弁証法』で、歴史的営為は模倣に始まること、文明はあらゆる輸入文化からの模倣を継ぎ足して発展してきたこと、しかし最終的にそれらを国家の合理的な実践力と組織的な労働力のために組み直して軍隊と通貨の独占のために模倣を禁止したことなどを強調した。ベンヤミンは主に『ドイツ悲劇の根源』で、そうした近代国家が模倣を禁止したことが人間文化に躍如するアレゴリー（寓意）の力を衰えさせたと説き、世界に散らばる類似性の断片を集めなおすことを提唱した。

こうした模倣と類似性にひそむ力を「本能の社会学」として屹立させていったのがロジェ・カイヨワだ。カイヨワは『遊びと人間』『本能』『神話と人間』『イメージと人間』『戦争論』などで、鉱物・昆虫・遊び・戦争をめぐる議論を織りまぜ、文化の本質が「遊び」としてのアゴーン（競争）、アレア（賭け事）、ミミクリー（模倣）、イリンクス（偽装と眩暈）にあることを発見して、これを何度も説いた。なかでもアナロジーやミミクリーは人間と人間社会の「斜め」への願望を調達する共通の思考表現をもたらす方法であることに注目した。

カイヨワはぼくの三〇代の遊学の師であった。「遊」特別号に「相似律《そうじりつ》」を思いついたとき、このエディトリアル・オーケストレーションをカイヨワに見せたくて、ゲラの束を抱えてパリに赴いたものだ。ぼくの初めての海外旅行はカイヨワの家に行くことだったのだ。「相似律」とは何と何とが似ているのか、何と何とが「ぐる」なのかということを、ヴィジュアル・アナロジーを駆使して意表したものだ。

かくのごとくアウエルバッハもカイヨワもベンヤミンもすばらしかったのだが、タルドはこれらの議論を、かれらよりずっと以前に、はるかに大胆な考察をもって社会的模倣論として展開していた。ぼくはかなり感動した。

ここではその感動をできるだけタルド自身の言葉づかいそのままに伝えたいので、以下のようにリライト編集しておく。タルドの文章からの引用を「　」に示し、文脈のつなぎをぼくが補正編集しておいた。引用文にテニヲハをつければ、こんなふうになるのではないかと思って綴ってみたものだ。訳文は池田祥英・村澤真保呂のものによる。

……社会においては「すべてのものは発明か模倣かにほかならない」。「模倣は社会活動の基礎」であって「模倣は本質的に社会学的な力」なのだ。「社会とは模倣によって、あるいは反対模倣によって生み出されたさまざまな類似点を、互いに提示しあっている人々の集合」なのである。そうだとすれば、「模倣されるものとはいったい何なのか。つねにひとつの観念や意志、判断や企図が模倣される」のである。

……世間ではしばしば模倣の意図を問題にする。オリジナリティや知的所有権を擁護する。しかし「模倣が意識的であるのか無意識的であるのか、あるいは意図的だったのかそうではなかったのかということを区別するのは意味がない」。すでにして「社会そのものが模倣から生じてきたもの」であったからだ。模倣の意図ではなく、意図の模倣こそが社会にとって本質的なやりとりであったからだ。

……模倣のプロセスはなかなか見えにくい。しかしながらおそらくは「模倣は人間の内部から外部へと進行する」現象なのである。したがって模倣は「社会の内なる部分から社会の外なるものへと波及」し、かつ「表象されるものから表象するものへ移行する」のだ。そうであるのなら「思想の模倣は表現の模倣に先行」し、「目的の模倣が手段の模倣に先行してきた」と言えるだろう。

それゆえ「歴史とはほとんど無用で模倣されない発明が、いつまでも有用で模倣される発明に対しておこなう助力と妨害にほかならない」。いいかえれば「模倣が当初から帯びている深い内的特徴、つまり複数の精神をそれらの中心どうしで互いに結びつけるという模倣の特徴は、人類のあいだに一種の不平等を増大させ、さらには社会階層の形成をもたらした」にちがいない。

……そもそも「模倣はそれぞれが独立して存在しているのではなく、互いに支えあっている」。「模倣もまた発明と同じように連鎖をなしている」。だからこそ「一連の創意と創始は一連の模倣によって強められていく」。

ということは「自己の模倣と他者の模倣の相互作用」を研究すれば、「過去および現在における熱狂や狂信の歴史を説明することができる」ということになる。社会は「一方的な模倣から相互的な模倣への移行」を促すように進捗してきたものなのだ。このことは生産と消費の基本にも如実にあらわれる。そこには「二種類の模倣」が関与した。

ひとつは、一族や共同体や家族を通した模倣だ。「家族が閉じた仕事場で自足していた時代には、手作業や動物の飼育や植物の栽培のために、その方法と手順が父から子へと伝達されていた。そこでは世襲による模倣しかおこらなかった」。もうひとつは、市場による交換の濃度が濃くなってからの模倣だ。「その家族が別の場所でもっとよい方法が用いられていると知ったとき、かれらは古い慣習を捨て、新たな方法を模倣するようになる。このことは同時に消費者が新しい製品を求めることを意味した」。

……このような「二種類の模倣」がはたらいてきたということから、次のことが言える。「消費の欲求こそ、それに対する生産の欲求にくらべてはるかに急速に模倣され、容易に広がっていくということだ。これを言い換えれば、「あらゆる領域において消費の欲求は生産の欲求に先行する」のであって、それは「内から外への模倣の進展の重要な帰結」なのである。どんなことも内にとどまってはいられなかったのである。

そうだとすれば「蓄積可能なものを選ぼうとするより、模倣可能なものを選んだほうが、より文明的なのである」！

タルドの模倣論はざっと以上のようなものだ。ぼくがなんとなく思い描いていたことを原理にしてしまったような驚くべき仮説だ。

模倣が表面的なものでも手段的なものでもなく、社会の意図や目的の模倣であったという指摘がなんともすごい。とくに「模倣可能性こそが文明文化の蓄積だった」という見方は歴史の本質を抉っている。みごとなものだ。模倣こそ資源だと指摘しているようなものである。

結局、世の中は「発明されたもの」か「模倣されたもの」かで埋まっているだけなのである。ピカソはそう確信して、ドラクロアの『アルジェの女たち』を模作しつづけた（高階秀爾の『ピカソ 剽窃の論理』が雄弁だ）。発明か、模倣、それ以外はない。それなのに模倣行為ばかりが過小評価され、発明行為が過大評価されてきた。まことに理不尽なことだった。

ドゥルーズは『差異と反復』で、模倣を反復の動向に吸収していった。同一性やアイデンティティ（自己同一性）の徒労のような意義を検討していけば、そのちょっと逸れたところに模倣の現象学が待っているのは当然である。ドゥルーズがタルドに光をあてたのはさすがだったが、模倣の意図にひそむ社会力を正面から議論しなかったのは、どうだったのか。

横取りや模倣など、いささか物騒な話をしてきたように思われるかもしれないが、むろんそうではない。ぼくは根本的な話をしているつもりだ。その根本は社会の根本にとどまらない。生存の根本へ、生命の根本にまでとどく。

あらためて社会の起源を考えてみるとわかるけれど、社会というものは生物圏の一部が突出してできあがってきたものだ。地球の生態系の海の一部に光合成をする植物が生じ、それが植物圏になるとそこから動物圏が広がって、白亜紀やデボン紀をへて哺乳類が繁殖した。その一部に類人猿が登場したとたんに、ここにヒトザルからヒトへの転化がおこって、人間社会というものがこんな有り様になってきたわけである。これらはすべからく「あらわれている」という系譜だ。

ということは模倣の法則も、もとはといえば生態系の中の出来事に発していたとみるべきなのである。模倣の起源は社会に始まったのではなく、ずっと以前の生物圏からおこっていた（あらわれていた）。何がそのことを示しているのかといえば、同一性と差異とを数十億年にわたって問い続けたのは、タンパク質が組み立てた生命体の活動そのものだったからだ。

こうして、横取りや模倣の起源は生命現象の「あらわれ」そのものの中に求められるということになる。それは生命体や生態系に出入りしていた同一性と差異をおこしてきた「あらわれ」で、それを左右してきたのはタンパク質が運んできた「情報」だったのである。

ところで、急に話が変わるようだが、ぼくの仕事がまがりなりにも組織のかっこうを初めてとったのは、一九七〇年の年の瀬のことだった。三島由紀夫が自害した年だ。友人三人で工作舎をつくり、中上千里夫さんに借りた一〇〇万円の借金をもとに「遊《ゆう》」の創刊準備を始めた。「知」を遊学しまくろうという魂胆の雑誌だ。

その「遊」とともにほぼ十年がたったとき、工作舎をまるごと後進に譲って、今度は六人で松岡正剛事務所を始めた。六人のうち五人とは共同生活をした。こちらは組織というほどのものではなかった。たんなる同居派だ。そんな同居派に、電電公社が民営化を果たすためのいくつかの仕事を頼んできた。なかで民営ＮＴＴが記念本を配りたいというので、ぼくが提案して『情報の歴史』という大年表本をつくることになった。ちゃんとした組織が受注してほしいというので、一九八六年に同居派の松岡事務所から社会独立派の編集工学研究所をカットアップして、澁谷恭子に託した。

「編集」と「工学」を併せた組織名がここで生まれた。

数年後、のちのちのためにと思って編集工学研究所のスローガンを決めることにした。「生命に学ぶ、歴史を展く、文化と遊ぶ」というものだ。情報編集のメソッドが生命と歴史と文化を貫いていることに肖《あやか》ろうというつもりだった。

このスローガンは言うまでもなく「生命に学ぶ」にすべての根幹がある。情報編集のしくみはここから始まっている。ここがぐらぐらするとすべてがぐらぐらする。そのことを言いたくて、この話をした。


生命と情報の関係については、ゲノム編集にやっと陽の目が当たってきた現在でも、おそらくまだ三〇パーセントくらいのことしかわかっていないのではないかと思う。生命体が活動することと情報がふるまうということはほとんど同義語といってもいいものなので、この同義的な重層関係を説明するのが至難の技であるからだ。

生物学者たちは遺伝情報がどのようになっているかということを軸にして、生命情報についてのアウトラインをつくっていった。

遺伝子は生体間をこえて遺伝情報を伝達するための担い手である。遺伝子がしていることは、遺伝情報の担体であるＤＮＡによって情報を転写複製していくことにある。だから当初の生命情報をめぐる描像は、分子生物学を先頭にして、遺伝情報セットのなかでどんなふうに転写や複製がおこるかということをあきらかにしていくという方向にすすんでいった。

これでＤＮＡのセントラルドグマが確立した。たいへんけっこうなことだったが、生命情報の編集的特徴はそこにとどまるものではない。しばらくすると、最初の生命体は遺伝情報をＤＮＡではなくてＲＮＡによって運用していたらしいことがわかってきた。ＲＮＡが自分で自分を編集していたのだ。ＲＮＡワールドである。シドニー・アルトマンとトーマス・チェックの研究が先鞭をつけた。ＲＮＡが自己触媒的に作用するので、このＲＮＡワールドのタイプのＲＮＡをリボザイムという。

生命情報の編集がＲＮＡに始まっていたということは、生命の起源はそもそもが編集体だったということである。生命の種のようなものがあって分子編集が始まったのではなく、高分子間に編集がおこって生命が始まったのだ。最初の最初はきっと何かの模倣めいたことがおこったにちがいない。ケアンズ・スミスは『遺伝的乗っ取り』という勇敢な本のなかで、鉱物的結晶の構造変異から出来事が飛躍していったのではないかと推測した。

生命の歴史の最初の最初にＲＮＡワールドが先行していたということは、世界は編集されたのではなく、編集のプロセスが世界をつくっていったということだ。しかし、ＲＮＡはその後の生物史の主語にはならなかった。ＤＮＡを情報符号として組み合わせて複製翻訳していく遺伝子と、その総体としてのゲノムが、生物学上の主語めいていったのである。

なぜそうなったのか。フランソワ・ジャコブが『ハエ、マウス、ヒト』に書いているように、分子生物学があきらかにしたことは、生物という情報体はその半分が遺伝子に始まる組み合わせで、もう半分は組み合わせミスでできているからだ。

遺伝子の転写や複製には、ＡＴＧＣのコドンの転写と翻訳をするプロセスで置き違いやプリントミスがおこる。欠失・挿入・塩基置換によってＤＮＡの配列が変化する。変異（mutation）はしょっちゅうおこっていることなのだ。このことは、利己的遺伝子の立場からすると生命自己の延命にアラームが点滅したということにもなるけれど、生命圏の全体からみると必ずしもそういうことではない。変異によってこそ進化の系統樹は華麗なほどに複雑でめまぐるしいものになっていく。変異は生命遺伝子の情報編集計画のヴァリアントだったわけである。

そうだとするのなら、進化とは、遺伝情報の伝わり方の変異がもたらしたものだったということになる。変異によってこそ著しい生物多様性が生まれた。シアノバクテリアや葉緑体に始まった情報複製にミスがおこらなかったなら、生物は多様な進化などしなかったろうし、そうなっていたらすべては似たものどうしになっていた。

しかしそれがそうはならず、藻類から陸上植物が生まれ、地衣類が開花植物に変化し、海中の生物からは魚類や貝類が誕生し、水生も陸生もする両生類からは恐竜のような爬虫類や鳥類が変異していった。

空を飛んだり木に登るような多様化も、とどのつまりは遺伝情報の特異な誤植による変化だったのである。突然変異の「変」こそはＤＮＡとゲノム情報におこった変化すべての総称なのだ。ＤＮＡの組み違え変異がアミノ酸の変化を招き、それがタンパク質の変化となって形質を決定させていったのである。進化とはこのことだった。

三八億年におよぶ生命進化史に何がおこったか、そのうち何が重大な出来事だったのかということは、問うても詮がない。キリがない。生物学者はどんなことも重大だったと答えることになっている。

しかし、生命進化は部品の組み立てで進んできたのではなく、すこぶる有機的で化学的な動向だったのだから、そこには事情を一変させたオーガニック・フェーズが何度か劇的におこったとも言える。『ミトコンドリアが進化を決めた』で大向こうを唸らせたニック・レーンが『生命の跳躍』で絞りあげてみせた「10の発明」は、深く、鋭く、わかりやすく、思い切りがよく、それでいて説得力がある。発明というより跳躍的変換の10のステージだ。

（1）最初の生命が熱力学的に非平衡の系のそのまた海底の熱水噴射孔のようなところに出現したこと。
（2）ＤＮＡができて生命体の複製をするようになったということ。
（3）シアノバクテリアなどが地球に酸素圏をつくり、光合成細胞が光エネルギーを化学エネルギーに変えたこと。

（4）ミトコンドリアを取り込んだ真核細胞が登場して、生物自前のATP工場を作動させたこと。
（5）生命進化がクローンではなく、「性」を媒介にした有性生殖になったこと。
（6）筋肉系が発達して生物群が運動するようになったこと、つまり分子モーターができたこと。
（7）視覚機構ができて、レンズ生物が複雑な世界を仕切っていったこと。
（8）混血性の動物たちが有酸素型のスタミナをつけたこと。
（9）中枢神経系が発達して意識が発生したこと。
（10）死をプログラムして、生殖と長寿をトレードオフしたこと。
こういうピックアップだ。ぼくはここから、生命の跳躍（ascending）が生物情報の編集（editing）に対応している図を、何枚も何枚もノートにドローイングしたものだ。

第八級……ミトコンドリア・イヴ

一九九五年に発表されて、日本ホラー小説大賞をとった瀬名秀明の『パラサイト・イヴ』という小説がある。この年は阪神大震災と地下鉄サリン事件が続いた年だった。不安と動揺がおさまらないなか、この作品は日本にもやっとアイラ・レヴィンの『死の接吻』やディーン・クーンツの『ストレンジャーズ』に匹敵するモダンホラーが出現したと騒がれた。

物語は、国立大学の薬学部に勤める研究者永島の妻が交通事故で死亡して、その腎臓が十四歳の少女に移植されるというところから始まる。ところが少女は腎臓のうごめくのを感じたり、何者かに襲われているような幻夢にうなされる。科学者でもある永島は妻の肝細胞を採取して培養をするのだが、その細胞は異常な増殖能力をもっていて、調べていくうちにミトコンドリアが未曾有の活性化をおこしているらしいことが見えてくる。永島は細胞をクローン化することを思いつき、これをEve1と名付けた。しかし、どうも何もかもがやらされているような気がする。

そのうちEve1は培養槽を抜け出して、実験室内の増進剤をほしがった。のみならず、そこに居合わせた学生の体内に入り込んだのである。いったい何がおこったのか。これらの一連の出来事は、つまり妻の腎臓の変化や妻の死や臓器移植という出来事は、どうやら寄生者《パラサイト》であるミトコンドリアが仕組んだ罠のようだった……。

奇想天外な『パラサイト・イヴ』の筋書きには、ホラーではあるけれどいくつもの細胞進化論や遺伝子工学的知見にもとづく下敷きがあった。瀬名は東北大学薬学科の大学院在学中にこの小説を書いたようだが、生化学にも分子生物学にも詳しく、その知識はよく練られている。とくに二つの学説が生かされた。

ひとつは、異才の女性科学者リン・マーグリスが一九六七年に発表した「ミトコンドリア＝細胞内共生説」（endosymbiosis）である。これはかなり画期的な発想によるもので、ダーウィニズムの合理によらない進化を生命史が歩んでいたことを世に知らしめた。

およそ十六億年前に、ある単細胞生物のかけらが別種の単細胞生物のかけらを取り込んで生命活動をするようになった。分裂と増殖をくりかえすうちに、その取り込まれたほうの遺伝子の大半が宿主《ホスト》の遺伝子に吸合され、やがて二つは生物体として融合した。その後、この融合生命体が今日の多細胞生物の母型（マザータイプ）となった。このとき取り込まれたほうの遺伝子こそがミトコンドリアだった。

今日の生物の細胞のルーツが「ミトコンドリアを外から取り込んで成立したこと」にあるという仮説である。外部者が内部者になったというのだ。マーグリスは今日の細胞のマザータイプとミトコンドリアが共生したというふうに捉えたのだが、瀬名は（また多くの生物学者たちも）、ミトコンドリアが寄生《パラサイト》した、あるいは乗っ取《テイクオーバー》ったのではないかともみなした。ぼくは両方の解釈がありうると思っている。むろん実際にどうなっていたのかははっきりしないのだが、二〇〇五年に筑波大学の井上勲と岡本典子が見いだした鞭毛虫ハテナは、細胞内共生や細胞融合の初期のプロセスをのこすものとして注目されている。

マーグリスはカール・セーガンの最初の奥さんで、科学者として抜群の発見的思考とバランス力をもっている。ガイア仮説の気象学者ジェームズ・ラブロックに早くから傾倒し、地球全体を気象的生態系と見たり、性の起源を探求していった。

この性の起源についての仮説も瞠目すべきものだった。今日の生物に性別が発生したのは鞭毛をもった原核生物スピロヘータなどの細菌のふるまいから派生したのだろう、それはDNA分子のスプライシング（切断や連接）や修復のプロセスの混乱に乗じたものではなかったか、しかしどこかでスピロヘータたちは宿主《ホスト》の代謝プロセスに全面的に依存するようになって、やがて本体たるべき宿主のほうもこれをいかして性のやりとりによる生命維持のしくみをつくっていったのではないか。マーグリスらはそんなふうに考えたのだ。

瀬名のもうひとつのヒントになったのは一九八七年に「ネイチャー」に発表された論文だ。

カリフォルニア大学のアラン・ウィルソンとレベッカ・キャンが、現在の地球上に生きているすべての人間は「かつてアフリカにいた一人の女性のミトコンドリアDNAを起源にしている」と言い出したのである。ウィルソンらは、世界中の民族や血統の異なる一四七人の現代人のミトコンドリアDNAを採取し、それに制限酵素（特定の塩基配列を切断する酵素）を反応させて、どのような長さのDNA断片が得られるかを比較計算してミトコンドリアDNAの変異系統樹をつくった。

ミトコンドリアDNAの変異は一〇〇万年に二パーセントから四パーセントくらいの割合でおこると想定できた。その時間尺で計算していくと、系統樹のルーツは約十四万年前から二九万年前にさかのぼる。算定結果は一部の化石人類学者たちが想定してきた約二〇万年前に出現した人類の起源とほぼ一致した。アフリカのサバンナに出現した人類の祖先は、このようにミトコンドリア・コードをさかのぼっていけば辿りつけるはずだというのだ。この最初の〝女性〟はミトコンドリア・イヴ（Mitochondrial Eve）と名付けられた。

このような仮説が成立しうるのは、ミトコンドリアDNAが母系遺伝しかしないということにもとづいていた。初めてこのことを知ったときは、ほんとうに驚いた。大いに納得もした。世の中の思想の多くはパトリズム（父性主義）でできているのだが、ミトコンドリアはマトリズム（母性主義）だったのである。

リン・マーグリスの細胞内共生説が出る前までは、ミトコンドリアといえばＡＴＰの工場だと思われていた。高校で習った生物の教科書には、ミトコンドリアはＡＴＰことアデノシン三リン酸をつくっていることばかりが説明されている。

ぼくが十数年前に高校の『理科基礎』を監修した縁のある東京書籍の『生物ＩＢ』を見ると、こう書いてある。「ミトコンドリア　すべての真核細胞にあり、呼吸をいとなみ、生命活動に必要なエネルギー源であるＡＴＰを生産する。内外の二重膜（二重の生体膜）に包まれ、内側の膜（内膜）は内部に向かって突出し、クリステを形成する。内膜に囲まれた部分にマトリックスがある。細胞内で分裂によってふえる」。

まちがいではないが、高校生がゆくゆくすばらしい生命的世界観をもつために最初に知っておくべきことは、ミトコンドリアは「外からやってきた母なるものたち」だということだろう。ミトコンドリアはわれわれにエネルギーを提供し、呼吸のしくみを司り、あまつさえアポトーシスという死のスイッチ機能すら握っているのだが、その正体は母なる外来者だったということだ。

地球は四六億年ほど前に誕生した。どろどろの地球が冷えて海が形成されると、海底からは金属塩類をたっぷり含んだ高温高圧の熱水が噴出し、地球の原始大気を水蒸気・窒素・二酸化炭素、それに少量のメタン・塩化水素・二酸化硫黄・硫化水素などの構成にしていった。

当時の地球まわりの酸素はごく僅かで、大気中にはほとんどない。酸素がないからオゾン層もなく、紫外線やさまざまな宇宙線がじかに地表に降りそそいでいる。たくさんの隕石の落下も雷による放電もあった。こうした強烈な刺激が地上で連打されているうちに、海中では炭素系をベースとする有機物がじょじょに合成されて、有機物どうしが組み合わさって高分子が形成された。高分子はその後の「生命の基体」となったもので、ここにＲＮＡによる原始的な情報編集システムが生まれ、三八億年ほど前には情報転写活動が開始した。ＲＮＡワールドが動いたのである。

二七億年前になると大規模な大陸移動がおこり、各所に浅瀬ができて、太陽光が射しこむ好条件がととのった。ブラックスモーカーの異名をもつ海底の熱水噴射孔付近で、光合成をするシアノバクテリアなどの藍藻類が出現したのはこの時期だ。藍藻類は二酸化炭素を吸って酸素を吐き出し、地球は初めて「酸素をもつ惑星」となる。

もともと酸素は生物にとってはきわめて危険な代物だった。他の元素とくらべて電子を吸収する力が強く、そのため周囲のさまざまなものと結合して酸化させていく。また酸素は燃焼反応をおこしやすいからすぐ火を放つ。

酸素は他の物質と反応するときに電子を二個吸収するのだが、中途半端に一個だけ吸収すると、酸素よりももっと強い酸化作用をもつ「活性酸素《フリーラジカル》」に変化する。こうなると生体に入った活性酸素は近くにあるタンパク質や脂質や糖や核酸などとすぐに反応し、これらをずたずたに切り裂いていく。つまりは酸素は地球に「生命の温床」を用意したのだが、その一方で毒ガスをまきちらしていたわけでもあって、だとしたら、多くの生命体がこの酸素によって死滅したはずなのだ。

ところがどっこい、そんな酸素の毒性に耐えられる生命体がいた。有毒な酸素をつかってエネルギーを産生する連中だ。第一次あべこべ事件がおこったのだ。この連中こそミトコンドリアの祖先なのである。

続いて、さらに意外なことがおこった。ミトコンドリアの遠い祖先であるこの連中が別の生命体の中に入りこんだのだ。横取りだったかもしれないし、乗っ取りだったかもしれない。そして、この二つの生命体の遺伝情報はまもなく相乗りをおこし、融合していった。第二次あべこべ事件だ。最近では、最初の移住者がαプロテオバクテリアらしいということもわかってきた。

現在の地球にいる生物は大きく見ると、「古細菌《アーキア》」と「真正細菌《バクテリア》」と「真核生物《ユーカリア》」の三種のドメインに分かれる。これ以外はいまのところ、ない。

古細菌ドメインは太古の地球に生存していた単細胞生物で、火山や温泉のような高温で硫酸を含む場所に生きている好熱好酸細菌、死海のような高塩濃度を好む好塩細菌、下水処理場などで有機廃棄物を発酵させるために用いられるメタン生成細菌などがある。

真正細菌《バクテリア》のドメインには分裂によってふえる単細胞生物たちがいる。光合成細菌体、大腸菌、ブドウ球菌、スピロヘータ、リケッチアなどだ。この真正細菌のＤＮＡは染色体のようなかたちをとらず、細胞質のなかにそのまま入っている。かなりの初期に光合成細菌が、その後にαプロテオバクテリアが生まれていったのだろうと思われる。古細菌と真正細菌はまとめて「原核生物」ともいわれる。

真核生物ドメインに入るのは、以上のほかのすべての生物だ。ここには原生生物《トリパノソーマ》（鞭毛虫類・粘菌・ゾウリムシなど）、酵母、植物のすべて、われわれヒトを含めた動物のすべてが入る。真核というように、細胞に核がある。ＤＮＡはその核の中にある。

大別すればこうなるのだが、これら三種（あるいは原核生物と真核生物）がどのように進化してきたのかとなると、わからないことが多い。うまい系統的発展の説明にならない。

たとえば真核生物はいくつかの種類のアミノアシルｔＲＮＡ合成酵素というタンパク質をもっているのだが、このうちのひとつの遺伝子を調べてみると古細菌のものに似ていた。けれども別のアミノアシルｔＲＮＡ合成酵素を調べてみると、バクテリアのほうに似ていた。また、真核生物の酵母であるアスパラギンｔＲＮＡ合成酵素の遺伝子は、古細菌に由来する遺伝子とバクテリア由来の遺伝子をつなぎあわせているとしか見えない。

調べるタンパク質によって系統樹が変わってしまうのでは、どれが実際の進化の関係を示しているのか、わからない。どうすればこの複雑さを説明できるのか。これはどう見ても、太古におこったはずの「細胞内共生」についての考え方を変える必要があったのである。

いまさら言うまでもないことだが、DNAが扱っている遺伝情報はA（アデニン）・T（チミン）・G（グアニン）・C（シトシン）という塩基文字によって符号化《コーディング》されている。ATGCはDNAの螺旋梯子の部分にあたっていて、AとT、GとCが結合する。この塩基配列がタンパク質の基本設計図で、その符号《コード》の並びぐあいに従ってアミノ酸を順につくる。これらをくっつけていけば目的のタンパク質になる。

生物がつかうアミノ酸は二〇種類だ。アミノ酸一種を一文字で符号化すると、四種類のアミノ酸しかつくれない。二文字なら四×四＝十六個のアミノ酸を符号化できる。が、二〇種類にはまだ足りない。そこで三文字ずつを組み合わせて、四×四×四＝六四種のバリエーションにした。三文字で一組の符号体にした。これがコドンになった。

三文字連なりのコドンなら余裕ができる。生物はこのような情報戦略を編み出したのである。このコドンとアミノ酸の対応が遺伝子情報のプログラムだった。

ただしこれは細胞の核の中におさまっている核DNAの遺伝子コードの話であって、細胞の中で核とは別のところにあるミトコンドリアは、これとは異なる遺伝子コードをもっていた。ミトコンドリアDNA（mtDNA）の遺伝子コードだ。核DNAとミトコンドリアDNAとは別物なのである。

ミトコンドリアＤＮＡは核ＤＮＡとくらべものにならないほど短い。その程度の符号ではミトコンドリアのすべての機能をカバーできるはずがない。ということは、ミトコンドリアＤＮＡはかつて細胞の中に入りこんだミトコンドリアの祖先がもっていたＤＮＡの痕跡だったのではないかということになる。生命的な鎮具《ちぐ》と破具《はぐ》がまぜこぜになり〝共生〟がおこっていたのである。

それでは残りはどうなったのか。核ＤＮＡに組み込まれていった。ミトコンドリアの祖先がもっていたＤＮＡの大部分は核の中へ移住して、古細菌の祖先に由来するＤＮＡ群と融合してしまったのだ。最近の仮説ではαプロテオバクテリアが古細菌に入っていったと考えられている。「ちぐ」と「はぐ」とがみごとな連携をとったのである。


ミトコンドリアＤＮＡが母系遺伝しかしないということは、フェミニズムの起源がここにあったとまでは言わないが、ときにジェンダーの生命史的なルーツを考えさせる。アリス・ジャーディンとジュリア・クリステヴァの「ガイネーシス」、ダナ・ハラウェイの「猿と女とサイボーグ」、小谷真理の「女性状無意識」を考えたくなる。

われわれは精子と卵子の合体、すなわち受精によって誕生する。父親由来の遺伝子と母親由来の遺伝子を１セットずつ受け継ぐ。これが核ＤＮＡの遺伝の大原則だ。これはメンデル遺伝だ。

ところが、ミトコンドリアの遺伝子は母親からの遺伝子しか継承しない。精子のミトコンドリアＤＮＡは受け継がれない。メンデルの法則を無視してしまう。なぜこんなことがおこるのか。精子は卵子に自分の遺伝子をどうして届けなかったのか。

ふつう、ミトコンドリアは楕円形のゾウリムシのような形をしていると思われている。そこにクリステという壁か襞のような区切りがついている。昔も今も生物の教科書にはそういう模式図がのっている。けれども実際は、ミトコンドリアは臓器ごと、組織ごとに形がちがう。糸状か粒状になっていることのほうが多い。精子のミトコンドリアは鞭毛の付け根にあって、まるで鞭毛を縛りつけるようにとぐろを巻いている。このミトコンドリアが精子を活発に動かすエネルギーを送り出す。ミトコンドリアの最も重要な役割はＡＴＰの産生だから、ここまでは当然のことなのだが、ではなぜ精子のミトコンドリアＤＮＡは卵子に合体しないのか。

かつては、受精のときに精子の核だけが卵子に入りこみ、鞭毛の根っこについていたミトコンドリアが中に入らないせいだろうと解釈されていた。けれどもこれはどうやらまちがいで、実は精子のミトコンドリアも卵子の中にちゃんと入っていることがわかってきた。それにもかかわらず精子のミトコンドリアＤＮＡは受精卵には伝わらない。消えたのだ。

なぜ消えたのか。まだそのしくみの一部しかわかっていないのだが、おそらくは精子のミトコンドリアがユビキチンという物質によって「消されている」せいだった。卵子はなんらかの目的でユビキチンという目印を精子の遺伝子につけ、これを消したのだ。目印をつけたのは、それ以外の卵子のＤＮＡを消さないためだろう。このため、卵子に残ったミトコンドリアＤＮＡだけが次世代に伝えられ、母系遺伝の系譜ができあがったらしい。

恐るべき「母性の起源」というべきだ。生命はレベッカ以前に情報レベッカを用意していたということになる。

ふりかえってみると、これまでぼくの生命観に大きな転換をもたらしてくれたことに七つの事柄があった。いずれもハッとしたことばかりだ。

一。ぼくの父は膵臓癌にかかって死んだのだが、そのとき年齢退行をおこしていた。死ぬ数日前には三、四歳児の言葉づかいになった。その謎を解きたくてニューヨークの癌センター所長だったルイス・トマスに会いに行った。トマスはぼくの話をゆっくり聞いたあと、「松岡さんは一つの生命ですか」と問い、「そんなわけはないですよね、大腸菌とも一緒だし、一週間で交替している細胞たちとも一緒ですよね」と言った。これでハッとした。以来、ぼくは「たくさんの私」という見方をとるようになる。

二。いとこがガス事故で数年のあいだ意識不明の状態（いわゆる植物化）になったのち、奇跡的に覚醒した。回復した彼女はふだんの会話はできるのに、何かがおかしい。大半の記憶が失われていた。伯母に頼まれて記憶の再生を手伝うことになった。このときぼくは脳と記憶の関係を初めて学んだ。しかしセオリー通りにはならない。記憶と学習の境い目ははなはだ曖昧なのだ。のみならずそのあいだにこそ「生きるという意志」がインストールされていたようなのだ。

三。東京芸大の解剖学者の三木成夫さんから「生命はすべからく捩れています」と言われ、また

「松岡さんはデボン紀の顔をしている」と言われたときに虚をつかれた。捩れているというのは脳も腸もウンコも捩れているし、胎児は捻転しながらこの世に出てくるということらしい。デボン紀云々は「個体発生と系統発生とはつながっている」というエルンスト・ヘッケルの見方の焼き直しだったが、それを自分の顔付きにおいても日々おこっていることを忘れるなと言われているようで、ギョッとした。

四。生物にはネオテニー（幼形成熟）による進化や分化があるということを知ったとき、そうと驚いたとともに納得がいった。ある種の生物においては、あえて前代の「世」の形質を残留させたまま、次代の種への進化を遅らせているシナリオがはたらいていた。幼形のまま成熟の時計を調整したのではないかというのだ。それがホモ・サピエンスに至ったわれわれ人間にあてはまっていた。ぼくはここから「幼なごころの人間生物学」が必要だと確信した。

五。RNAワールド仮説を知ったときに、これだと思った。ぼくは分子生物学がDNAのセントラルドグマに屈服していることに疑問があって、ジャック・モノーの『偶然と必然』や渡辺格の『人間の終焉』にも抵抗していたのだが、実はRNAがそれらを用意して、その中央から身を引いていることを知って、やっとピンときたのだった。RNAが最初の編集子だったのである。

六。ユクスキュル、ローレンツ、ティンバーゲンらによって生物の認知と行動には環境や他の生物たちとの相互作用による「抜き型」のトーンが残響していることがわかってきた。また種内外での初期の「刷り込み」が活きていることを知って確信できたことがあった。それとともに、他方で環境ホルモンや遺伝子異常が生態系にもたらす影響がことのほか大きいことを知らされてショックを受けた。

七。そして七が、ミトコンドリアが外から内へと入ってきて、われわれの生命史をつくりあげたのだという、あのリン・マーグリス以来の仮説を知ったことだった。ぼくはひそかにミトコンドリアを「マレビト」呼ばわりするようになっていた。


これらがぼくに生命観の転換を迫ったトリガーになった事柄だ。

そのほか多くの本からの影響も受けた。たとえば、シュレディンガーの『生命とは何か』を筆頭に、デズモンド・モリスの『裸のサル』、グールドの『パンダの親指』、マトゥラーナとヴァレラの『オートポイエーシス』、ラブロックの『ガイアの時代』、清水博の『生命を捉えなおす』、アントワーヌ・ダンシャンの『ニワトリとタマゴ』、ドーキンスの『利己的な遺伝子』、木下清一郎の『細胞のコミュニケーション』、ペンローズの『皇帝の新しい心』、津田一郎の『カオス的脳観』、金子邦彦・池上高志らの『複雑系の進化的シナリオ』、ジュリアン・ジェインズの『神々の沈黙』、デボラ・キャドバリーの『メス化する自然』、アリスター・ハーディの『神の生物学』などなどだ。

ミトコンドリアの歴史にはまだまだ秘密が多い。ミトコンドリアＤＮＡを目盛りにして新たな生物史や人類史を解く試みは、これからも新たな物語を呼びこんでいくだろうと思う。

そういう成果のまだ一部にすぎないが、ヒトと類人猿とサルとの関係も、ミトコンドリアDNAの塩基配列から解けそうになっている。宝来聰をはじめとする研究者たちがヒトと類人猿の系統樹をあきらかにしてみせたのは、そういう成果のひとつだ。それによるとオランウータンが約一三〇〇万年前に枝分かれし、次にゴリラが約六五六万年前に自立して、つづいてチンパンジーとヒトが四八七万年前に、そのあとボノボ（ピグミーチンパンジー）が二三三万年前に分かれたらしい。

ヒトが直立二足歩行をしはじめるのは、諸説はあるが、五〇〇万年前の地球規模の寒冷化と砂漠化あたりのことだ。そのあと四四〇万年前にラミダス猿人が、つづいてアファール猿人（アウストラロピテクス）が登場して、すべての人類ドラマのプロローグがおこった。さらにホモ・ハビリス、ホモ・エレクトスと続いたのちにネアンデルタール人（旧人）があらわれて、しかし、絶滅した。われらがホモ・サピエンス（新人）はそのあとの登場だった。

ホモ・サピエンスがアフリカのサバンナから立ち上がっていったことはすでにわかっている。人類の「出アフリカ記」のはじまりだ。その先頭を切ったのも女性だったろうと想像されていて（エチオピアのアウストラロピテクス）、こちらは「イヴ」ではなくて、考古人類学者のアファール調査隊によって「ルーシー」と名付けられた。ビートルズの「ルーシー・イン・ザ・スカイ・ウィズ・ダイアモンズ」から採った。

どのように「出アフリカ」がおこったのかということも、ある程度の見当がついている。ルーシー一族の後裔がモーセのごとく中東に進出し、そこで北に進んだ西ユーラシア人と、東に進んだ東ユーラシア人に分かれた。約九万年前の大きなお別れだ。ヨーロッパ人とアジア人はここで別々になった。われわれモンゴロイドはこの後者の旅人の末裔にあたる。

九万年前のヨーロッパ人とアジア人の分岐は何をもたらしたのか。多様な言語と文明と、そして民族や人種をもたらした。バベルの塔が崩れたのだ。それでどうなったかというと、ここからは地球史と環境史と生物史と人類史と文明史が重なった。

この重なり具合を語るのは容易ではない。生物史とはちがって、歴史の進捗やそのエンジンがどのように起動していったのか、その影響範囲はどこまで及んだのかといった議論には、かなりの妄想が加わってくる。それでも社会史は強引に生命史にかぶさっていった。

第九級……歴史の授業

小学校五年ころから中学二年くらいまで地理が好きだった。未知を感じた。地図帖を眺めてワラ半紙に山脈や河川や都市をトレースし、郷土部に入って化石や鉱物を集めていた。

高校一年で「世界史」なるものに出会って歴史にはまった。地理は大きいものだと思ったのに、歴史はもっと大きく、未知はこちらにもあった。神聖ローマ帝国やハプスブルグ家やフランス革命は魔法のようだった。黒板いっぱいに丁寧に板書するY先生がよかったのだろうと思う。先生は言った、「ほら、history には story があるだろう」。

高校三年になって、やはり情熱的なT先生のせいで「日本史」がすばらしいと思えた。邪馬台国や南北朝や幕末維新の乱世の出来事に胸が躍った。歴史が好きになると、もう、本は欠かせない。

歴史が好きになることと本を読むことはほとんど重なっていた。ぼくの読書癖はこのときにほぼインストールされている。

高校時代の歴史読みは最初は岩波新書とクセジュ文庫から入った。ウェルズの『世界史概観』、井上幸治の『ナポレオン』、ピエール・ルソーの『速度の歴史』、ルネ・クロジェの『地理学史』、羽仁五郎の『明治維新』、遠山茂樹らの『昭和史』、グロリエの『書物の歴史』、モルウの『建築の歴史』などに誘導されたように思うのだが、そこから先は雑食だ。やたらめったら読んだ。歴史を読むのは「世」を着替えるための惑溺だった。

Uという友人にそそのかされて、北畠親房の『神皇正統記』や頼山陽の『日本外史』なども拾い読んだ。この友人はその後は狙いどおりに防衛大学校に入り、順調に昇進して、ここでは明かせない機密にかかわる仕事をしていった。ぼくは大学時代にその彼に教えられて、ネストル・マフノや北一輝を知ることになる。読書というものが共読することで加速すると知ったのは、この友人Uのおかげだ。

もう一人、共読を迫ったのがYだった。二年生で水泳部のキャプテンになったYは、クラス一番の成績でもあったのだが、ある日、ぼくが『カラマーゾフの兄弟』を読んでいないことにがっかりしたと詰《なじ》り、大審問官の場面について「一カ月後には松岡の感想を聞きたい」と言った。何かを試されているようで、親友だと思っていたYがこんなことを言い出したことにびっくりしたが、引きそうもない要請に気圧《けお》されて読んだ。

次男のイワンがイエスと人間の関係について書いた戯曲を、三男のアリョーシャに読み聞かせる場面である。舞台は十六世紀のセビリア。そこに現れたイエスらしき者に、大審問官が「なぜ今頃になって現れたのか。お前の役割はもう終っているだろう」と言い、かつてのイエスがパンと奇跡と権威についてやってみせたこと、言ってみせたことを痛烈に批判する。九〇歳をこえているだろう大審問官の詰問は、ヨーロッパ文明が深くかかえこんだ罪の根源に迫っているようで、息詰まる。高校二年の世界観では理解が届かないところも多い。とくにイエスは悪魔と取引をしたにすぎないという指摘に、偽者のイエスが何も答えないのが恐かった。

Yは東工大に進んで建築土木を志し、大学時代は一緒にジークフリート・ギーディオンの大著『空間・時間・建築』を読むハメになった。大審問官とともにこの共読強制はいまもって、ありがたい。

歴史は「世」でできている。漢字の「世」は金文にもとづく字形で、草木が三段階の新芽を出している形象になっている。『説文解字《せつもんかいじ》』に「三十年を一世と為す」とあるように、一定の時間と空間に限られた時空的領域が「世」というものだ。

日本語の「よ」のほうは「世」とも「代」とも綴る。この「よ」はいろいろのものになる。人の一生も君が代も、国が一定の支配を受けている期間も、時代のことも、仏教の前世・現世・来世という過去・現在・未来も「世」であって「代」なのである。歴史とはこのようなさまざまな「世」

と「代」を集成したものだ。

なぜわれわれはそのような「世」と「代」による歴史をアーカイブしてきたのだろうか。こればかりはミトコンドリアや遺伝子のせいだとは思えない。為政者がメモリアルを残したかったのだ。だが、ずいぶん勝手な残し方もしてきた。そこで歴史家、すなわち史人《ふひと》たちが登場して、さまざまな"story"を"history"にしていった。


歴史研究のための基本史料は史書である。ただし歴史記述にはリテラル・フォーマットが確立していない。ヘロドトスとトゥキディデスは異なる記述体だし、司馬遷と『魏志倭人伝』とタキトゥスは視線が異なっている。それぞれ編集構想も執筆意図もちがっている。編年体か紀伝体かのちがいもある。

そのため歴史家たちは史書だけでなく、日記、書簡、物語、評伝、図録、年代記、旅行記などを参照する。こちらには個人の観察や作業によるものが多く、片寄ってはいてもそこからは独自の光景が印象記として見える。玄奘の『大唐西域記』がなければ唐・西域・天竺のルートとアジア人の信仰生活の実態はわからなかったし、『サミュエル・ピープスの日記』がなければロンドン大火前後のイギリスの日々は見えてこない。プリニウスの『博物誌』、張彦遠《ちょうげんえん》の『歴代名画記』、九条兼実の日記『玉葉』、マルコ・ポーロの『東方見聞録』、ハルスデルファーの『婦人会話百科』、宮崎安貞の『農業全書』がなければ、歴史の活写はありえない。

アナール学派がしてみせたことだが、民衆や商人の日録、売上げメモ、取引記録、出納帳、遺産一覧などからも歴史のパースペクティブやディマケーションが見えてくる。

ぼくは研究者や学者になるつもりはまったくなかったので、文書を調査したりフィールドワークすることはしなかった。ひたすら本を読んだ。だから書物はたいへんありがたく、これらを現代の研究者が解説している書物もありがたい。書物は、それ自体が歴史なのである。けれども実際にはどうでもいい研究書もそうとうに多く、歴史観がからっきしのものも少なくない。食わせものもかなり出回っている。勝手な読み方をしていると、混乱もする。

そこで「遊」を創刊したのをきっかけに、仮称「精神技術史年表」というものを拵《こしら》え、ノート十冊ほどにテーマと年代と地域を振っておいて、そこに時代と事件と書誌とを次々に記入していくという作業を始めた。いったい何に対してどんな目をもって、どのように俯瞰したり近寄ったりすればいいかということを、とりあえず総覧するように努めたのだ（その成果はのちにＮＴＴ出版の『情報の歴史』になった）。

こうしておいて、気になる書物を片っ端から目を通していくのだが、それでもいつも何かが決定的に見えてこないという印象がある。アーカイブの再編集はすすんでいったのだが、「世」についての歴史観が統合されることはない。とくに困ったのは、ヨーロッパの歴史観をどう掴むかということだ。そんなものはいくらでもテキストや研究があるだろうと怠慢を責められそうだが、そうでもない。

やっと二十代半ばのこと、ジュール・ミシュレの『フランス革命史』、オスヴァルド・シュペングラーの『西洋の没落』、レヴィ＝ストロースの一連の著作、トインビーの『歴史の研究』、エリック・ボブズボームの『革命の時代』『資本の時代』『帝国の時代』などを読んで少しホッとした。そこにはヨーロッパ中心史観の限界が指摘されていた。

ヨーロッパ人による世界史観がヨーロッパ中心に構成されてきたことは当然だ。村の歴史はその村を中心にしたことを記述すればいいけれども、その村の起承転結だけで世界のことは語れない。それなのにヨーロッパはヨーロッパ中心史観によって「世界史」をつくりきっていた。

ヨーロッパがこの過誤に気づいたのは、ごく一部の研究者や一部の知識人のコンバージョン（回心）によるもので、第一次世界大戦で未曾有の犠牲と各国の混乱を招いた直後のことだ。なかでもシュペングラーがゲーテの形態学やニーチェの永劫回帰思想に立脚して、世界史観を従来のヨーロッパ中心から外しにかかったのは、ぼくに手がかりを与えてくれた。

そもそも「歴史はこういうものだ」と言い出したのは、キケロからランケに及ぶヨーロッパの歴史家だ。かれらはヨーロッパの記述というより世界の記述をしているという自負をもっていた。そのぶんお膝元をどう俯瞰しているかというと、イデオロギッシュになりすぎてきた。それでも、われわれはそのような歴史観を「世界史」として教えられてきたわけだ。

そんな歴史観に照らされたままアジアや南米が都合よく描かれていることに不満をもちながらも、さてどのように史的転換をはかればいいのかと思っていた。新たな史的展望をもつのは容易ではない。エドワード・サイードや多和田葉子のように「新しい外」を想定してそこから覗きこむ手があったのだろうけれど、そんなことはかんたんには思いつけない。

そうこうしているうちに気になることがはっきりしてきた。第一次世界大戦の渦中で早々に転換をはかったのはソ連とアメリカだったということだ。

レーニンの史的唯物論は「世界」の主語をプロレタリアートにおくことを提案すると同時に、そのプログラムを国内で実行に移し、ソ連型のインターナショナルな戦線の拡張に向かっていった。アメリカは第一次大戦直後に大統領ウィルソンが国際連盟を提案しておいて、自分たちは経済軍事力の充実と太平洋諸国の支配を完遂することに着手した。

これは何だったのか。その後の現代史がソ連とアメリカが採ったシナリオのもとに運ばれていったこと、これは何だったのか。このシナリオのどこかの間隙からナチス・ドイツが浮上してきたわけである。ムッソリーニのファシズムと日本軍部の大東亜共栄圏が浮上したわけだ。歴史はヨーロッパ中心史観から米ソ対抗軸へ、ウルトラナショナリズムのほうへ衣裳替えをしたにすぎなかったようなのだ。

ということは、シュペングラーやトインビーやレヴィ＝ストロースらの歴史観にも、何かが大きく欠けていたということだ。きっと大きな欠落があったのだ。その欠落がインターナショナリズムやウルトラナショナリズムやグローバル資本主義を派生させたとは言わないけれど、もしもその欠落を埋める歴史観がどういうものになっていそうなのかということがわかれば、少しは新たな展望をもちうるように思えた。

ぼくはある時期からそのように見て、このミッシング・リンクをさがす日々をおくっていた。おそらくヨーロッパ各国が、「世」を発展させるものだと捉えるために用意したアーキタイプの構想に重大な欠陥や偏向があったのである。もしくは、そもそもの歴史発展構想のマスタープランがおかしかったのだ。そのおかしなマスタープランがどのように生じて、どのように各民族各国に押印されていったかということを、ではどのように通暁すればいいのだろうか。

やがてミッシング・リンクを埋めるに値する一冊の本に出会った。レオン・ポリアコフの『アーリア神話』という一冊だ。

第十級……アーリア主義

大洪水があった。ノアが方舟《はこぶね》をつくって種族を守った。同じ言葉をもつ強力な種族は技術を誇って、やたらに壮麗な建物をつくったり、塔を築いてみせた。とくに自慢なのはバベル（Babel）の塔だった。

ところが神々はそうした営為の傲慢をこらしめて、バベルの塔を崩壊させた。たちまち世界中に異なる人種と言語が散らばっていった。バベルとはヘブライ語の〝balal〟から派生した言葉で、「ごちゃまぜ」「まぜこぜ」という意味だった。そのように旧約聖書が語るところからはさまざまな妄想が湧いてくる。「かつて世界は一つだった」、もしくは「世界には一つになれない根本要因がある」、もしくは「世界には中心になるべき民族がいたはずだ」。

第六綴「レベッカの横取り」でも少しふれておいたけれど、ユダヤ・キリスト教は長きにわたって、人間がアダムという共通の父から生まれ、族長ノアとその息子たち、ヤペテ、セム、ハムとなって分岐したと説明してきた。ところがこのキーノートがいつのまにか勝手に解釈されて、ヤペテの子孫がヨーロッパ人になり、セムの子孫がアジア人となり、ハムの子孫がアフリカ人になっていったという俗説、あるいはまた、ハムは農奴の祖先で、セムは聖職者の祖先、ヤペテは貴族の祖先だという鼻持ちならない俗説が加わっていった。

これがアーリア神話だ。バベル崩壊のあとの世がアーリア神話のなかで、思いおもいに捏造的に復元されたのである。その後この俗説がどのようにヨーロッパ中に変遷していったかはこのあとやや詳しく案内するけれど、ようするにヒトラー以前に、アーリア神話はとっくに、しかも多様に確立していたのである。なぜ、こんなでっちあげがおこったのか。

そういう奇っ怪な歴史をひもといてみせたのがポリアコフの『アーリア神話』だった。法政大学出版局で翻訳刊行されたもので、アーリア人をめぐってどんな幻想が立ち上がってきたかを解明していた。この本に匹敵する本はぼくが知るかぎり、他に一冊もない。ぼくはやっと何かが掴めたという印象に耽れた。何が掴めたのか、ごくごく短絡して案内すると次のようになる。話の都合上、スペインから覗いてみる。

スペインの歴史は七一一年のイスラム侵入とその後のレコンキスタという劇的な事態のせいで、

その前の歴史が忘れられがちになるが、もともとはローマ帝国が土着文化を消し去ろうとし、そこへ西ゴート族とヴァンダル族が侵入したことによってスペイン化がおこっていた。スペインはゲルマンをどう見るかという国だったのだ。

カロリング朝以前のヨーロッパで最も学殖があったとされるセビリアのイシドールス大司教は、西ゴート王朝のすぐれた奉仕的理論家でもあったから、スペインを「ゲルマン的歴史の人種文化」として正統化した。ここからゴート人をどのようにみなすかという歴史が躍如した。

スペインのアカデミーでは、いまでも「ゴド」(Godo) といえば「古くからの貴族」とみなす。ルネサンスではゴート的なることは(すなわちゴシックっぽいとは)、「自由であって、かつ野蛮でもある」という両義性をもっていた。それゆえセルバンテスは『ドン・キホーテ』の冒頭に「高名で光輝あるゴート人ドン・キホーテ」と示した。

ゴート認識を媒介にして、十八世紀には古代スペイン人をゲルマン人あるいはドイツ人と呼ぶという見方が広がった。そこにはイスラムの席巻を撃退しなければならなかったイベリア半島独特の「レコンキスタ的なイデオロギー」が関与した。

フランスにとって「ゴート」に匹敵するのは「フランク」だ。十字軍は「フランク人の手になる神の行為」であり、解放された奴隷は「アフランシ」で、自由にされた者の意味をもった。

フランスからすれば、フランスの地に侵入したゲルマン人とガロ・ロマン人が混交したからフランク人になったのである。それがカロリング朝以降はフランク人の王が大陸の主人公となり、あまつさえオットー・フォン・フライジングの『年代記』のなかで、ドイツ人はフランク人の分枝とみなされたのだ。なんともフランスらしい矜持だった。これでシャルルマーニュ（カール大帝）は「フランク人およびチュートン人の皇帝」を自信をもって公称できた。吹聴できた。シャルルマーニュは親しい近臣には自分のことをダビデと称ばせていた。

しかしドイツ人からすれば、ゲルマンの魂（すなわちアーリアの血）をみんなフランク人がもっていくのは許せない。ドイツ人はタキトゥスの『ゲルマーニア』を論拠に、シャルルマーニュをフランス化したことを詰《なじ》り、ライン河のこちらにこそアーリアの起源があることを主張した。

こうしてルネサンス期にはフランスとドイツの言い分が大いに食い違ってくるのだが、ここにフランソワ・ド・ベルフォレの『わが祖先ガリア人』が刊行されて、そもそもガリア人こそがフレンチ・アーリアの起源であるとの評判がたち、ギョーム・ポステルなどもゲルマン人に対するガリア人の優越を強調するようになっていった。

そうした論争を尻目に、太陽王ルイ十四世が登場すると、フランスはゲルマンの系統樹もフランクの系統樹も何の根拠もなく、これらをなべて配下にしてしまったのである。十七世紀のジャン・ラブール神父は「元来、フランス人は完全に自由で、完全に平等なのである」と宣言し、これがサン・シモンにもモンテスキューにも伝染していった。モンテスキューは古代ゲルマン人を「われわれの父」とさえ呼んでいる。

手放しのガリア主義・ゲルマン主義をこっぴどくやっつけたのは、皮肉家で鳴る歴史家ヴォルテールだ。ヴォルテールはフランスにはフランクの家系を引くものなどひとつもないと書いた。同じ啓蒙派でもディドロのほうはこれをゆるめ、あえて語源を持ち出して、「フランク、フラン（自由）、リーブル（自由な）、ノーブル（貴族）」などが同じ語源であることを仄めかした。ディドロのこのやりかたはぼくの好みだ。

しかしフランス革命は、こうした議論をいったんご破算にした。フランス革命は「抑圧者ローマ人、被抑圧者ガリア人、解放者ゲルマン人」という三つ巴の構図を現出させたのだ。ギゾーはこれを集約して、「フランス革命は結局はフランク人とガリア人の対立だった。それが領主と農民の、貴族と平民の対立で、そこに勝利と敗北があらわれたのだ」と述べた。

フランスのアーリア神話はかなり混乱していたわけだ。フランス革命とフランスの歴史を最も公平に記述したジュール・ミシュレさえ「人種は重なり合っていく。ガリア人、ウェールズ人、ボルグ人（古代ベルギー人）、イベリア人というふうに。そのたびにガリアの地が肥沃になっていって、ケルト人の上にローマ人が重なり、ゲルマン人がそこへ最後にやってきた」と書いた。


イギリスとは何か。

ぼくは『国家と「私」の行方』（春秋社）という本の西巻に、近代イギリスのいくつかの過誤を示しておいたけれど、もともとイギリスにはそのような過誤を演出せざるをえない事情がひそんでいた。

十一世紀以前のイギリスは多数の民族の到来によって錯綜していた。ブリトン人、アングル人、サクソン人が先住していたうえに、そこへケルト人、ローマ人、ゲルマン人、スカンディナヴィア人、イベリア人などがやってきて、最後にノルマン人が加わった。大陸の主要な民族や部族は、みんな、あのブリテンでアイルランドでウェールズな島々に来ていたのだ。全部で六〇〇〇もある島々だから、どこに誰が住みこんでも平気だった。

この混交が進むにつれて、本来は区別されるべきだったはずの「ブリティッシュ」と「イングリッシュ」との境い目が曖昧になる。いまは我がもの顔で地球を席巻している「英語」とは、こうした混成交差する民族たちの曖昧な言語混合が生み出した人為言語だ。それゆえOED（オックスフォード英語辞典）後の英語は、これらの混合がめちゃくちゃにならないようにその用法と語彙を慎重に発達させせて、「公正《フェアネス》」や「組織的な妥協力」や「失敗しても逃げられるユーモア」を巧みにあらわす必要があった。

こんな事情にもとづいてイギリス人たちは、自分たちの起源神話をギリシア・ローマ神話にもケルト神話にも、ゲルマン神話にも聖書にも求めることにした。恣意的で、ちゃっかりした編集である。しかし実際には、ブリトン人は自分たちの「最初の横断」のことなどすっかり忘れていた連中だったのである。そこでやむなく、セビリアのイシドールスの記述に従って（またもや！）、自分たちの名の由来になる祖先として「ブリッットないしはブルタス」という名を選び出し、これをせっせとヤペテの系譜につなげたのだ。かくて八世紀のベーダがそのようなイングランド史を書くことになったのだが、「ジュート、アングル、サクソンがゲルマニアの地からやってきた」というふうにした。

この系譜はのちに書き換えられた。アルフレッド征服王の〝史実〟を正統化するための変更だ。そしていつのまにか、あらゆるゲルマン部族のなかでアングル族とサクソン族のみが（つまりはアングロ・サクソンのみが）、最高神オーディンにまでさかのぼりうる系譜をもっているとともに、セムの系譜に直結しているというふうになった。

かくてイギリス人はヤペテの系譜ではなく、ノアの長子のセムの系譜のほうに位置づけられた。アーサー王伝説や獅子王リチャードの伝説がその線でかたまり、その後のイングランド王たちは自分たちがセムの末裔であって、「モーセの民」であることを誇るようになっていった。ヘンリー八世も、クロムウェルやミルトンのようなピューリタン派も、さらにはウィリアム・ブレイクでさえ、イギリス人をモーセの民に帰属させることに賛意を抱いたことには驚かざるをえない。

近代に向かってイギリス人の血を沸き立たせたのは、なんといってもウォルター・スコットの『アイヴァンホー』と『ウェイヴァリー』だ。『アイヴァンホー』は十二世紀のイングランドを舞台にした熱血小説で、日本では大町桂月が大正になって冒険小説ふうに訳している。『ウェイヴァリー』は一七四五年のジャコバイトの反乱を素材に若い草莽の血を描いたもので、こちらには実はレベッカが準ヒロインとして登場する。それぞれ英国浪漫を滾《たぎ》らせた。

ここにおいて、イングランドの血統はスコットランドの血統に対峙し、イギリスの血潮はフランスの血潮を凌駕してしまったのである。イギリスがＥＵからの自立を、スコットランドがイギリスからの自立をしたくなるのは、昔からの歴史病なのだ。

イタリアを、フランスやイギリスやスペインと同断の視点でみるのはやめたほうがいい。むろんイタリアの地でも多くの部族や民族が通過していった。ギリシア人、ガリア人、ゴート人、ロンバルディア人、ビザンチン人、ノルマン人、フランス人、ドイツ人、スペイン人などだ。

ただしイタリアはフランスやイギリスとちがって、これらの民々を決して自分たちの歴史の中心に組みこんではこなかった。このへん、少し日本の生い立ちに似ているが、日本は古代ローマやルネサンスに当たるものをアジアにも世界にも示しえなかった。

イタリアはそうではない。つねにウェルギリウスが描いた「アエネーアスの物語伝統」と、そこから国が築かれた「古代ローマの遺産」と、そして「歴代ローマ教皇」の上に成立して、いかなるイタリア性も別の国々から援用してはこなかった。イタリアにはフランク神話やゴート神話に類したもの、たとえば〝ロンバルディア神話〟といったものは一度も現出しなかったのだ。どだいロンバルディアは「ロング・バルブ」(長い髭)という以上の意味をもってはいなかったのだ。中世都市国家群すら、イタリアの民族主義に何の装飾も加えなかった。

　こうした純血イタリア主義をルネサンスに向かって派手に確立させたのは、イタリア起源神話の流れに最も貢献したダンテだ。そのことは『神曲』がウェルギリウスの案内による世界めぐりになっているということにも、シーザー（カエサル）を殺したブルータスとカッシウスが地獄の第九獄に配下されていることでも、よくわかる。

　いいかえれば、ダンテはイタリアを通過した数々の族長には決して関心を示さなかったということだ。ダンテだけではない。ルネサンスのユマニスムを謳歌したペトラルカやボッカチオも、その代表作『著名男子列伝』や『異教神系譜』に一人の古代ギリシア人すらとりあげていない。このことはイタリアを見るにあたっての最も重要な特色になるのだろうと思う。以来、イタリアはマッツィーニが「第三のローマ」を謳い、ガリバルディが「ローマか、死か」と訴えたように、みんなが〝ロムルスの子孫〟というアーリア人になりたがったのである。いまイタリアはEU諸国のなかで冴えない一員のように見えているが、いずれ〝ロムルスの子孫〟としての血が騒いでくるにちがいない。


　それでは、どこにもましてアーリア神話にかまけたとおぼしいドイツはどうなのか。

　ふつう、イタリアが「個人主義と懐疑主義」に片寄るのなら、ドイツは「群衆心理と熱狂」に加担してきたと言われてきた。けれどもニーチェが言ってのけたように、「ドイツ人を定義することなど不可能なのである」。それなのに、ドイツはドイツを定義したがってきた。

そもそもドイツ人の歴史観には「ゲルマンの初期」と「大ドイツの初期」とのあいだに断絶を見る傾向があった。ゲルマン系の言葉を喋っていたというなら、すでにクローヴィスやシルペリクの時代がゲルマン的であったし、新たにドイツ的なるものがどこから芽生えたのかというのなら、ドイツ（Deutsche）という語そのものの語源が示しているように、ドイツは多様な部族間の言語的共同体のあいだの中から生まれてきたものなのだ。

この部族間の言語的共同体のあいだにあるものが、おそらくはその後のドイツのナショナリズムの起源となる原郷である。これを真っ先に称揚したのはマルティン・ルターだった。ルターの『ドイツ国民のキリスト教貴族に与う』に明白だ。

一七八〇年、プロシアの政治家ヘルツベルクは、ゲルマン民族（アーリア民族）の発祥地はブランデンブルクであって、そここそが「新しいマケドニア」であると言ってのけた。これが何を意味するかといえば、ロマン派の巨人ジャン・パウルが（あの『巨人』のジャン・パウルが）そこをドラスティックに示唆したのだが、「ヨーロッパにおけるどんな戦争も、つまりはドイツ人のあいだの市民戦争なのだ」ということなのである。

もうひとつドイツを象徴しているのは、あらゆるローマ的なるものを軽蔑してきたということだろう。それはオットー大帝が即位した九六二年にすでに、大帝の信頼を一身に浴びたクレモナのリウトプランド神父が次のように断言したことにあらわれていた。「われわれ、ロンバルディア人、サクソン人、フランク人、ロートリンゲン人、バヴァリア人、ズェーヴェン人、ブルクントセ人は、ローマ人に対してきわめて大きな軽蔑の念を抱いているので、われわれが怒りを表現しようとするとき、われわれは敵を罵るのに、ローマ人という言葉を使うのである」。

ドイツはその歴史の当初から、民族の秩序としての「ドイツ的な魂の共同的原理」をかこってきた。日本でいえば「やまとだましひ」や「国体」のようなものだが、とはいえ、こんな「ドイツ的な魂の共同的原理」などというものがそうそう現実にあるわけがなかった。それはたえず〝理想のドイツ〟という共同幻想の上に咲かざるをえないものだった。

しかしその程度の共同幻想なら、日本の「八紘一宇」や「大東亜共栄圏」がそうであったように、ふつうならどこかでそうとう歪むはずである。けれどもドイツにあっては、それが宿敵フランスとの対立対比が歴史上たくみに作動して（三十年戦争など）、歪みが拡大することが巧みに避けられてきた。その最も顕著な例がナポレオン戦争によって、クラウゼヴィッツのドイツ・ストラテジー（戦争論）が確立し、フィヒテの『ドイツ国民に告ぐ』が熱狂的に受け入れられていったことなどにあらわれた。

かの「ドイツ語がヘブライ語に先んじていた」という勝手な共同幻想も、大ドイツ主義の形成にあずかった。のみならず、このことは「ドイツ人の世界精神」という観念をいつのまにか肥大させ、疾風怒濤のシラーがまさにそうであったけれど、「ドイツの精神世界が人間の教育を永遠におこなうための資源である」という妄想にまでふくらませていったのだ。これらはやがてワーグナーやヒトラーのアーリア神話に行き届いていく。

ロシアでは長らく五つの伝承が組み合わさってきた。

ロシアという名称のルーツとなった「ルーシ」の伝承、スラブ族としての伝承、キエフの年代記がもたらすネストルの伝承、各種の民族習慣やロシア正教の伝承、そしてビザンチウムやロマノフ王朝の伝承である。

これらの伝承はしばしば「ウラジーミル公たちの伝説」というふうに束ねられていたのだが、実際にこれらのいくつもの伝承が一つに向かっていく結節点となったのは、一四七二年にイヴァン三世がギリシアの王女ソフィア・パレオログと結婚したことだった。国民的紋章がビザンチンの双頭の鷲になり、それにふさわしいモノマクの王冠（白い三重宝冠）が用意され、モスクワが〝第三のローマ〟とみなされた。

そこに加わったのが、ロマノフ家のアナスターシャと結婚したイヴァン四世（雷帝）による「私はロシア人ではない。私の祖先はドイツ人だった」という宣言だ。雷帝はロマノフの王家がアーリア化し、ゲルマンの矜持をもつことを宣言したのだ。

この路線を拡大したのがピョートル大帝だった。大帝は一七〇〇年前後の北方戦争で領土を広域化すると、西欧主義を積極的にとりいれ、ロシア官僚主義とロシア絶対主義を築いた。しかしいくらピョートル大帝が夜郎自大なことをヨーロッパに向けて喧伝しても、ドイツ人からすると、ロシア人とはアジア起源の民族か、もしくはアッティラに率いられてヨーロッパに侵入したフン族の末裔にしか見えなかったのである。

こんなひどい侮辱は吹き飛ばさなければならない。それに着手したのはピョートル三世に嫁いでこの愚鈍な夫を放逐したうえ殺害し、ロシア全土に農奴制を強化していったエカテリーナ女帝だ。三度のポーランド分割、再度の露土戦争を押し切り、フランス革命を憎んだ稀代の女帝は、スラブ人の人種的優越を鼓吹し、晩年にはスラヴォニア語が人類最初の言語だと自分で執筆するほどになっていた。池田理代子のマンガ『女帝エカテリーナ』がこのへんの気分をうまく描いていた。

こうして、さしもの不毛の地を広大にかかえるロシアにも、カラムジンの『ロシア国家史』や国民詩人プーシキンの歴史観などが出回るようになっていくのである。とはいえ実際には、プーシキンの友人だったチャアダーエフが『哲学書簡』に述べたように、ロシアの唯一の特異性は「無《ニキ》」の中にひそんでいたのかもしれない。ロシア革命前のナロード・ニキの運動、ロシア革命のボルシェヴィズムの運動、ロシア革命後のユーラシア運動などを見ると、チャアダーエフの暗示は当たっていたようにも思われる。

以上が、各国に用意されていたアーリア神話の、それぞれ勝手なプレ言説だ。

これらは各国でてんでんばらばらに出入りしてきた勝手きわまりない言説ではあるが、それが奇っ怪にもだんだん「一つのアーリア神話」に向かって超シナリオ化されていったのである。なぜそんな驚くべき超シナリオがつくられることになったかといえば、ヨーロッパ各国に「人類の単一性」についての「聖書に代わる新たな神話」が必要になっていったからだ。

人類をアダムの末裔として提示した聖書については、早くから疑義が交わされていた。十世紀のアル・マスーディは「すべての人間が一人の父のもとから派生した」という考えのおかしさを指摘して、アダムの前にざっと二八種ほどの民族が先行していたことを主張した。

とうてい共通認識されるはずもないだろうに、このようなトンデモ仮説はさまざまなヴァージョンとなって歴史思想をかいくぐってきた。とくにこの手の仮説がまことしやかに立案されていったのは、なんと人間復興に耽ったはずのルネサンスに入ってからのことで、それも世界思想の駆動エンジンに大きな寄与をもたらしてきた人物たちの手で、立案された。

たとえばパラケルススは、アメリカの土着民は「別のアダムの系譜」に属するだろうと問い、ジョルダーノ・ブルーノは「人類はエノク、レビヤタン(リヴァイアサン)、アダムという三つの祖先をもっていた」と説いたのだ。イギリスでは詩人クリストファー・マーローや数学者トマス・ハリオットが「ヨーロッパのどんな外国でも、アダム以前の人間たちの末裔がひしめいているはずだ」と述べていた。

こうした言説がアーリーモダンにおいて最初のセンセーションに達したのは、ボルドー地方のマラーノだったイザク・ド・ラ・ペレールが、十七世紀半ばに『ユダヤ人の召還』や『前アダム仮説に関する神学体系』を発表したときである。マラーノとはスペイン語で豚の意で、当時キリスト教に改宗したユダヤ人の蔑称だが、ラ・ペレールは聖書の年代記をいったんご破算にして、フランス王たちは「かつての選ばれた民」を国内に召還したほうがいい、そうすればユダヤ人以外の祖先によるダビデの王国を復活することも可能になると強調した。

これは、アダムがユダヤ人のみの生みの親であって、それ以外の選民がもっといるはずだ、そこには「われわれのルーツ」もあるはずだという主張であった。いささかおっちょこちょいだったデカルトやメルセンヌはこの主張に心を動かし、パスカルは一笑に付した。

新しい人類起源論の流行を、いままではまとめて「複数創世説」ということができる。人類複数起原説だ。その大半の内容はトンデモ仮説なのに、けっこうなお歴々にも人気があった。異説が好きなホッブス、スピノザはむろん、ヴォルテールもゲーテも加担した。

しかし、いざこの仮説を現実社会にあてはめようとすると、難題が待ちかまえていた。難題に最初に出会ったのがスペイン人だった。南米を侵略したスペインがここで原住民を布教することになったとき、インディオをアダムの末裔と見るか、それとも異民族と見るかで布教方法が論争になったからだ。ドミニコ会の修道士バルトロメ・ラス・カサスはインディオをアダムの末裔とみなし、その解釈にローマ教皇庁もフェリペ二世も同意した。ということは、ここでは「複数創生説」（人類複数起源説）は破れたのだ。

ところが他方、スペインから奴隷労働力として南米に連れていくことになったアフリカの黒人たちについては、複数説が採用された。「白いインディオ」と「黒いエチオピア人」（黒いアビシニア）を区別した。インディオをアダムの民と見ることと、黒いエチオピア人を白いインディオと対比させることには、あきらかに矛盾があったのに。

何らかの工夫が必要だった。どうするか。その工夫に貢献した一人のシナリオライターが『ノアの方舟あるいは諸王国の歴史』を書いたドイツ人のゲオルギウス・ホルニウスだ。ホルニウスはノアの末裔に分岐をもうけ、ヤペテ系が白人になり、セム系が黄色人種になり、ハム系が黒人になったとした。これで歴史学も神話学も大いに取り乱しはじめた。

やがてスペインの時代がオランダに移り、それがイギリスに移っていくと、こうした人種論に「科学の目」をからめることが流行した。ラ・フォンテーヌはそうしたイギリス人の趣味を「いたるところで科学の王国を広げているイギリスのキツネ」と呼んだ。こうして人種は「科学の王国の住民」にもなっていく。

近代科学のプロトタイプとなった数々の科学論や哲学論が、こと人種についてはそうとうにめちゃくちゃな議論を正当化しようとしていたことについては、愕然とさせられる。

ジョン・ロックは「猫とネズミをかけあわせた動物」がいるだろうように世界の人種を見ていた

し、レオミュールの報告によって「ニワトリとウサギのかけあわせに類する実験」が成功したとフランスでは信じられていた。「最小作用の原理」を確立した数学者で、ベルリンアカデミー会長だったモーペルテュイでさえ、皮膚の白さと黒さを比較することがきっと人種の優劣を決める科学になりうると考えていた。

なかでも最も有名な過誤を犯したのは、かの分類学のカール・リンネだったろう。リンネが過誤を犯したとはあまり想像がつかないだろうけれど、そうでもない。その『自然の体系』に〝人間〟の項目を入れたリンネは、次のように人種分類をしてみせていた。

エウロパエウス・アルブス（白いヨーロッパ人）＝白くて多血質。創意性に富み、発明力をもつ。法律にもとづいて統治される。アフリカヌス・ルベスケウス（赤いアメリカ人）＝赤道色、短気。自己の運命に満足し、自由を愛する。習慣に従って自身を統治する。アジアティクス・ルリドゥス（蒼いアジア人）＝黄色っぽい、憂鬱質。高慢、貪欲。世論によって統治されている。アフェル・ニゲル（黒いアフリカ人）＝黒くて、無気力質。狡猾、なまけもの、ぞんざい。主人の恣意にもとづいて統治されている。

なんともひどいものだ。目を覆う。けれどもリンネの分類理論はビュフォンの「退化の理論」に受け継がれ、やがてはルソーの『人間不平等起源論』の中で想定された「自然人」のカテゴリーにまで突っ込んでいったのだ。まったくもって、これで歴史とその分類が残せるだなんて、よくも確信できたものである。それなのに、歴史学や社会学はいまなおルソーを称揚し、生物化学はリンネの分類を土台においている。

歴史を考えるのはかなりアクロバティックなことである。われわれは巨大な時空の袋のどこか片隅のくぼみにいて、その袋の全体の歴史的形状を云々しようとするのだから、これは身の程知らずが歴史の「身の程」を論じるようなものなのだ。

当然に、半分以上は我田引水になる。我田引水なのだが、この引水はしばしばエスニック・ステートには必要不可欠なことだった。とくにヨーロッパは、この引水合戦によって各国の志気を潤わせてきたからだ。けれども、それが人種と国家のイデオロギーになっていくと、必ずや「世」が歪んだのである。そういうときは、差別思想が歴史科学の衣裳をまとっていた。

ナチスのユダヤ人虐殺がアーリア主義にもとづいていたのはよく知られたことだが、この異常は一足とびにやってきたものではない。先頭を切ったのはフランスのジョゼフ・ゴビノーで、悪名高い『人種の不平等性について』によって強力な差別思想を披露した。ゴビノーは入念な聖書研究を通して白い人類が「美と知と力」をもっていることに着目すると、その源流をヤペテの民としてのアーリア人に認めた。

ゴビノー仮説はあいかわらずのトンデモ仮説だったのに、シェリングやオイケンやヘーゲルさえ肩をもち、そこへダーウィンの従兄弟のフランシス・ゴルトンが加わって、この仮説を世界中にまきちらすことになった。ゴルトンが『遺伝的天才』などによって主張したことは「優生学」という歴史科学となり、アメリカではこれがダヴェンポートらによる優生記録局による「断種」と結び付いたのである。あっというまに優勢者による劣等者に対する差別が広まった。日本人がイエローペリル（黄禍論）の餌食となったのは、このときだ。

ナチスのユダヤ人ホロコーストは、ゴルトンの優生学がアーリア主義にもとづく断種になだれこんだものである。この悪夢、誰ひとりとして止められなかった。ポリアコフは、次のように書いている。「ヒトラーやムッソリーニが神話を捏造したのではない。一五〇〇年にわたるアーリア・ゲルマン神話の過剰を、人文主義者や啓蒙思想家が食い止めなかったことが問題である」と。

歴史には怪物《モンスター》が付きものだ。

ミノス王がダイダロスに命じて造らせた迷宮に閉じこめられた牛頭人身のミノタウロス、源平の物語に出没する猿の顔・狸の胴・虎の手足・蛇の尾をもつ鵺《ぬえ》、旧約聖書ではレヴァイアタンの名の海の怪獣として、中世では悪魔として、近世ではホッブズによって国家の超象徴として語られたリヴァイアサン、怪物たちはそれぞれ背景をもっている。

ウロボロス、夜叉、メドゥーサ、半魚人、サラマンダー、一ツ目小僧、ホモンクルスなどには、人知の欠如や肉体の異質化が象徴されている。これらの怪物たちは文明と社会の首尾一貫性の破綻をあらわすものでもあったのである。そこで世の中の語り部たちは、これらが妄《みだ》りに暴れまわらないように、とても不思議な説話や昔話や英雄譚を仕立てて飼い馴らしてきたものだった。しかし為政者や反逆者や、また作家やアーティストたちは、それだけではがまんできなかった。この怪物性を自分の手で見せたくなったのである。

これをデモンストレーション（demonstration）という。あえて怪物《モンスター》（monster）を強調して見せること、抑えつけられていたモンストーレが暴かれること、それがデ・モンストレーションだ。字義通りの示威である。けれども最近は「世」に対抗するような怪物が見られなくなっている。日本では一九五四年のゴジラの出現このかた、怪物が鳴りをひそめている。ならばわれわれは、ときに不可解なものの物語を探しあてても出会うべきなのだろう。

第十一綴……猫の贈与

どんなに波瀾万丈で奇想天外だとしても、どんなに槿花一朝で酔生夢死の日々をおくっていようとも、われわれの人生は昔話や童話ほどには変ちくりんではない。

昔話や説話や童話はかなり変だ。「昔々あるところに」(once upon a time) と言いさえすれば、樹木が歌い、カエルが喋り、子ブタが働いて、毒リンゴで平然と殺害がおこる。主人公はやすやすと時空を飛び、巨人や妖精やフリークスや一寸法師がいくらでも出てくるし、憎悪はたいてい魔術のような力を発揮する。いくら変わった人生でも、こんなふうではない。

たいてい「それからみんな、しあわせになりました」と結ばれているが、結末はたった数行で「めでたし、めでたし」なので、主人公たちがその後の安心や安全をどのように担保されたのか、さっぱりわからない。意地悪をした連中のその後もほったらかしで、花咲爺いの隣りのじいさんやドロシーが帰ったあとのブリキ男がどんなふうになったのかはわからない。

変ちくりんなのではあるが、その「変」には何かがたいそう暗示的に、かつ複合的に組みこまれているため、妙に心にのこっていく。のこっていくのではあるけれど、それならちゃんとした筋を言ってみなさいと促されると、どうにもあやふやだ。それというのも元の話に辻褄が合っていないのだ。貸借対照表が狂ったまま万事がめでたしなのだ。

シャルル・ペローやグリム兄弟がそういう話をいくつも集めて編集構成したが、そのペローが収集した童話にして『赤ずきん』も『眠れる森の美女』も、『青ひげ』も『親指太郎』も、どこか度しがたく不鮮明なところが混じったままなのである。不可解なままなのだ。そして、その「変」や「不可解」はときに文明の謎のように作動する。

だいたい『赤ずきん』なんてペローのものを読んだのか、グリムのものなのか（両方が採取編集しているのだが）、それとも日本の絵本作家のリライトなのかもわからないし、ちゃんと読んだつもりなのに、なぜか筋書きをちゃんとは再生できないありさまだ。

あらためて、どうして赤ずきんがオオカミのこれ見よがしの偽装にだまされたのかと考えてみても、その理由も背景もなかなか読み解けない。しっくりこないし、納得もない。だいたいこうした童話や昔話では、なぜ「おじいさん」や「おばあさん」ばかりが出てくるのか。かぐや姫も桃太郎も両親ではなく、爺さん婆さんが授かって育てる。しかもヨーロッパでは「おかあさん」はたいてい継母なのである。しかし、そういうところが昔話や説話や童話のアメージングなところ、注目すべきところなのだ。その「ちぐ」と「はぐ」とが合わないところには、とんでもない真相や社会史の隘路に出食わすことが少なくない。

ぼくはペローの『長靴をはいた猫』の話を子供のころから知っていたはずだったのに、細部をすっかり忘れていた。大人になって澁澤龍彦の訳を読んで、とたんに考えさせられた。猫が主人公であるのはホフマンの『牡猫ムルの冒険』（これが漱石の『吾輩は猫である』の原型）からレオノール・フィニの『夢先案内猫』まで、それこそ童話や絵本にはゴマンとあるからかまわないけれど、猫が長靴をはくのは変である。変ではあるが、あの猫は長靴をはいていた。おそらくは長靴をはくのが当たり前だった風土で生まれた話だったのだろう。湿地帯や雨が多い地方に伝承された昔話が原型なのだろう。そうなると、この話の背景には「猫よばわりされていた湿地帯の種族」がいた国の話なのだろうということになる。

ペローの話では長靴猫はただの猫ではない。猫の親方である。親方なのだからこの猫はボス猫ないしはリーダー猫で、子分がたくさんいたか周囲で恐れられていたとおぼしいのだが、ところが話のなかには子分がまったく出てこない。長靴猫は単独行動犯で、子分もなく人間どもを手なづけた。これも変である。

もっと変なのは、そもそもこの長靴猫が「ある財産の分け前」だったということだ。粉挽き屋のおやじが死んで、長男が粉挽き小屋をもらい、次男はロバを、三男が長靴猫をもらった。そういう財産分与であてがわれた猫だったのである。なぜに猫などが財産になったのかはわからない。この話が生まれてきたころに所有権というものがその地方に浮上してきたのかもしれず、そう考えることはきっと可能だが、ひょっとしたらこの三男が長じてそこそこの成功をおさめ、湿地帯に君臨していたロングブーツの一族とのあいだで何かの権利を譲られたか、盟約めいたものを結んだのかもしれない。その三男についての伝承が長靴猫の冒険として伝わってきた可能性もある。

そういうことはけっこうあったはずである。とくに地域の道路がコンクリートで固まっていなかった時代には、洪水や治水や架橋とともにそんな長靴族の話が出入りしていたはずだった。

青森の津軽の周辺部にアラハバキの伝説がいろいろのこっている。

ハバキとは脛巾《すねあて》のことをいう。アラハバキは荒吐とか荒脛とか荒脛巾と綴るのだが、荒吐王あるいは荒脛王というふうに王の文字が記されていることが多い。アラハバキは津軽地方で王になった人物ということなのだ。荒い呼吸をする荒々しい王、もしくはロングブーツではないが、荒々しい革（毛皮）の脚絆をつけている怪物的リーダーというイメージだ。

津軽の周辺にどうしてこんな荒っぽい族長のような者がいたのか、なぜアラハバキなどと呼ばれていたのか、かんたんには史実からは憶測できない。ところが『東日流外三郡誌《つがるそとさんぐんし》』という奇書を読むと、ナガスネヒコ（長脛彦）が津軽に落ちのびてアラハバキになったと書いてある。アラハバキはもとはナガスネヒコだったというのだ。『東日流外三郡誌』は和田家文書を代表とする偽書ではあるが、その記述のすべてがうそっぱちだということもない。

ナガスネヒコのことなら『日本書紀』にも出てくる。奈良の大和地方にいた割拠型豪族のリーダーの一人で、荒木山を背にした今日の五條市あたりを本拠にして、足が地につかないほどの荒れ地を治めていた族長である。そのあたりはいまでも「浮田《うきた》の杜《もり》」とか「荒木の里」と呼ばれ、一族は荒木田などとも呼称された。脚がずぼずぼのめりこんでしまう「淀」や「浮」の地に強かったのである。だから長靴こそはいていないけれど、長い脛に長い脛当てをつけていた。ナガスネヒコの名は湿地帯に強いリーダーの風変わりな姿をあらわすニックネームだったろう。

書紀では、そのナガスネヒコがニギハヤヒ（饒速日）によって誅殺されたというふうになっている。ニギハヤヒは物部氏の祖先にあたる。ニギハヤヒが先手でナガスネヒコを討って、時のイワレヒコ（のちの神武天皇）に恭順の意をあらわしたと記されている。

神武天皇なんて歴史上に実在しないのだから、この話はインチキだなどと思わないほうがいい。神武天皇ではないにしても、ヤマトを治めようとしたイワレヒコと呼ばれた一族の長はいただろうから、そのイワレヒコの一族とナガスネヒコの一族がいて、両者が争っていた。そこへニギハヤヒが登場してナガスネヒコを討ってイワレヒコに加担したとみればいい。

ナガスネヒコがなぜ誅殺されたかというと、神武東征の邪魔をして暴れたからだった。イワレヒコの軍勢が難波《なにわ》から河内・大和に入ろうとしたときこれを阻止して暴れたため、ニギハヤヒがこれを討って皆殺しにした。書紀ではそうなっているのだが、『古事記』では殺されたとは書いていない。殺されなかったとしたら、どうしたか。ナガスネヒコは東北に落ちのびたというふうになったのである。途中、荒木田グループとして各地を開墾したり、開拓したり、略奪していったのであろう。その流れ着いた先が津軽で、アラハバキとして崇められたわけだ。

こんなふうにアラハバキの始末を読むと、長靴猫もこんな経緯を負っていたのかとも思われてくる。アラハバキもまた長靴猫の一味だったのである。

ペローの童話では、長靴猫は自分の主人（三男）をカラバ侯爵と呼んでやたらに敬っている。貧乏な青年を侯爵よばわりしたというのは変である。三男はそこそこ成功していたか、成功しつつあったのだろう。

そこでヨーロッパの湿地帯のロングブーツのアラハバキこと長靴猫は、得意の策略をもってご主人をさらに有利な立場にしていく。森に罠を仕掛けてウサギを生け捕りにするとこれを王様に献上して、カラバ侯爵からの贈物でございますと言う。こういうことを鳥や獣やキノコを使って何度もくりかえす。長靴猫は贈与猫だったわけだ。

献上物に王様はよろこび、カラバ侯爵の存在を実感しはじめる。王様が森の川辺を馬車で散策するという情報を聞き付けたときは、侯爵を説得して川で溺れさせるフリをさせた。そこへ王の馬車が通りかかって侯爵を助け、馬車の中の姫様の横に座る。さらにその馬車が進むにしたがって、長靴猫が馬車の先まわりをして通りかがりの農民たちを脅し、行く先々で「この土地はカラバ侯爵さまのものでございます」と言わしめた。

こうして侯爵は王の娘と結婚し、土地まるごとを譲渡される。めでたしめでたしだ。侯爵が姫と結婚できたからめでたしめでたしなのではない。国が栄えたからめでたしなのである。

長靴猫の話をつくりあげた連中はどんな連中だったのだろうか。マルセル・モースがのちに気がついた「贈与」の意味を知っていたとしか思えない。それゆえ長靴猫は「交換」とは何かということを示す主人公になれたのだ。どうやら長靴猫はアダム・スミスの前身で、モースの互酬性を先見していたにちがいない。

シャルル・ペローについては何もふれなかったが、ペローこそは十七世紀フランスの注目すべき論争の立役者であった。

論争というのは「新旧論争」という有名な論争で、歴史上の最も早期に確立した論争というべきもの、「古代人が優秀なのか、近代人が優秀なのか」という論点で、時代文化社会の総力比較を引っ提げて挑んだ論争のことをいう。ペローは近代人を代表してこの論戦に挑み、四巻にわたる著書を発表して全力を傾注したのだが、その場の決着としては古代派の頭目ニコラス・ボアローに敗れたということになっている。ボアローはラシーヌとも親交のあるフランス最初の批評家とも言われた詩法家で、いささかペローには分が悪かった。

だが、ペローの近代人論は次の時代の予告に満ちていたとぼくは思っている。もともとペローは神学者や建築家を兄弟にもつペロー一家のエースであった。長きにわたって宰相コルベールに仕えてルイ王政を支え、そのうえで古代・近代論争に臨んだのである。

これでわかるように、長靴猫はおそらくルイ王朝の中にいて、かつ前方に走り抜けていたシャルル・ペローその人でもあったとも言える。走り抜けたぶん童話が残って、その童話の片隅にいた長靴猫がアダム・スミスめく新たな市場理論の先駆者になったのである。

こうして、一部の民族や部族によって生じた歴史観は市場の介在とともにその価値観が「交換」されるものになった。これは歴史観が歪まないための修繕《ブリコラージュ》のひとつの方法だ。しかし、修繕や編集《エディティング》の方法は市場交換だけではなかった。それでは商品と貨幣が別のアーリア神話になるだけである。

第十二級……お裾分けの文化

幕が開くと満開の桜を背景に、巨大な川が息を呑むような意匠で出現する。水流模様の布を巻き付けた筒状の渦が組み合わさって、目にも綾なる滝車が仕掛けられている。川をはさんで上手《かみて》には庵、下手《しもて》に屋敷の屋体。

妹山背山《いもやま・せやま》に向かって二本の花道が設えられ、太棹の浄瑠璃三味線がべんべんと奏されると、太夫の格調高い声がこれから始まる悲劇の舞台となった吉野川について、朗々と謡い語る。「古《いにしえ》は神代《かみよ》の昔山跡の、国は都の初めにて、妹背《いもせ》の初め山々の、中を渡るる吉野川、塵も芥も花の山、実に世に遊ぶ歌人の、言の葉草の捨て所」。

花道に大判事家の清澄《きよすみ》と太宰家の後室定高《さだたか》が登場すれば、そこは紀伊の国と和泉の国を分ける境いの地である。吉野川が舞台奥から観客席に向かって滔々と流れている。清澄には久我之助という一子が、定高には雛鳥という娘がいるのだが、二人は恋仲でありながら、ここから先には前代未聞の悲劇が待っている。近松半二を立作者にして仕上がった傑作『妹背山婦女庭訓《いもせやまおんなていきん》』の三段目、御存知「山の段」だ。

時代は古代におきかえられて、蘇我入鹿の横暴に中臣鎌足が立ち向かっていくという話になってはいるが、妹山《いもやま》と背山《せやま》というトポスに縛られた両家の宿命を描いている。「山の段」は「吉野川」とも言われるように、この川をまたいで久我之助と雛鳥の若い命を交換するというのが、この悲劇の眼目になる。それゆえ近代になると、俗に「日本のロメオとジュリエット」とも言われてきたけれど、その対称的様式性をめぐる作劇と演出は、人形浄瑠璃とともに歌舞伎狂言の傑作中の傑作ともなって、いまなお紅涙を絞らせている。

人間の「世」の数々の営みの歴史のなかで、最も多くおこなわれていたことが何かといったら、おそらく交換（exchange）だったろう。何かと何かを交わすことである。

物々交換から市場交換まで、情報の交換から人質の交換まで、土地の交換から為替の取引まで、新郎新婦の婚姻からパチンコの景品交換まで、世の中は交換ばかりやってきた。「世」はありとあらゆる交換によって成立してきたはずだ。長らく「ヒト、もの、カネ、情報」と言われてきたが、これは何のことを言っているかといえば、社会で交換を可能にするもの、すなわち交換財のことをいう。

パンを買う、着替えて出掛ける、授業料を納める、メールを返す、仕事の契約にこぎつける、娘を嫁にやる、M&Aをする、友情を交わす……いずれも交換だ。いやいや、そもそもコミュニケーションのすべてが交換であり、世の中の事態が進むということそのものが交換なのである。ピーター・ブラウやジョージ・ホーマンズの退屈な社会的交換理論というものもある。

どんな交換にも互いの価値観の納得が必要である。『妹背山』では両家の子供の命や首が交換されるとともに、二つの国の象徴の交換も、入鹿と鎌足の権力の座の交換もおこる。しかし、どんな交換にも等価な交換など、めったに成立しない。めったに成立しないから、「ヒト、もの、カネ、情報」が交わされるたび、あいだに権利や価格が仲立ちをし、そのそれぞれのやりとりに貨幣による価値交換をさしはさみ、そうすることで世を制してきたわけである。


古代中世においては、交換という行為は礼儀、饗宴、儀礼、軍事活動、舞踊、祭礼、市などの、いずれの場面でもおこってきた。かつてそうした広範な交換には、たいてい「互酬的な贈与」が動いていた。そうしなければその社会は成立しなかったはずなのだ。

ところが、世の中は別の価値交換のわかりやすさのほうに向かっていった。交換が互酬的であったことを不問に付して、もっぱら銀行や市場を介しての貴金属や貨幣による交換に支配的な力を与えていった。

そこでモースが『贈与論』を著した。モースは「道徳と経済がいまもなお隠れた形でわれわれの社会の中で機能していることを示すつもりである」と書いた。道徳と経済が深くつながっていることはアダム・スミスも理想としていたものだが、その後は市場一辺倒になってしまい、スミスの願いとは異なる市場経済優先主義がつくられつつあった。モースは「われわれの社会は互酬性《レシプロシティ》の上に築かれている」「そこに人類の岩盤の一つが発見される」「そこには現代の法と経済が生む問題に関するいくつかの道徳上の結論を引き出すことができるだろう」と書いた。

モースが〝発見〟したことは、古代社会や未開社会でおこなわれている経済的な交換や取引は、必ずしも今日のわれわれが想定するような富の蓄積や利益の確保のためではなく、もっと広範な交換のためだったということだ。通貨を介在させる経済行為は社会的な価値の交換の一部にすぎないということだ。だからモースは「どんな経済的な取引も交換の中の一つの行為項目にすぎない」とも書いた。

問題作『贈与論』が発表されたのは一九二五年である。モースは一八七二年のフランス生まれだから五三歳のときだ。

かんたんに執筆の背景を説明しておく。学問の成果を感知するには、中身を理解することはむろんだが、その学説がどんな時代背景で出来《しゅったい》したかを覗いておくことも、かなり重要だ。ぼくはたいていそういう本の読み方をしてきた。

一九二五年前後というと、それまでヨーロッパ各国は世紀末のアジア進出やアフリカ分割をへて植民地獲得に目の色を変えていたのだが、いったん第一次世界大戦でぎゃふんとなり、やっと精神的にも立ち直った矢先のことだ。まだナチス台頭やムッソリーニの覇権や日本の軍部台頭には至っていない。この時期、一部のヨーロッパの知識人たちは自分たちの過当競争を反省し、自分たちが知らない世界や社会に目を向けようとした。それが市場や工場が到達していない社会や文化の調査と研究になっていった。すなわち未開社会や古代社会が注目されたのだ。

モースは母親が宗教社会学の泰斗エミール・デュルケムの姉だったので（つまりデュルケムが叔父さんだったので）、その影響のもと、いくつかの社会学や宗教学の論文を書いていた。五〇代にさしかかったモースは、人類学者のマリノフスキーが一九二二年に発表した『西太平洋の遠洋航海者』を読んで、とても驚いた。そこには、トロブリアン諸島に当時まだ残存していた儀礼的な交換行為「クラ」（kula）やアメリカ北西部の狩猟採集民のあいだで交わされてきた相互贈与行為「ポトラッチ」（potlatch）などが、ありありと報告されていたからだ。

モースは触発され、さらに古代インド、古代ローマ、古代ゲルマンなどの法と習俗の分析を加えて、総じて「贈与の経済社会」を鮮やかに浮上させていった。これが『贈与論』だ。あくまで未開社会の交換儀礼を扱った論考だったけれど、その影響はきわめて大きかった。

というのもマリノフスキーが「クラ」や「ポトラッチ」を物々交換を主眼とした経済的行為とみなしたのに対して、モースはそこに宗教・法・道徳・経済・人事などの「全体的社会事象」が認められるのではないかと推理して、これはきっと集団的な贈与を通じて財とサービスとが交換される「全体的な給付」だろうと睨んだからだった。

ここがモースの鋭かったところだ。互酬的贈与の習慣を社会文化全般の「やりとり」として捉えた。レヴィ＝ストロースに影響を与え、その文化人類学を「野生の社会」に向かわせたのは、モースにこういう大きな観点があったせいだ。

モースが分析した贈与行為は三つの特色をもっていた。①贈り物を与える義務、②贈り物を受ける義務、③お返しの義務、である。これらが繰り返しループされる。

この「義務」のところを「社会」とか「社会行為」と読み替えてもいい。すなわち、①贈り物を与える社会、②贈り物を受ける社会、③お返しをする社会、というふうに。さらにわかりやすくすれば、①「与える」、②「受ける」、③「返す」というふうになる。

のちにモーリス・ゴドリエは『贈与の謎』で、モースは第四の義務（社会）を忘れている、それは、④神々や神々を代表する人間に贈与する義務、であると付け加えた。なるほど、これは当たっていた。たしかに人類は人と人、人と集団、集団と集団とのあいだの価値の交換の前に、神や仏にその価値の取引を確認していたはずだった。これは「捧げる」という行為になった。

モースが浮上させた「互酬性」（reciprocity）には、贈ることとお返しすることを通して、われわれが失いつつある何かの社会的な価値行為がひそんでいる。現代ふうにいえば、ソーシャルキャピタルが動いていたということだ。モースはそのソーシャルキャピタルを生み出す贈与こそ、社会経済の指標になりうるとみなした。

しかしながら、今日の資本主義的な競争と利益の市場原理にあまりに冒された目には、この指標がそうとう見えにくい。そのため、いまでは「贈与の経済学」は学問としてはかなり旗色が悪いままになっている。バレンタインデーからクリスマスプレゼントまで、お中元からお歳暮まで、花束贈呈から指輪交換まで、誕生日祝いから卒業祝いまで、今日なお「贈りもの」（ギフト）はそれなりにおこなわれているにもかかわらず、それはあくまで資本主義市場を賑わせる商戦であって、モースが注目したような贈与文化ではないというふうに受け取られているのだ。

欧米型のロジックによる考え方が身につきすぎていれば、これらをモースの議論にあてはめにくいのは当たり前だ。グローバル資本主義の社会では、マネーゲームと結び付いた高度情報システムが隅々までゆきわたり、「ポリティカルコレクトな平等主義」と「合理ごりごりのコンプライアンス」と「行動証拠をあげたてる監視カメラ」が、社会のどこにも付きまとっている。まことにうんざりだ。こんなうんざりな社会で「贈与」などと言い出せば、どこかで悪いことをしているとしか受けとられない。

ときには「賄賂」と勘違いされることも少なくない。こんな社会では大切な人の「接待」もできなくなってきた。では、どうやってお礼をすればいいのかというと、なるべくしないほうがいいことになってきた。お礼も賄賂や贈賄になりかねない。

さあそれなら、ここからは「世界」の用語ではなく、「世間」の用語がいささか大事になってくるだろう。互酬的な贈与については、とくに日本社会のコンベンションがもってこいだろう。たとえば「お裾分け」である。

ふーん、「お裾分け」ですか、はいはい、そういう言葉があったよねではありません。お裾分けとは、貰ったものや贈られたものの一部を親しい者や近隣の者に再配分することをいう。再分配ではあるけれど、裾で分けるだなんてなんとも日本的で、なんとも互酬的な贈与感覚をあらわしたものだ。そもそも日本では「分ける」が「分かる」で、そのように分けたくなることがものわかりであって、分際《ぶんざい》とか分限《ぶんげん》というものなのである。

似た言い草には、「心ばかりのものですが」とか「粗品ですが」がある。人にあげるのに控え目にする。「つまらないものですが」とも言う。つまらないものなら持ってこなければいいのだが、ここにも贈呈者が提供する相手の気分を圧迫したくないという心情がはたらいている。そんなふうに相手に負担を与えないところが、日本的な贈与感覚だ。

また「気前がいい」という言葉もある。物惜しみしないこと、出し惜しみをしないことを言うのはわかるだろうが、そのことがその人物の器量の大きさにつながっているところがはなはだ日本的で、しかもそれが「気前」や「持ち前」に当たっているという暗示を含む。その「持ち前」を惜しまずに相手に提供しているから「気前がいい」わけだ。

あまり知られていないかもしれないが、「相当」などという言葉もある。日本人ならなんとなく意味はわかるはずだ。中世では人や物の釣り合いがとれることを「相当している」と言った。『愚管抄』にもよく出てくる。「相当」は、釣り合いのとれた対称的な贈答行為に用いられた言葉だった。それがのちのち釣り合いをとった行為に対して、あいつは「相当なもんだ」とか「相当な奴だ」という褒め言葉に変じていった。

こんなふうに、ふだん使っている日常の言葉から日本の奥に切り込んでいく入口がつかめれば、「方法日本」のための「日本という方法」のコアなニュアンスが見えてくる。


日本は縄文このかた唯一絶対神をもたず、多神多仏で、固有文字のリテラシー（読み書き）を漢字から借りて工夫してきた国だった。

唯一絶対のトップディシジョンがないということは、八百万《やおよろず》なたくさんの見解があるということで、そこでは複数の意見の調整と編集こそが大切なディシジョンメーキングのプロセスになる。『妹背山婦女庭訓』で入鹿の横暴に対抗するために、大判事家と太宰家がわが子の死を贈与したのは、時代権力の変遷や妹山と背山のバランスにとって何が必要だったかを描いていた。

日本は相手や他者を取り入れることにおいても、すぐれて編集的だった。そこへもってきて、この国の風土では季節がこまやかに移る。そのため微妙な変化や変容にはそのつどの価値感覚が求められてきた。「旬《しゅん》」である。桜もゆっくり蕾をふくらませるところ、ちらほら咲き初めるところ、一斉開花のあとはすぐに散るところ、そのそれぞれを俳諧のような短いメッセージで微妙に詠み伝えるのを好んだ。

日本はそういう国だ。「世の中は三日見ぬ間の桜かな」なのだ。かくして五月に入れば隣りの奥さんの衣服が白くて少し薄くなり、六月には雨と紫陽花が美しく、それらをそのたびに「旬」な価値観として交わしあったのである。以上のようにごくすなおに日々すごしながら現在と歴史をまたいでこの国の価値感覚の出どころを観察すれば、そこには固定的な契約関係が持続するというよりも、そのつどの「気持ち」の交換こそを大切にしてきたということがわかる。

というわけで、こういう風土や歴史のなかでは、何かを贈るとかお返しするということは、素封家の婚礼や葬儀をべつにすれば、とくにおおげさではなくなってくる。お歳暮や中元も、お祝いや香典も、余りものの「お裾分け」も、金品の多寡よりも水引の結びぐあいや進物を包む風呂敷の色合いが、何かを告げている。日本では、もともと贈与は特別な営みというよりも、ふだんの付き合いからして「お互いさま」で、互酬的なのである。

日本の社会文化を彩ってきた贈答文化は変わっている。たんに贈るだけなのではない。「お返し」がある。贈られるほうもたんに貰うだけではなく、「オウツリ」や「オタメ」や「ツトメ返し」の習俗をもっていた。

オウツリは「お移り」で、似たような価値感覚の持ち主どうしが何かを介して柔らかに移動しあっている気分があらわれている。オタメは「お為」であって「お貯め」だ。過剰なものを分け、そうすることが自他ともに為になるというふうに感じあった。柳田国男はこのような習俗を「予期せられた反対給付」と考えた。今日の民俗学や文化人類学では「象徴的返礼」だと考えられている。

こんなに興味深いコンベンションがあったにもかかわらず、近現代日本はこれを潰しにかかったのである。その後の日本の政治家や行政府や識者たちは、これらを「虚礼」だとみなしたのだ。それもけっこう早い時期からだ。

すでに明治二〇年には、穂積陳重・外山正一・菊池大麓らが発起人となって贈答廃止会を結成し、お年玉、中元、歳暮、年賀祝いをはじめとする過剰行為を改め、「生活の合理化」に向かうことを提言したし、明治後期には板垣退助・西郷従道らが呼びかけて中央風俗改良会が組織され、「虚飾無用の物品贈答を廃止すべし」と声を上げた。

大正九年にも伊藤博邦らが生活改善同盟を発足させて、冠婚葬祭・贈答行為・見舞訪問の三つの部門をもうけ、そこに細目をつけてまでして改善を徹底させようとした。これらが戦後になると、ついに政府主導の「新生活運動」になった。最初は敗戦後の貧困や苦境に照応したものだったのだが、やがて昭和三一年には財団法人「新生活運動協会」ができて、香典の廃止、婚礼の簡素化、葬儀の略式化などを実践しようとした。

それでどうなったかというと、白い恋人や赤福や紅葉饅頭や博多めんたいこがもっと売れるようになった。全国に「道の駅」ができて、玉姫殿や霊園販売や『ゼクシィ』がビジネスチャンスを掴んでいった。

贈り物をしなさいとは言わない。時と相手を心得ないと、すぐに贈賄やインサイダー取引や接待疑惑にひっかかる。世の中、そうなってきた。しかしながら、われわれが何かの「お世話」になってきたこともほったらかしにしないほうがいい。ミトコンドリアや長靴猫や怪物の気分になれとは言わないが、ときにはわれわれがすでにして「何かを借りて育ってきた動物」だったことを思い出したほうがいい。

第十三綴……カリ・ギリ・ドーリ

二〇一〇年公開の米林宏昌の『借りぐらしのアリエッティ』は、一九七〇年代半ばに宮崎駿と高畑勲が企画したままになっていたアニメ映画である。三十数年をへて宿願をはたすことになるのだが、鈴木敏夫が米林を監督に当てたようだ。地味ではあるが、細部がけっこうよくできていた。ホロッともさせられた。

主人公のアリエッティは小人《こびと》の少女で、屋敷の床下でさまざまな生活用品を借りながら両親と暮らしている。母親のホミリーは借りものを工夫して切り盛りし、父親のポッドはときには危険な借りも辞さないという大黒柱で、たいていの家財道具は自分で作る。何かがあった時のために、アリエッティに「借り」の大事さを教えることを肝に銘じている男だ。物語はアリエッティが初めての

「借り」を控えた夜から始まる。

原作がある。イギリスの児童文学作家メアリー・ノートンの『床下の小人たち』だ。評判がよかったので、ノートンはアリエッティや小人たちを主人公にした作品をいくつも書いた。岩波少年文庫にも入っている。まとめて「ボロワーズ」（Borrowers）と呼ばれてきた。「借りぐらしたち」といった意味だが、これはぼくの人生哲学にぴったりだった。しばらくその話をしたい。


フランスの若い哲人にナタリー・サルトゥ＝ラジュがいる。その『借りの哲学』という好著を読んだ。『借りぐらしのアリエッティ』公開から二年後の二〇一二年の著作で、たいへん清々《すがすが》しい哲学書だった。著者は「エチュード」の副編集長もしていた。

こんなことが書いてある。「人間はつねに他者からの借りで生きている」。「われわれは一人で生きていけないので、誰かに借りをつくるものなのだ」。「どんな時代の者も先行する世代からの借りの中にいる」。「借りのない生などありえない」。

よくぞ言い切った。ここまではっきりと「借り」を肯定的な思想にしようとした本はなかった。まさにアリエッティのための応援哲学だ。サルトゥ＝ラジュの言う「借り」はフランス語の“dette”（デット）で、この言葉には「債務・負債」という意味とともに「恩」や「負い目」の意味があり、この二重の意味をこめて「借りの哲学」になった。日本語でいえば「育ててもらった恩も借りもある」「世話になった負い目がある」という感じに似ている。

ふつう、世の中では「借りのない人生」のほうが誉められる。借りっぱなしや借金地獄は嫌われるし、負い目はたいてい重たいものだ。できれば借りや負い目はつくりたくない、そう思われている。しかし、いったいわれわれは何も借りずに生きてきたなどと言えるのか。サルトゥ＝ラジュはそこを問うた。

何を隠そう、ぼくはずうっと「借りの人生」をおくってきた。

モンテーニュやダダイストや後鳥羽院に「心映え」を借り、仕事仲間やボルヘスや喫煙に「遊び」を借り、鉱物標本や女の子の口元や武道の型に「官能」を借りてきた。この「借りの人生」は「仮りの人生」でもあった。もとより「借り」は「仮り」である。

子供のころも青年のころも、絵本からも音楽からも、仕事のうえでも思索のなかでも、ともかくたくさん借りてきた。多くの書物からは洞察と仮説を借り、タブローや陶磁器からは美の構成法を借り、先達たちからは振舞を借りた。ぼくはひどい生活音痴なので、衣食住や暮らしを仕切れる才能の持ち主からは何を借りたというより「一緒に生きてきてもらった」というに近い。

むろん借金をしたり、部屋や家も借りてきた。なかには「お前に貸したおぼえがない」というものまで入っている。さまざまな場面を通して借り受けてきたものはそうとうに多い。

これらをまとめて「何かに負うてきた」というふうにも言えるだろうと思っている。「負う」という言葉には負担や負債という作用も含んでいて、したがってぼくにとっては「負う」と「借りる」はかなり近い重要な関係にあったものだったのだ。ひょっとすると、ぼくの仕事はずうっと「借りる」ことだったとさえ言える。そうだとすると、編集とは「借りて／返す」「抱いて／放す」ということなのである。

いまさら言うまでもなく、シェイクスピアの『ヴェニスの商人』は借りた金をどう返すのか、結局は返さないですましたというお話だ。

裕福な家の娘ポーシャと結婚したいバッサーニオは、申し込みのための準備金三〇〇〇ダカットを親友の交易商人アントーニオに借りる。しかし折あしくアントーニオの商船はすべて出払っていて、戻ってくるまでは換金ができない。そこでバッサーニオはアントーニオを保証人にしてユダヤの金貸しシャイロックから三〇〇〇ダカットを借りることにした。三カ月後が返済期限だ。

急な借金なので高い利息をふっかけられてもしょうがなかった事情だが、意外にもシャイロックは「利息はいらない」と言う。そのかわり「期日に返済がない場合は、保証人アントーニオの体から肉一ポンドを頂戴したい」と申し出た。船さえ戻れば何事もうまくいくと確信していたアントーニオはシャイロックの申し出を受けた。そこへアントーニオの船がすべて難破したという知らせが入ってきた。バッサーニオは血相を変え、「三〇〇〇ダカットを倍にして返す」とシャイロックに迫るのだが、シャイロックは頑として応じない。

法廷が開かれ、男装したポーシャが裁定を言い渡した。「アントーニオからきっちり肉一ポンドを切り取るがよい。ただし一滴の血も流してはなりません。この裁定に従えないなら全財産を没収する。キリスト教に改宗するなら特赦がもたらされるであろう」。

これでやんやの喝采とともに幕が下りるのだが、この話にはなぜアントーニオはバッサーニオの借財を命に代えてまで許容したのか、なぜシャイロックは利息付きの金銭変換では満足できなかったのかという、シェイクスピアが仕掛けた二つの謎がのこる。

ふつうの答えは金銭より友情が尊いとしたからだとか、金銭でも友情でもないものを返させたかったからだというふうになるが、こんな答えはちっともおもしろくはない。そこで歴史経済学は少しひねって、ポーシャの所属するキリスト教上流社会とシャイロックの所属する下層ユダヤ社会を比較して、この物語はユダヤ社会の交換の制度の顛末をキリスト教社会の価値観のほうに転移させた物語だと説くのだが、これもたいした見識ではない。

ニーチェはそこをもう少し深読みした。キリスト教が「贈与」のかたちをとりながら、巧妙に「負い目」を社会化してきたのは明白だったとみなし、キリスト教における贈与のロジックこそその後の負債のロジックをつくりあげたのだと非難したのだ。

ニーチェは『道徳の系譜』では、道徳的な存在とはそもそもは「約束を守る存在」のことだが、そうなるにはその約束を「記憶している存在」でなければならず、それは「負債を記憶しつづける」というしくみに転嫁されたのだとみなしていた。道徳は負債の歴史から生まれたのだというのだ。だからキリスト教のギフト感覚はいんちきだとみなしたのだ。まことにニーチェらしい見方だった。

岩井克人も『ヴェニスの商人の資本論』で奮った見方をいくつか見せた。ポーシャを「貨幣」に準《なぞら》えて、ポーシャが介入したからシャイロックの娘にお金が回り、それらは「資本」に転化していったと解いた。この手口、なかなか鮮やかだった。

贈与や互酬性が成立するには「約束を守る者」がいなければならない。この約束は何かを与えた者と与えられた者とのあいだに生じた暗黙の約束で、暗黙だから互酬的贈与が進捗する。

約束を守ったのに一方が踏みにじるようでは、互酬的ではない。この場合は「約束を守ったかどうかを判定する者」がいる。この判定をポーシャのような裁判者ではなく、金融機関が代行するようになると、そこにはもう資本主義の準備ができあがる。そのぶん贈与や互酬性はギフト経済のなかで退行し、賄賂や中元やお歳暮のようなものばかりがのこるだけになる。

しかし、ここにもうひとつの「貸し借り」があったのである。それは「恩」や「負い目」にもとづいたもので、日本においてはとりわけ顕著なものだった。ぼくとしてはこちらの「負い目」にめっぽう弱いのだ。

ギーリィとニンジョーを秤《はかり》にかけりゃ、ギーリィが重たい男のセカイ……。高倉健の『唐獅子牡丹』の歌い出しだ。何度カラオケで歌ったことか。

健さんの任侠ものは『昭和残侠伝』をはじめ、十数本の映画をそれぞれ何度見たかわからないくらいだが、話の筋はほとんど似ている。まさにギリとニンジョーがみしみし絡んで、最後はギリのために自分を捨てるという筋書きだ。これがなんともたまらない。

港湾労働などに携わっている小さな組の親分が、別の新興の組の乱暴に耐えている。乱暴はますますエスカレートし、それでもガマンをしているのだが、やがて子分の一人が殺される。そこへ組の客分のような健さんがふらりと帰ってくる。健さんは親分のお嬢さん（たいていは藤純子）に慕われるが、何かをこらえるようであまり応じない。組の若い衆は報復に駆られて短慮の行動に出るものの（たいていは長門裕之）、必ず無残に返り討ちにあう。これが何度もおこる。

客分の健さんは何度か若い衆の血気を制するが、そこへ昔なじみの任侠（たいていは鶴田浩二か池部良）がやってきて、健さんがガマンをしているぶん、自分で使命を引き受ける。しかし健さんはお嬢さんの制止もあって、行動を控えつづけている。が、事態はますます悪化する。ついに観客がこれ以上はガマンができないという映画の終盤、主題曲の前奏が流れはじめると、健さんが棚の奥に仕舞いこんでいたドスを取り出し、黙って準備を始める。それをお嬢さんが気がついて「行かないで」とすがる。が、健さんは歯を食いしばったまま、何も言わない。そして、白い布にくるんだドスを片手に着流しで夜の町に出ていく。

主題曲がトランペットをまじえた前奏をおえて、いよいよ「ギーリィとニンジョーをハカリイにかけりゃ」というところへさしかかると、町角に例の任侠男が立っている。二人は目と目をあわせて何も言わないが、静かに並んで歩きだす。映画によってはここで雪がちらついてくる。最高潮である。そして、たった二人の殴り込み。

健さんがもろ肌ぬぐと、背中に唐獅子牡丹の刺青だ。場末の映画館であればここで観客に拍手がおこり、壮絶な斬り合いが十数分つづく。やがて本望を遂げ、健さんは表へ出てくる。警察がずらり並んで待っている。かれら警察官も健さんにはちょっとした大義を感じているらしく、カメラはかれらの神妙な顔を斜め上から撮っていく。脇でお嬢さんが走り出ようとする。それでも健さんは黙ってかれらに拘引され、カメラが高く上がって夜の町をしょっぴかれていく健さんを見送ると、またまた音楽がジャーンとなって、終。

健さんがギリとニンジョーを秤にかけたのはあきらかだ。お嬢さんとの人情はもちろん、組の連中に対する人情もすべて義理によって封印される。そのギリが重たいものかどうかというと、たいていはたいして重くない。かつて組の親分に一度か二度の恩義をこうむった程度なのである。それでもギリがしだいに燻し銀のように光りはじめ、健さんはそのギリを守って殴りこむ。

いったい、この義理とは何か。その義理と比較される人情とは何か。義理人情というふうに四字熟語になることもあるが、この義理と人情がわからなければ高倉健に憧れてしまうわれらの心情もわからない。ぼくがどんな「負い目」に弱いのかもわからない。

ところが、こういうギリとニンジョーを適確に言いあてるのはかなり難しい。仮に日本人の根底に流れている心情だろうといってみても、その心情がいつごろからかたちづくられたのか、はっきりしない。まさか縄文弥生ではあるまいし、王朝期でもないだろう。それなら鎌倉武士の一族郎党に義理と人情が秤にかけられていたかというと、鎌倉武士たちの御恩奉公・一所懸命のしくみにそんなものが芽生えたとは思えない。足利時代や信長・秀吉では、あまりにも家族や家来の裏切りが多すぎて、これはこれで義理人情を浮き出させるのは困難だ。

そこで江戸の社会があやしいということになるのだが、そうなると、そこには儒教や朱子学、武士道や町人思想、あるいはこれこそは縁が深いのだろうけれど、遊女や侠客や奉公人たちがからんでくる。西鶴にも『武家義理物語』の著作が見えている。「意地」や「意気地」とも関係があるかもしれない。「義理の柵《しがらみ》、情《なさけ》の綱」(春色辰巳園)などというはやり言葉からすると、川柳や歌舞伎や落語にも何かの動因があるだろう。かなり多様な背景から絞り染められた心情なのだろうという推測がつく。

かくして、この問題を解くには江戸の社会や江戸の思想の専門家が登場する必要があるということになる。

これまで義理については、桜井庄太郎の「義理とは、当事者が平等の関係にあるばあい、すなわち当事者の地位の差なきばあいのポトラッチ的・契約的社会意識である」が有名だった。あまりに教条文化人類学的で、おもしろくない。これは従来の津田左右吉の「義理とは意地である」や福場保州の「義理は体面の哲学である」のような印象批評を脱したものではあるけれど、よくあることだが、なんだか急に学者用語が出てきただけという印象だ。

学界的に少し議論が進んだと言われたのが、有賀喜左衛門の「義理は公事《おおやけごと》、人情は私事《わたくしごと》」という分類だが、これもそれほどのものではない。

そこで姫岡勤は「好意に対する返礼としての義理」と「契約に対する忠実としての義理」があると考えたり、ルース・ベネディクトが「世間に対する義理」とは別に「名に対する義理」を持ち出したり、また法学者の川島武宜が「義理には継続性や包括性が欠けている」といった視点を加えたのだが、それがどこからきたのかはわからない。

やっと新たな検討を加えたのは源了圓の『義理と人情』である。舞台を江戸社会に焦《しぼ》って議論をした。

順番にいうと、まず林羅山の『藤原惺窩先生行状』に義理が出てくる。「人の履むべき道」という意味でつかわれていて、朱子学が日本に義理を導入した雰囲気を伝える。つづいて中江藤樹に「明徳のあきらかなる君子は義理を守り道を行ふ外《ほか》には毛頭ねがふ事なく」（文武問答）と出てくる。儒教がしだいに浸透していくさまが見える。

これが大道寺友山では一気に「義理を知らざるものは、武士とは申しがたく候」（武道初心集）となる。町人文化が台頭して「利欲にさとき町人」が跋扈してきたため、これに対して「利欲にさときものは義理にうとく候」と見て、武士の真骨頂を称揚するためのものだった。

これでギリが一般化したかというと、そうでもない。むしろ、このような義理に関する朱子学的な解釈が急速に薄れ、新たな義理の意味が広まっていくのが江戸社会だった。そのスタートは仮名草子の『七人比丘尼《びくに》』や西鶴の『武家義理物語』であり、その展開は近松の戯曲をまって完全な日本化をはたした。

これは、かつて亀井勝一郎が「仮名の誕生によって日本文化の草化現象がおこった」と言ったひそみに倣っていえば、源は「江戸文化の草化現象」ともいうべきものだろうと言う。朱子学や儒学が正統的な位置から滑り落ちて（いいかえれば正統儒学をあえて滑り落として解釈する連中が次々に登場して）、まったくそれとは異なった日本的な義理人情の思想の様相を呈したというのだ。つまりは江戸社会独得のジャパナイゼーションだ。西鶴や近松の文芸がそれを担った。

西鶴が描いた義理は「情緒道徳」だった。一方、近松は義理をストレートに描いたというよりはむしろ「情けの美」を描き、そこに観客が義理と人情の葛藤を読んだ。

このちがいは当時有名だった遊女の夕霧の描き方のちがいにもあらわれる。西鶴は『好色一代男』で夕霧を「命を捨る程になれば、道理を詰めて遠ざかり、名の立ちかかるれば了簡してやめさせ、つのれば義理をつめて見ばなし」と書いた。西鶴の夕霧は〝気丈婦〟なのである。これに対して近松は『夕霧阿波鳴渡』で、夕霧を弱々しい「投げ入れの水仙清き姿」として描く。

このちがいを拡張すると、西鶴になくて近松にあるのは仏教的無常感だということになるが、そこに日本人の義理と人情が高倉健ふうの男のものにも、その男が女性化する道行《みちゆき》心中ふうの女のものにもなっているのが、たいそうな日本なのである。

源了圓は近松に依拠して、江戸の義理人情を四パターンに分けた。①法律上の近親関係ゆえに生じる道徳的義務、②世間の義理にもとづく習俗、③人の世の常として他人におこなうべき道（儒教の義理）、④パーソナルな信頼・約束・契約にこたえる義理。

どうもこんなふうに分類されると、近松の芝居が見えなくなってしまうのだが（健さんの行動については もっと見えなくなる）、源の分析はそこそこ細部にわたっていて、それなりによくわかる。それでもその説明は理屈に勝ちすぎて、町人たちの情緒をとらえているとはいいがたい。そこは、日本文化を研究するときによくおこる問題なのである。

源は人情本・読本を例に、とくに馬琴における義理人情の描き方を紹介し、さらに泉鏡花の『婦系図《おんなけいず》』と尾崎士郎の『人生劇場』をとりあげてもいた。しかしこれでは、義理人情は文芸的なるものがつくりだしていったということになる。いいかえれば、義理も人情も文芸的なるもの以外には表象されにくい。あるいは文芸的に表象された義理と人情のかたちばかりがミームとして伝播していったということになる。とりわけ任侠映画があれほど流行してきたことをほとんど説明してくれないし、恩義や負い目につながる感情や思想には、つながらない。

ぼくが思うには、義理も人情も、思考からも行動からも「はみ出てきたもの」「滲み出してきたもの」に関係がある。いったんは薄くなったか、壊れかけそうになってしまったものでありながら、どうしても振り切れないもの、ついに捨てられなかったもの、それがギリであってニンジョーなのである。それは「きのふの空」であって、何かの「お裾分け」なのだ。その振り切れもせず、捨てられもできないような余情を実感するとき、そこに義理人情が浮上する。

義理人情は最初から措定されている心情ではない。行ったり来たり、濃淡をもって動いている。おそらくは見て見ぬふりをしたいのに、それでも絡みついてくるものだ。「かわる・がわる」からやってくるものなのだ。

江戸学の研究者たちが見落としていたこともあった。それは「道理」というものだ。日本人は道理に適《かな》う、道理に悖《もと》るということをなんとなく重視してきたし、日常会話でも「なるほど、そうだよな、ドーリでね」と言ってきた。この「ドーリでね」が道理なのである。

とはいえ、あらためて道理っていったい何のことなのか、道徳なのか倫理なのか、と言われると、わかるようでわからない。江戸時代の町人には「おてんとうさまの道理」が、武家には「武士の道理」があったとしても、それがどういうルールなのか、それともハイパールールなのか、それともいわゆるコモンセンスのようなものなのか、もしくはコンベンショナルなものなのか、よくわからない。けれども「ドーリでね」はあきらかに行き渡っていたようなのだ。

ドーリについては、徳川社会と明治社会の両方をまたいだ福沢諭吉が、『物理学の要用』でこんな説明をしていた。「ある原因に対して一般に納得できる結果が自然に生ずること、又はそのような因果関係のこと」というふうに。諭吉は加えて、「経済商売の道理は英亜両国においてその趣を異にするものと言わざるをえず」とも書いた。各国で「無理が通れば道理が引っ込む」がおこっているが、その道理は各国各民族の歴史によってその意義を変えてきたというのだ。

その通りだと思う。ドーリはどの国にもあって、それをもとにして慣習法や成分法が積み上げられてきた。しかし、諭吉は人一倍、近代的発想が好きだったので、日本人の道理の感覚思想が武家の生き方から生じていたことを看過した。

日本人の道理は鎌倉期の「貞永式目」に立ち上がっていた。

承久の乱以降、鎌倉幕府成立から半世紀たつと、執権の勢力が西国にまで広まっていって、地頭として派遣された御家人と公家などの荘園領主や在地住民との揉め事がふえていった。そこで貞永元年、時の執権の北条泰時は一族の長老の北条時房を連署とし、太田康連・斎藤浄円らの評定衆と協議して、武家が守るべき道理を「御成敗式目」として通達することにした。これが俗に貞永式目といわれるものだ。

当時、公家には政治制度や行動項目を明記した律令や式目があったのだが、武家には法令がない。そもそも武家は王朝期の北面の武士や荘園の護衛者などから立ち上がり、しだいに武士団として組み上げられていった集団である。頼朝が鎌倉殿として公認されるまでは、「家門」としてオーソライズなどされていなかった。それが鎌倉三代をへて北条執権体制が確立してきた。泰時は日本初の武家法をつくりたかったのである。

まずは武門を安心させるべく、将軍によって与えられた土地は保証するということ、そうではない土地でも二〇年間にわたって実効支配すれば、その土地は誰からも奪われないことを安堵した。また、そうした土地の相続については親が返せと言えば返せる「悔返《くいかえ》し」や、子のいない女性も養子をもらえば土地を相続することができるというような、さまざまな権利と義務とルールを明示してみせた。

式目は五一箇条になっていて、世の中でおこりそうな争い事や揉め事をどのように裁けばいいかをあきらかにしている。まさに武門が身につけるべき道理をあきらかにしたのだが、第一条と第二条で真っ先に示したのは、神主や僧侶の、また守護や地頭の、神仏に対する敬う心と行為の重視であった。

第一条は「神は人の敬ひによって威を増し、人は神の徳によって運を添ふ」と始まって、神を敬えば霊験があらたかになるのだから、神社を修理したり祭りを盛んにすることは大事なことで、供物もできるだけ欠かさないようにしなさいというような、守護や地頭が神主とよく結託して神祇をベースにしていきなさいというようなお達しになっている。

第二条は「寺社異なると雖も崇敬これ同じ、よって修造の功、恒例の勤め、宜しく先条に准じ後《こう》勘《かん》を招くことなかるべし」となっていて、たえず僧侶は堂宇や伽藍の管理を全うして日々の「おこない」や「おつとめ」を疎かにしてはいけないというような、仏道に関する道徳的な規定を強調していた。

ようするに、貞永式目は天下が治まるためのドーリというものが日本の神仏の道理とともにあって、その道理にしたがって武家社会をつくっていってほしいと訴えたのである。

泰時の道理政治は必ずしも成功したとはいえないが、このあとの日本人が何かにつけて道理を持ち出すことになったのは、貞永式目のせいだった。とはいえ、式目が歴史観や社会観を如実に記述していたのではない。そちらを担当したのは、すでに第四綴に紹介した慈円の『愚管抄』のほうだった。慈円は式目の写しが守護たちによって全国に配布される前に、道理としての日本を顕冥両面から訴えていた。つまりここには「おかげ」の道理が発動していたのだった。

その後、泰時の貞永式目は乱世に向かってしだいに空文化されていくのだが、それでも戦国大名たちは自分たちの武士団や領国のための武家法を工夫した。ぼくは武田の『甲陽軍鑑』を読んで感心したことがある。家臣の春日虎綱（高坂弾正）が武田家の行く末を心配して口述をし、これを甥の春日惣次郎らが書き継ぎ、そこにさらに猿楽師の大倉彦十郎の知恵や筆記が加わってまとまった。惣次郎など、武田滅亡後に逃れた佐渡においても筆述を続けている。きっとこのようにして、武門の道理が継承されていったのだろうと思ったものだ。

貞永式目は徳川の秀忠・家光のときの「武家諸法度」によって大幅に改訂され、強化された。そこではもはや道理が持ち出されていない。そのぶん、道理は藩政藩務のほうへ、また士農工商の「名分《めいぶん》」のほうへ転位していったのだろうと思う。それゆえ、あえて道理の哲学を言い出す者も少なくなった。それでも伊藤仁斎が「活道理《かつどうり》」を言い出して、世間や日常や政体の文脈を無視するのは死道理《しどうり》であると断じたり、明六雑誌で福沢の道理論に嚙みついた阪谷素などがいるにはいたが、めぼしい道理議論はない。

まことに残念なことではあるが、今日の日本ではギリもニンジョーもドーリもすっかり人気がなくなっている。そんなものはヤクザな連中や古くさい道徳思想の持ち主が、若い連中にごたくを並べたいときに言い出すことだと思われている。

まあ、そういうふうにも感じられようが、ぼくはまったくそんなふうには見ていない。むしろ、われわれの気分のどこかを去来する義理や道理を、いつしか本気で覗きこむことができなくなっているほうが問題だ。あいつには義理があると思えなくなっていること、かつては「道理に合わない」と思えたのが「勘定に合わない」となってしまったことが、問題なのだ。

一方、われわれの生存はその本来においてアリエッティなのである。借りぐらしなのである。社会生活そのものが「借り」に支えられてきた。いや、それどころか、植物の光合成に、ミトコンドリアのATPに、河川や森に、海の幸や動物の肉やキノコたちに支えられてきた。われわれはそれらを根こそぎ借りて生きてきた。それは「恩」であって、大いなる「負い目」なのである。ナタリー・サルトゥ＝ラジュは、『借りの哲学』を「借りたものを返さなくてすむ哲学」にしたいと結んでいる。

こうなれば、言うまでもない。あらためて「負い目」というものを、歴史と生命の「きのふの空」から呼び戻したほうがいいだろう。石牟礼道子は『はにかみの国』で、私にはどうも「持ち重り」というものがありますと書いていた。われわれは「持ち重り」を忘れてしまったようだ。こんなことでは日本がうまくいくはずがない。

第十四綴……タンタロスの罪

大学四年の春に父が死んで借金をのこした。やむなく広告取りをした。なんとか返済して工作舎という数人のグループをつくり、オブジェマガジン「遊」を創刊した。杉浦康平さんに外まわりをデザインしてもらった。

雑誌を編集制作したくて始めた工作舎だったが、意外にも「遊」の執筆者たちから自著を出したいという要望が多く、高内壮介の『湯川秀樹論』を一冊目として、稲垣足穂『人間人形時代』、荒俣宏『理科系の文学誌』などの単行本を刊行していった。全共闘紛争によって東大の入試が中止されるような七〇年代初期だったので、境界領域を次々に越境する本が渇望されていた。のちに、この時期のことを臼田捷治が『工作舎物語――眠りたくなかった時代』にまとめたが、たしかに誰も眠ってなんかいたくなかった時代だった。

眠らないのはおもしろかったからだが、好きな雑誌をつくる仕事と単著を刊行する版元を運営する仕事とでは、だいぶん勝手がちがっていた。取次店も雑誌と単行本では窓口が別で、決済期間も異なっていた。編集の仕事としても、単行本づくりは雑誌とは別のセンスが必要だった。それでも着手すると手応えがあった。

意外な現象がほかにも続いた。ひとつには「遊」をおもしろがって若い世代が集まってきた。なかには住み込み気分でスタッフになりたがる者もいる。ろくに給料なんてないのでパンの耳を焼いたり鶏骨《とりがら》を煮込んだスープにごはんを入れたりしているのだが、それでいいかと言うと、みんな「いいです」と欣喜雀躍である。その若い連中が松岡さんの本を出すべきだと言いだした。自分でつくった版元で自分の単著を出すのはおこがましいと思ったが、みんなが背中を押すので踏み切った。『自然学曼陀羅』『存在から存在学へ』『概念工事』『言語物質論』『眼の劇場』『イメージの遊学』などを切り出した。

怪しい黒マントの中から自分で用意しておいた金魚鉢を、あたかもめずらしい出来事のように取り出す小屋専属の手品師のような、変な気分だった。

もうひとつには、フォーラム・インターナショナルという同時通訳グループが組織合体させてほしいと言ってきた。木幡和枝を頭目とするこのグループは多士済々で、たちまち工作舎は国際化していった。リチャード・アベドン、バックミンスター・フラー、スーザン・ソンタグらの来日アーティストや来日講演者が立ち寄るようになった。翻訳出版もすることになり、ライアル・ワトソン『生命潮流』、アーサー・ケストラー『ホロン革命』、フリッチョフ・カプラ『タオ自然学』、レオ・レオーニ『平行植物』、エリカ・ジョング『飛ぶのが怖い』、エリッヒ・ヤンツ『自己組織化する宇宙』などの本を筆頭に、次々に刊行した。

そんなことを十年連打して、そろそろ潮時かと思って「遊」を終刊させ、工作舎を後進に預け、小さな松岡正剛事務所をおこした。とたんに春秋社の佐藤清靖さんがやってきて、何か書いてくださいよと頼んできた。佐藤さんはほかならぬ本書の担当編集者だ。

生涯一編集者を標榜していたぼくがよその版元から著者として執筆を依頼されるというのは、これはこれでよそゆきの気分になるもので、しばらくうんうん唸って考えた。何度かせっつかれているうちに、奥にたまっていたものがアタマを擡《もた》げて『空海の夢』になった。ついで作品社の加藤郁美さん、筑摩書房の藤本由香里さんという才色兼備の有能果敢な編集者に迫られて、『ルナティックス』や『フラジャイル』を、朝日新聞社のベテラン編集者の中島泰さんにつかまって『知の編集工学』や『日本流』を出版した。

こうして二足の草鞋《わらじ》をはくことになったのである。編集と著作だ。ぼく自身はエディトリアル・ディレクターをいっときも休む気がなかったので、落語「ぞろぞろ」のように二足の草鞋はつながっているか、藁の山のほうから草鞋をつくったり、草鞋で編んだ本をつくっているような気分だったのだが、いったん本を出せば著者（author）なのである。この、自分が著者となって数ある本のなかの一冊をかたちづくっていくという経験や気分がどういうものかというと、これが一概に説明しにくい。

学校の先生になる、スポーツ選手になって競技をする、ファッションデザイナーとしてブランドを立ち上げる、将棋指しになる、技術者として製品をつくる、歌手になってDVDを出したりコンサートをする、立候補して政治家になる、店を開くなどという経験とは、何かが決定的にちがっている。こういう職能を選んでいたとしても、その気になれば誰だって「本」の著者にもなれるからだ。ところが著者になるとは、ただそのことだけが妙に自立してしまう。その覚束《おぼつか》ない気分を正確には記述しがたいのだが、おそらくオーサリング・ステージという社会に連なるところが特徴的なのだろうと思う。

オーサリング・ステージは古来から連綿と「本」がつらなっているステージだ。そこには好むと好まざるとにかかわらず、無数のオーサー（著者）たちが連鎖する。連鎖してどうなるかといえば、アレクサンドリア図書館以来の知的倉庫に自分の「本」が収納されていくだけだ。こうして何百万冊、何千万冊の「本」がつらなり、そのいちいちに著者《オーサー》がくっつくということになる。

晴れがましいという気分などはこれっぽっちもおこらない。案外に居心地が悪い。オーサーになるということは、言葉の由来や成立からいうとオーソリティ（authority）になったとみなされるということで、そんな権威《オーサー》になるつもりで書いたつもりがなくたって、その末席を濁すことになるので、なんだかじっとしていられない、落ち着かないのだ。

というわけで、著者になるとは動機や結果はどうであれ（ろくに売れなかったとか評判が悪かったとしても）、オーサリング・ヒストリーの一端にひっかかるとか、オーソリティ扱いをされるということであって、当人にとっては何かのっぴきならないことがおこったのだと思ったほうがいい。ありていにいえば、本を書くことで「世」や「知」についての表明をまとめたという烙印を自分で捺してしまったということだ。

烙印としての「世の知」（つまり世知）にはかなりいろいろなものやことが含まれる。だからべつだん知的な活動をまとめたという烙印を捺した実感があるとはかぎらない。好きなことを自由に綴ったと思う連中も少なくないし、書いているハナから自著のことなど気にもしない連中も多い。しかしそれでもぼくが自分の経験から察するに、著者になるとは自分もまた、古来の禁断の知の実をうっかり齧ってしまったなという実感に近いことなのだ。

ギリシア神話にタンタロスの故事がある。

クロノス（ないしはゼウス）とプルートの息子であるタンタロスはなかなかの才能をもっていた。それで神々はオリンポスの饗宴に招いてはちやほやしていた。タンタロスもその気になって、不死の力をもてるアンブロシアを飲んで、自信ありげなことをするようになった。神々の食べ物を盗んで人間の友人に与えたりもした。さすがに神々は注意をしたが、タンタロスは図に乗っていた。神々はついにタンタロスを許さなくなった。沼の枝を広げた果樹にタンタロスを吊るしてしまった。

沼の水が満ちてそれを飲もうとすると水が引く。果実が実ってきたのでそれに手を触れようとすると一陣の風が吹いて枝を巻き上げる。アンブロシアを飲んで不死の体をもってしまったタンタロスは、それでも吊るされたまま生きながらえる。なんとも名状しがたいじれったさに苛まれることになった。

タンタロスは罪を犯したわけである。本人は気がつかなかったが、その罪は、人間に教えてはならない秘密を洩したこと、自分が神々より賢いと思って神々の観察眼を試したこと、人間が味わうことを許されないネクタールやアンブロシアを盗んだことなどにわたっていた。

現代ふうにいえば、タンタロスは神々と人間をつないで「知識を共有した」ということになる。ところが、神々はこれを許さなかった。そのためタンタロスは飲みたい水が飲めず、食べたい果実も食べられない。そこでラテン社会や英語社会では、この神々の警告を首肯しなかったせいで永遠のじれったい状態を強いられたタンタロスの故事に倣って、"tantalize"という言葉をつくった。「タンタロスっぽくなってしまう」のがじれったいわけである。

知識や情報や感想をまとめて著書にすることには、どこかタンタロスの矛盾めいたものが付きまとう。ただし、いったい何がタンタライズなことなのか、実際には境い目が難しい。

だいたい「知」はどこかに独占されていたり占有できたりするものなのか、そこがはっきりしない。古代、神々こそが全知全能の占有者だった。続いて、神々に近接する王が全知全能をマネージするともくされた。古代ペルシアのダレイオス大王は全知の「王の目」と全能の「王の耳」をもつとされた（自負もした）。しかし、どんなものもことも全有化するのは不可能だし、同質を保つことも不可能だ。知識と情報は必ずやヴァージョンを派生させ、異質をまきちらす。

なるほど、秦の始皇帝の時代には焚書もあったし、エーコの『薔薇の名前』が描いたように中世にも禁書のたぐいはけっこうあったけれど、そうしてみたところで「知」は独占できないし、封印もしきれない。禁書役人が登場するブラッドベリの『華氏四五一度』では、いくら禁書や焚書をしても、本がもたらす「知」は読書人間の身体に染み付いていたという話になっている。

他方、「知」を使うことがどのように許容されるのかもはっきりしない。タルドの模倣論が言うように、社会そのものが模倣の連続体であるならば、「知」の領域でも模倣のかぎりが尽くされてきたはずなのだが、それなら知の形がどのようにしてか決まっていて、それを使うときの使用法にタンタロスの罪が関与するのかというと、これもそこにはダイジェストや翻案や批評という行為がいくらでも挟まってきて、その関与ぐあいが定かにはなりきらない。

こうして「本」というもの、「著書」というものは、どんな製品にも商品にも似ていない流通者になったのだ。ぼくはいつしか、自分で本を書くということがいったい何の行為にあたるのか、いろいろ考えるようになった。

本を書くという行為には、古来のオーサリング・ステージから貰ってきたスタイルやコンテクストがいろいろ混じっている。その「混じり」を排除することは不可能である。なにより言葉や概念を使うということ自体がオリジナルな行為ではありえない。本というもの、「借りもの」でいっぱいなのである。そこで、学術論文や学問的な著書の多くは、一定量で引用した場合の引用元の文献をあきらかにして、著者としての〝借用書〟を明示することをルールにした。小説やエッセイなどでも、一定の基準で剽窃や盗作を禁止して著作権や知的所有権なるものを発動させた。ときに社会的制裁も加えた。

しかしながら、第六綴や第七綴に示しておいたように、この世のものはどこかでなんらかの横取りや略奪や模倣や非対称な交換で成り立ってきたわけで、それは「知」や「文」においても、事の大小はあれ、あてはまる。どんなふうにかテイクオーバーはおこっているはずなのだ。

ぼく自身はこれまで一度も自著において引用の注を付けたことがない。学術論文を書かなかったからでもあるけれど、それよりも著作という行為そのものをもっと広がりのある編集行為のほうに含有したかったからだ。これはさしずめ、「知」に対しては反タンタロスでいくということだ。カウンター・タンタロスをなんとか成立させてみようということだ。

知識と情報におけるカウンター・タンタロスになるというのは、タンタロスの逆をすることではない。ましてタンタロスの罪を咎める者たちに鉄槌を食らわそうというのでもない。一言でいえば「共有」と「共犯」とを一緒にしてしまうということだ。もっとくだいていえば知識や情報に「相互侵犯」や「交換ごっこ」をおこしていくという作業を方針にする。

ぼくはいつしかこの作業を「インタースコアをおこす」と言うようにもなるのだが、わかりやすくはまぜこぜを意図的に試みるということだ。このまぜこぜは、その後、ぼくが腰を据えて実践することになる編集工学の方法の基礎工事にあたっていた。

基礎工事にとりかかってみると、すでに多くの領域や場面で積極的にまぜこぜやちぐはぐをおこしたがっていることが見えてきた。マルチメディア派は「ハイパーテクスト」を実現させようとし、ポストモダン派は「デコンストラクション」（脱構築）をめざし、音楽派は「リミックス」をおこそうとし、複雑系科学派は「カオスの淵」や「ゆらぎ」を重視していた。いずれも一九八〇年代あたりを境いにして活況を呈していた。これらはすべて編集工学の基礎工事とシンクロした。

ロラン・バルトのセミネールにジュリア・クリステヴァがいた。セミネールにはジェラール・ジュネットがいて、ヌーヴォーロマンの旗手となるフィリップ・ソレルスを紹介した。ソレルス主宰の「テル・ケル」の活動に深入りしていった（ソレルスとは結婚もした）。そのクリステヴァの提案に「インターテクスチュアリティ」（間テクスト性）があった。

テクストとテクストを複数にまたいで特定のテクストがもたらす意味を理解することをいう。クリステヴァの狙いは著作者側のための方法の提案というより、著作やテクストを読む側のための方法の提案で、何かのテクストの意味を理解するには、他のテクストとの関連が必要になる可能性を探求したものだ。刺戟的な提案だった。

そもそも「書く」とは「読む」なのである。「読む」とは「書く」の再生や深化や逸脱なのだ。書くが「自」で、読むが「他」というのではない。書けば読む。書いているうちに、読みがおこる。「自」と「他」は啐啄同時《そったくどうじ》で、懸待一如《けんたいいちにょ》なのである。そうしないかぎりは、書くは成立しない。書き手と読み手はそもそもが重なっている。何かを書き綴るには自分の文章を通してさまざまなテクストを並行して読んでいるという実感をもつ以外に、書きようがない。

こうして著作者はそのテクストの最初の読者となり、編集者はほぼ最初の読者になっていく。それゆえインターテクスチュアリティは、読むことを通して書くことの本来行為に迫ったものにもなっていく。

ちなみにクリステヴァにソレルスを紹介したジュネットは、その後は物語学《ナラトロジー》に打ち込み、テクストを読み書きする行為には、そもそもにおいて間テクスト性、パラテクスト性、メタテクスト性、アルシテクスト性、ハイパーテクスト性が関与すると解読した。うまい分類だ。ぼくはぼくでそれらをまとめて、自分が綴るものを編集的テクストを再編集あるいは再々編集する行為として認識しようと決めた。ドミニク・チェンとIT時代の知をめぐって対話編集した本のタイトルでいえば、これは糠床《ぬかどこ》をつくるように「謎床《なぞどこ》」をつくるということにあたっていた（『謎床——思考が発酵する編集術』晶文社)。

あらかたこのような事情を通過してきたので、ぼくは著者になることと編集することを、結局は一度も切り離さなかったのである。ただし、あらためてふりかえってみると、そうなっていくには自分なりに鮮明にしておくべきことがあった。それは「好奇心をもつ」と「相手と親しむ」ということをほぼ同時に成立させていくということだった。オーサリングするにしてもエディティングするにしても、ぼくの仕事はこのことをネグったとたんに瓦壊する。

日本人にとっては、タンタロスの話よりもよく知られているだろう童話のくだりがある。サン・テグジュペリの『星の王子さま』の次の一節だ。王子がキツネと出会って「おいでよ、ぼくと遊ぼうよ」と言うと、キツネが「遊べないんだ」と言う、あの場面だ。

なぜ遊べないのか、せっかく出会ったのだから仲良くなってくれたっていいじゃないかと訝《いぶか》る王子に、キツネは「ぼくたちはなついていないからだよ」と説明する。「なつく」って何のことかがわからない王子に、キツネは「それはね、絆を結ぶことだよ」と言う。

話は操縦士の「ぼく」が砂漠に不時着するところから始まっている。一週間ぶんの水しかなく、周囲一〇〇〇マイルに誰もいないとわかってみると、強烈な孤独が襲ってきた。翌日、そこへ少年がやってきた。聞けばどこかの星からやってきたのだという。話はここからこの星の王子の見聞と体験と感想に切り替わる。王子はいろいろなことを感じながら地球に向かってきた。地球に降りてみて、自分が好きだった星よりも地球のほうがうんとたくさんの幸福をもっているようで泣きたくなっていた。

このとき王子はキツネに出会う。悲しみを紛らわせたかった王子はキツネに「遊んでほしい」とねだるのだが、キツネは「なつかなければ遊べない」と言う。王子はキツネが何を言っているのかがわからない。キツネがつれない理由がわからない。「なつく」って何なのか。仲良くするのなら、いまここで仲良くなればいいのに、それができないというのはとてもじれったい。

この場面、なんといっても「なつく」がすばらしい。翻訳者の好みによるが、「なつく」は「飼い馴らす」や「懐《なつ》ける」となっていることもある。キツネなのでそう訳されるのだが、もとのフランス語は“apprivoiser”だ。アプリヴォワゼは「かかわる」「寄り添う」「仲良くなる」「なじむ」などの意味なので、つまりは「なつく」でかまわない。ただキツネがわざわざそう言ったのは、王子とはいま会ったばかりなので、ちょっとは時間をかけようねというつもりだった。

サン・テグジュペリはタンタロスとカウンター・タンタロスを一緒くたにあらわしたのである。そして、なつければじれったくはなくなっていくことを諭した。「好奇心」と「親しむ」は、こんなふうに成立するのだった。

話を戻して十年にわたった工作舎時代の後半のことになるのだが、「遊」を編集制作しているうちに、ぼくはしだいに「日本する」とはどういうコンテンツなのかということを執拗に考えるようになった。日本のことを雑誌や単行本にあらわそうとすると、ぼくの編集感覚がそうとう研ぎ澄まされるのが如実にわかったからだ。

　なぜ、日本のことを考えると編集感覚が研ぎ澄まされるのだろうか。「日本する」と「編集する」はどこかが似ているのだろうか。日本がもっている何かのせいであることは確実だったが、けれども、まだ大局も細部もわからない。

　そんなところへ一九八〇年の暮、講談社の美術部長が日本美術文化全集の構成と編集を頼んできた。渡りに舟だった。「アート・ジャパネスク」という通称をつけて、十八巻にわたって思い切った構成編集をすることにした。作品解説の文章、時代背景の切り出し、見出しの付け方、美術品の撮影方法、トリミング、年表など、すべて一新した。評判は思いのほか反響が高く、とくに海外の日本研究者やアーティストが絶賛をしてくれた。

　これをきっかけに、「日本する」がもっとディープなところや細部で動いていることを感じるようになった。そこで美術品だけではなく、能や茶の湯や文楽などのパフォーミングアートの一部始終へ、空海や道元や法然や夢窓疎石や白隠らの仏教思想の底辺へ、襖や屏風や数寄屋などの日本建築や調度品の細部へ、万葉・古今から芭蕉・近松・馬琴に及ぶ日本文芸の王道の渦中へというふうに、学習と思索の探求を連打するようにした。

　そうこうしているうちに、ゆらゆらと浮上してくるものがあった。「日本する」とは、これまで散らばっていた「日本という方法」を可能なかぎり束ねて編集的に取り出すことであろうという確信だ。そこに西欧型の「合理」を打ち砕く方法が、アナロジカルな表現力として、メディエーションのしくみとして、浮上してきたのである。援軍はけっこうあった。日本儒学や国学や読本《よみほん》や黄表紙の推理力が、浮世絵や清元・新内・小唄や衣笠貞之助や小津安二郎の映像が、マンガやタカラヅカや夜店やラーメンが、へうげものの陶芸やてりむくりの建築技法が、山口小夜子のファッション感覚や忌野清志郎のポップス感覚が、雄弁な援軍になった。

こうして、ぼくの仕事は編集工学をできるだけ「日本という方法」と重ねていくほうに向かっていったのである。重ねていくと忽然と見えてきたものがあった。日本の面影だった。

第十五綴……「なる」と「つぐ」

川喜田半泥子《かわきたはんでいし》の刷毛目《はけめ》茶碗に「一声」がある。反り具合と刷毛遣いが相俟って、思わず溜息が洩れてくる。粉挽き茶碗の「雪の曙」には払暁にあらわれる絶妙が、井戸手《いどで》の「萩の宿」にはそこにずっと滞ってみたくなる懐旧がある。昭和に入って最初に焼いた「初音」などもいい。

茶陶の魅力は目が歓び、手に響いてくるものなので、茶の湯に親しんでいろいろ見たり触ったりしないとその味はわかりにくいと思われているが、そんなことはない。フェルメールやドビュッシーや大島弓子に、蕪村やタルコフスキーや冬の蕎麦に、ビヨンセや鎌倉の禅寺やコムアイの歌に感じるものがあるのなら、それらと同様に、茶碗に感じる何かがあればいい。ただし、そこには茶碗に対する多少の「なつく」が必要だ。日本の遊芸の歴史では「なつく」を「数寄」という。

なつくとどうなるかというと、茶碗からやってくるものに親しめる。それを斯界では「景色」と言ってきた。

茶碗にあらわしたものではなく、茶碗にあらわれているもの、それが景色というものである。茶碗の景色は、焼き加減や土の感触、形や色や気配や具合、畳に置かれたときや抹茶が点てられたときの風情、そういうことがかかわっているのだが、ぼくが思うには、それよりなによりその茶碗が好きになれるか、それともいただけないか、景色はそこで決まるのだ。


半泥子は銀行の頭取を長らく勤める一方で、早くから好き嫌いを鮮明にする男だった。志野・唐津・黒織部はいいが、仁清・ノンコウ・京焼は困る。切った青竹の掛け流しの花入れは好きだが、鉋や木賊を加えたり、古びているのをありがたがるのは気持ちがわからない。

そういう好き嫌いが通っていた。茶の湯の趣向だけでなく、何にでもそれを通した。あまりに好き嫌いを勝手に言うので、みんなからそんなむちゃなことを言うなと言われる前に、みずから無茶法師とも、作陶場を泥仏堂《でいぶつどう》とも自嘲してみせた。けれどもその身勝手がよく、痛快だった。だからカクテルなんかを飲んで生一本の酒の味を忘れた酒呑みや、やたらな支那趣味に走る者や、骨董屋の甘言ばかり聞いている連中を大いにばかにして、ずうっと避けていた。

もっとも半泥子は明治十一年生まれの人なので、こんなことも言う。ご婦人のちりちりパーマなどはアスパラガスの缶詰にして西洋にまるごとお返ししたい、ご婦人が毛皮を帽子から着込んでいるのはまるでカンガルーにしか見えない、なんとも御免蒙りたいと。

半泥子にとって大事なのは、なによりも「数寄」と「景色」になつくことなのである。それこそが日本の数寄であって、日本の景色なのだ。つまりは「きのふの空」がそこに見えるかどうかなのだ。もっとぼくが大事にしているところをいえば、つまりは「面影」だ。面影があれば、そこからいつも「きのふの空」を取り戻すことができて、そこから何もかもが始まってもいいと思えるものが生きてくる。面影とか景色というのは、そういうものだ。

こんな話を持ち出したのは、日本の本来と将来を語るにあたっては、「数寄」と「景色」と「面影」によってこそ語るべきだろうと確信してきたからで、それこそが「好奇心をもつ」と「相手と親しくなる」ということの、ぼくにとっての一番の本道であるからで、加えてこの本もいよいよってその話に入っていきたいからである。


すでにお祭しのことかと思うけれど、ここまで世界と世間とのあやしい関係をああだこうだと綴ってきたのは、そこに「世」というインターフェースがどのようにあらわれるかということを、いくつかの例を示して申し述べたかったからだった。

それがヨーロッパでは、ついつい「普遍」の取りあいや「統計」による標準的グローバリズムの設定になってきた。それにくらべ、日本は「なつく」と「お裾分け」のための場面をいろいろ用意して、普遍に代わるものと遊べるようにした。連歌も茶の湯も日本料理もそのようにできあがっている。ヨーロッパが普遍のために用意したのはロイヤル・アカデミーや大学や啓蒙サロンであったけれど、日本はしばしば遊び三昧の場面に勤しんだのである。

場面のためには「場」が必要だ。日本文化が用意した場は、まずは神社の結界だった。神社がある村では宮座も用意した。公家たちは歌合わせの場を用意した。武家たちも会所《かいしょ》を用意した。会所では雑談《ぞうだん》が好まれた。寺には観音堂や常行三昧堂が用意され、みんなで往生できそうな仲間が集まった。幸田露伴の『連環記』がその景色を描いている。

そのうち床の間のある座敷が、枯山水を配した方丈が、橋掛りを掛けた能舞台が、付け書院のある数寄屋が、躙口《にじりぐち》を切った茶室があらわれて、数寄の文化が確立していった。

このような日本的な場では「好きこそものの上手」ということがまかり通っている。そこから花数寄や茶数寄が、連歌師や作庭師が生まれた。かれらはプロフェッショナルではあるが、アマチュアと連接するプロだった。おもしろい景色はアマチュアや偶有性からやってくることが多かったからである。ただし、ひたすらに才能を磨いた。蕪村が芭蕉再興で学んだように、「言いおほせて何かある」が実感できるようになるまで。

かつて日本的な場で発揮されたものを和魂漢才と言った。和が「魂」に、漢が「才」に当てられる。なぜそんなふうに言われたのかということを追っていくと、ここにはわれわれが忘れてしまった考え方が見えてくる。

漢字文化圏においては、「魂」とは魂魄の片割れのひとつである。われわれに宿っているもので、かつわれわれが何かの極限に近づかなければ、それは魂や魄となっては出てこないという、そういうものだ。たとえばわれわれが死ねば、これはまさしく極限なのだから体から魂と魄とは飛び立っていく。古代人はそう理解した。ただしこれだけでは魂のつかいどころがない。そこで日本では、早々に魂をつかうためにタマフリ（魂振り）やタマシズメ（魂鎮め）などをした。

一方の「才」のほうは人に宿っているものではない。才とはもともとは木や石や草に宿っているものをいう。かつてはサエとかザエといった。その才を引き出すことが「能」である。芭蕉が「松のことは松に習え」と言ったのはそのことだ。

だから漢才というばあいは、ほんとうは中国の衣服や瓦から何かを引き出すことをいう。近代になって流行した和魂洋才ならば欧米の素材から引き出すことをいう。絵の具やカメラから何かを引き出せば洋才だ。

王朝期、「人に宿る魂」と「物に宿る才」とを一緒くたに語ったり描くようになった。そのため、たとえば藤原隆信の『源頼朝像』や『平重盛像』で似絵《にせえ》の名手が何を描いたかというと、「魂」を描いたというふうに言われる。かつてアンドレ・マルローが絶賛したことだ。

だが、これはちょっとまちがっている。日本の画人たちは魂をむきだしに描きたいわけではなかった。魂の代わりの何かを描いたのである。肖像は「魂」ではなくて「影」だった。何かとは影だったのである。いまでも撮影・影響・御影などという言葉があるように、すぐれた画人は「影」を映し出し、写し出そうとした。この映し出てきたものを「面影」とも「影向《ようごう》」ともいって、そこに気韻が生動すると見た。

この手法こそが和魂漢才のルーツのひとつだろうと思う。このことがわからないと、日本の絵画に長らく陰影がなかった理由がわからない。そもそも「影」の起源は「たましひ」の動向にあるのだから、陰影の描写など必要がなかったのだ。だからその「かげ」から、たとえば「かがよひ」「かげろふ」「かがみ」などが出てきた。「かぐやひめ」といえば、そういう面影の影向をおこした姫のかがやくばかりの象徴なのである。

和魂漢才の漢才のことを「からざえ」と言った。和魂は「やまとだましひ」である。すでに「やまとごころ」「心だましひ」「世間だましひ」などという言葉は平安中期につかわれていた。『源氏物語』乙女の巻には「なほ才をもととしてこそ、やまとだましひの世にもちゐらるる方も強うはべらめ」などとある。

日本で最初に「やまとだましひ」の認知や認識を深めていったのは、哲学者や愛国思想家ではなかった。意外かもしれないが、女性たちが引き受けようとした。そもそも「やまとごころ」という言葉の初出は赤染衛門である。「さもあらばあれやまと心し　かしこくば　細乳につけてあらすばかりぞ」という歌だ。夫の大江匡衡《まさひら》が「はかなくも思ひけるかな　ちもなくて博士の家の乳母せむとは」と詠んだのに対して、妻の赤染衛門が「さもあらばあれやまと心しかしこくば細乳につけてあらすばかりぞ」と応えたものだ。

匡衡は文人である。そこで「ち」を「知」と「乳」に掛けたのだが、赤染衛門はそんな学知などを使わずとも「やまとだましひ」は子に伝えられるものです、と切り返した。そういう歌だ。

そういう歌を詠む女性たちが、「やまとだましひ」こそは自分たちが子供に教育できるものだと自信をもったのである。日本の女性がこういうことを引き受けたことは、もう少し知られていい。日本の教育の本道は昔から感染教育であり、感染学習なのである。感染のために門人がいて門弟ができ、師匠と弟子が生まれていった。赤染衛門はそういう感染教育なら女性こそが得意ですと言ったわけである。

話は、ここから一挙に深まっていく。なぜ「やまとだましひ」は感染するのかということだ。この話を深めたのは山本健吉と丸山真男だった。その山本と丸山を導いたのは本居宣長《もとおりのりなが》だった。

世界の神話では、「つくる」「うむ」「なる」という基本動詞によって世界の発生と神々の発生が説明されてきた。

これらは一連の神々の動作のように見えながら、「つくる」では往々にして作るもの（主体）と作られたもの（客体）が分離してきた。ユダヤ・キリスト教やギリシア自然哲学はここが明快だ。その分離した主体には「うむ」という自主行為が強調された。「つくる」と「うむ」とは一連なのだ。ピュシス（physis）とはそのことだ。

これに対して「なる」は、こうした主体の分離自立を促さないですむ。「なる」には「つくる」がなくてかまわない。それなら、いったい何が「なる」という動詞の意味なのか。

本居宣長が注目したのは「なる」だった。『古事記伝』のその箇所を整理すると、宣長は「なる」には三つの意味があるとした。①「無かりしものの生《な》り出る」という意味、②「此のものの変はりて彼のものになる」という意味、③「作す事の成りおわる」という意味だ。なかでも、「生《な》る」が「生《あ》る」とも訓まれていたことを示せたのが、宣長自慢の卓見だった。

このような宣長の思索にふれて、丸山真男は日本における古代的な生成観念が「うむ＝なる」の論理にあるだろうことを指摘した。また、「うむ＝なる」が後世には「なりゆく」「なりまかる」というふうに歴史的推移の説明にもつかわれて、その使い方がどこかで日本人の歴史意識をつくってきただろうことを指摘した。

宣長は「なる」につづいて「つぎ」に注目した。「つぎ」はむろん「次」を示す言葉であるが、それとともに「なる」を次々に「継ぐ」ことを示していた。それだけではなかった。古代語の「なる」「つぎ」は中世近世では「いきおひ」（勢・息追ひ）にまで及んでいた。宣長は「いきおひ」をもつことは徳とみなされると考えた。徳があるものが勢いを得るのではなく、「いきおひ」とは何かを感じて得るものが徳なのである。

これは、儒教的な天人合一型の「理」の思想が日本の自由思考を妨げてきたと見てきた丸山の立場からすると、意外な展開であったと思う。

儒教・朱子学では、天と人とは陰陽半ばで合一する絶対的な関係にある。しかしながら宣長が説明する「なる」「つぐ」「いきおふ」という動向の関係は、互いに屹立する両極が弁証法的に合一するのではなく、もともと「いきおふ」にあたる何かの胚胎が過去にあり、それがいまおもてにあらわれてきたとみるべきものだった。

のちに丸山は、日本のどこかにこのような「つぎつぎ・に・なりゆく・いきおひ」を喚起する歴史の古層があることを、いささか恥ずかしそうにバッソ・オスティナート（持続低音）というふうに呼んでいる。また、このバッソ・オスティナートを歴史的相対主義の金科玉条にしたり、歴史の担い手たちのオプティミズムの旗印にしたりするようでは、この古層がつねに復古主義や国粋主義と見まちがわれて、とうてい正当な歴史観になることが難しくなるだろうとも言っている。

宣長の言う「いきおひ」はかなり深いところに発している力のことである。日本ではこのような力を、古来より「いつ」と呼んできた。「稜威」あるいは「厳」と綴る。たいへん重大な言葉だが、説明しがたいものがある。

稜威は、まずもっては浄められた力であって、神聖なるものが発揚することを言う。日本各地の神社には「稜威《いつ》」もしくは「御稜威《みいつ》」の扁額がかかっているところが少なくない。『出雲国造神賀詞』の祝詞では、そのような浄化の「いつ」が発揚されたときは、「伊都幣《いつのぬさ》の緒を結び」というふうに特別の標しをつけた。

稜威は、本来の勢いがきわめて激しいもので、そのため神刀の力に擬せられたりもする。『古事記』には「斬りたまひし刀《たち》の名は、天之尾羽張《あめのおはばり》と謂ひ、亦の名は伊都之尾羽張《いつのおはばり》と謂ふ」とある。激しいだけではなく、これ以上の尊厳がないというものが張っていることが稜威なのだ。スサノオが暴虐をおこすかもしれないというとき、アマテラスが正装して対決を決意するのだが、その気丈こそは、稜威だった。そのようなアマテラスがスサノオに示したもの、その示威そのものが「いつ」なのだ。

稜威が突如に攻め上がってくることもある。これは「稜威の責譲《ころひ》」といって強靭な声による罵りに近くなる。それが人への叱責になると「稜威の呪詛《かしり》」というものになる。『日本書紀』の神武紀には「天神地祇を敬ひ祭れ。亦、厳呪詛《いつのかしり》をせよ」というふうにある。

これまで、このような「いつ」について言及できた研究者は、ほとんどいなかった。神話思想や天皇思想に直結しそうな稜威のことなど、あまりに危くて研究などしづらかったのだろう。

なかでぼくが読んできたものでは、山本健吉が『いのちとかたち』で持ち出していた思索の一端が印象的であったけれど、その山本にして、古代日本の王朝人がその渦中にこそいたいと思った「もののあはれ」「いろごのみ」「やまとだましひ」の奥にあるもの、それこそがきっと稜威であったのだろうと指摘するにとどまった。あまりの稜威の激しさに、どうも研究者たちもたじたじなのである。

それでも山本は稜威を「よみがえる能力を身にとりこむこと」「生きる力の根源になる威霊を身につけること」「別種の生を得ること」などと説明した。なかで、稜威を別種の生と見たのが当たっている。当たっているが、もっと正確にいえば別種の生というより別様の生だ。稜威は「別様の可能性」をいっぱいに秘めているということなのである。

さらに正確にいえば「生」というより「勢」である。根底においてよみがえる能力が身についてくるとは、根底にそのような「勢」があったということだ。そこに根源的な「潜勢」がひそんでいたということだ。けれどもそこに降りてみなければ、潜勢は動かない。それゆえ、根底には「別様の可能性」があるということになる。そのように稜威を捉えるなら、稜威はすぐれてコヒーレントで、コンティンジェント（contingent）なものになるにちがいない。

あとでもう一度ふれるけれど、このコンティンジェンシーという見方こそは「別様の可能性」として、世界と世間のあいだから抜き出してくるべきものであった。

うっかり稜威にまで言及してしまったが、「なる」「つぐ」「いきおひ」をできれば数寄のほうにもっていったほうが、文化や思想の景色はよくなるのではないか、そのほうが志野や織部とも愉しめるのではないか、ぼくの本音としてはそう言いたかったのである。

数寄のほうにもっていくとは、まずは執着し、そのうえでその執着から離れるということ、芭蕉でいうなら「ほそみ」や「しをり」に向かうこと、蕪村が学んだ言葉なら「高くこころを悟りて俗に帰るべし」をしてみるということだ。

ぼくはこの二十年ほどを「日本という方法」の右見左見《とみこうみ》にあててきたけれど、そして現代の多くの表現者（アーティスト・芸能者・思想者）にすぐれたものが胚胎していることも感じてきたのだが、いつも詰めのところで不満に思ってきたのは、この「数寄に仕上げていく」ということだった。そういう意味でも、稜威の潜勢力は数寄のほうに抜けるべきなのだ。これはレヴィナスやドゥルーズやメイヤスーが“autrement”（別のしかたで）と示すところとも交差する。何事もきばりすぎてはよろしくなかったのである。

第十六綴……孟子伝説

日本には昔から「孟子が伝わってこなかった」という妙な言い伝えがある。むろんそんなはずはない。『孟子』は四書五経の聖典だ。日本で読まれていないなんてはずがない。五経は『易経』『書経』『詩経』『礼記』『春秋』の五つの経書のことをさす。四書はその後に南宋の朱子の時代に再編された『論語』『孟子』『大学』『中庸』である。これらは中国思想では九冊でひとつながりで、『礼記』のコンテンツを二つに分けて『大学』『中庸』にした。

こういう四書五経は儒学の基本なのだから、明治中期くらいまでの日本の知識人はそのうちの半分以上を読んでいるか、その講義を受けているか、通俗版を齧ってきたはずである。徳川社会では寺子屋の子供たちも『論語』『大学』を読まされた。少年二宮金次郎が薪を背負いながら立ち読みしていたのは『大学』だ。もちろん『孟子』も読んでいた。

知ってのとおり『論語』は「仁」を説き、それを徳目として中庸を生きることを奨める。右に走らず左に寄らず、上に阿《おもね》ず下を蔑まない。これを補うのが『孟子』だ。上の者(君)が「仁」をもつなら、下の者(臣)は「義」で報いるべきだとした。

この孔孟《こうもう》の教えの両方で民が治まり、君が仁政を実施できる。古代儒学はこういうふうになっていた。それが君主のとるべき王道だった。みんな、そんなことはうすうす知っていた。

ところが奇妙なことに、その『孟子』は徳川中期まで入ってこなかった、あるいは読もうとされていなかったという流説が日本ではびこっていたのだ。これだけ聞くとなんとも解せないことなので、なぜそんなふうになったのかをこのあと説明するが、このことをとりあえずはっきり書いているのが上田秋成だった。秋成は日本を代表する幻想作家であるが、同時に名うての国学者でもあった。


秋成の『雨月物語』の第一話は「白峯《しらみね》」である。西行法師が四国讃岐の白峯山に行くという話になっている。白峯山は崇徳院《すとくいん》が祀られている。崇徳院は第七五代の天皇となりながら、後白河と争って院政を執れず、保元の乱を企てて失敗した。ただちに謀反をおこした罪で讃岐に流されたうえ、白峯の地で八年ほど悶々としながら恨みをもって死んだ。

そのため崇徳院の霊は天皇の霊だということもあり、途方もなく壮絶強力なものだと、ずっとそう言い伝えられてきた。日本史上、最大級の怨霊なのである。途方もなく稜威なのだ。西行はその慰撫鎮魂のために白峯に行った。

少し歴史の経緯を説明しておく。

崇徳院は鳥羽天皇と藤原璋子の第一皇子として生まれたが、父に疎《うと》まれた。即位して崇徳天皇となり、関白藤原忠通の長女の聖子を娶《めと》ったものの、正嫡の子は生まれない。崇徳は女房とのあいだに子をもうけ第一皇子としたのだが、白河法皇が亡くなったため鳥羽上皇が院政を始めた。

鳥羽上皇は藤原得子（美福門院）を寵愛して崇徳に譲位を迫り、得子が生んだ近衛天皇を即位させた。やむなく譲位した崇徳院はやむなく和歌に没頭し、気を紛らわせていた。百人一首には「瀬を早み岩にせかるる滝川のわれてもすゑにあはんとぞ思ふ」が選歌されている。

久寿二年、病弱だった近衛天皇が十七歳で崩御して、後継者争いが過熱した。崇徳院や藤原頼長による呪詛で近衛が殺されたのだという噂もとんだ。すったもんだのすえ弟の後白河が二九歳で即位した。崇徳院側はとうていおさまらない。保元元年に鳥羽上皇が病に倒れた。崇徳院は臨終の見舞いに訪れたのだが、対面ができなかった。憤慨した崇徳院に対して、後白河は先手を打って崇徳院側が謀反をはたらいているという綸旨《りんじ》を発し、これに対抗して藤原頼長・藤原教長・源為義・平忠正らが集結した。後白河側は北殿に夜襲をかけ炎上させた。

これが保元の乱だ。天皇方と上皇方が割れ、摂関政治の崩壊と源平武士の台頭をもたらした平安末期最大の内乱だ。崇徳院は行方をくらましたのち捕縛され、讃岐に流されることになった。西行はこの讃岐に流された崇徳院の怨霊を鎮魂するべきだと思ったのである。秋成はこのエピソードを採りこんだ。だから『雨月物語』「白峯」は、西行が逢坂山を越え、須磨明石をへて四国の讃岐にわたり、いま白峯を訪れ御陵の前で供養しているというところから始まる。

そこへ、待っていたかのように崇徳院の霊がおどろおどろしく出現した。西行が「院はなぜこの世に迷い出てこられるのか」と聞くと、崇徳院は父の鳥羽上皇に疎まれたこと、美福門院に妬まれたこと、弟の後白河に政権を奪われたことなど、恨みがましいことを言う。

西行が「そういう恨みはもうお捨ていただいて、どうか仏のところにお就きになってください」と言うと、崇徳院は言い聞かせるように「いま世間が乱れているのは私のせいなんだ」と恐ろしいことを大音声で仰せられ、かつて周の王朝さえ前の君主を討って誕生してその後数百年も栄えたというのに、そもそも国を治める地位にいた私が世の中を取って代わって治めることができなかったというのは、おかしいではないかと怒りをあらわにした。西行は稜威《いつ》を感じた。

ここで西行が持ち出したのが、意外なことに「日本は革命のない国なのです」「それは孟子がこの国に渡ってこなかったからなのです」「やむをえないじゃないですか」という孟子にまつわる事情だったのである。

西行は、『孟子』が日本に伝わらなかったのは、あんな小賢しい教えがこの国に入っては神の座を奪う者すら出てくるだろうから、八百万《やおよろず》の神々が『孟子』を積んだ船が来るたびに神風をおこしてこれを転覆させたからなのです、と説明した。続けて西行は、『孟子』には周の建国のみぎり、武王が憤りをもって暴君の紂王《ちゅうおう》を討って天下の民を安らかにしたのは、紂王が仁に背き義に逆らったからであると書いてあるそうですが、けれどもこれはわが国にあてはまってはならないことなんですと言う。

だが、崇徳院の霊は納得しない。だからこそ自分は魔王となって世の邪道に立ち向かったなどと説く。源平の世の乱れなどのエピソードなども挟まって二人の応酬はひとしきり続くのだが、西行は一貫して崇徳院の心の乱れと荒ぶりを諫めようとする。そうこうするうちに、この奇怪な話はおわる。

秋成がなぜこの話を『雨月』冒頭においたのか、研究者たちはそのことに深く割って入ってはいない。わずかに野口武彦の『王道と革命の間』や加藤裕一の『上田秋成の思想と文学』が言及している程度だ。

多くの研究者は秋成を孟子と結びつけなかった。そんななか松本健一の最後の著書となった『「孟子」の革命思想と日本』が、この「白峯」に暗示されていることこそ、その後の日本の革命思想を導いた赤い糸だとみなした。どういうことなのか。

もともと『孟子』には「湯武放伐《とうぶほうばつ》」の故事を引いて、王道とは何かを説く箇所がある。『孟子』は七篇でできているのだが、このことに言及しているのは「梁恵王」篇の下のところだ。夏王朝の末期に湯王《とうおう》が暴君の桀王《けつおう》を討って殷王朝を開いたこと、その殷の最後に武王《ぶおう》が酒池肉林に溺れた暴君の紂王《ちゅうおう》を討って周王朝を開いたという二つの例をもって、新たな王朝をおこすにあたってはこのように「革命」をもって「王道」を守ることがありうると説いた一節だ。

革命とは「易姓革命《えきせいかくめい》」のことである。わかりやすくいえば政権交代のことだが、正確には王朝の交代をいう。中国では革命によって王や王朝の「姓」が易《かわ》るので「易姓革命」と言った。このとき、平和的なバトンタッチによって王位が継承される場合の「禅譲」の方式と、武力による「放伐」とが認められていて、孟子の王道論はこの放伐思想に言及していた。

秋成が西行をして語らしめたのも放伐思想のほうで、そんなことを説いた『孟子』は日本に入ってこなかったと西行に言わせているのだが、これはむろん日本人が『孟子』を知らなかったというのではない。そのような『孟子』の放伐思想を日本では認めてこなかったというのだ。

実際にも日本には易姓革命はおこってこなかったとされてきた。クーデターは蘇我や鎌足をはじめとして数々あったけれど（『妹背山』にはこの変転が描かれた）、それによって天皇という姓が易《かわ》ることはなかった。だから日本史では易姓革命がないというふうになる。では、なぜ易姓がおこらなかったのか。このことを松本はわかりやすく「天皇には姓がない」という〝慣行事実〟をあげて説明した。けれども姓がないからといって、天皇が安泰かといえばそうではない。天皇が放逐されることもある。

言うまでもないだろうが、実際には『孟子』の湯武放伐思想は読まれるべきところでは読まれていた。中世までの『孟子』の読まれ方については井上順理の『本邦中世までにおける孟子受容史の研究』が詳しいし、江戸時代のことはさきほどあげた野口武彦の『王道と革命の間』が詳しい。

そのほか相良亨の『近世日本儒教運動の系譜』や『近世の儒教思想』には、徳川家康は『論語』よりもずっと『孟子』を好んで読んでいたという証拠があがっている。家康はこんなふうに述べていた。「およそ天下の主たらんとするものは四書の理に通ぜねばかなわぬことなり。もし全部知ることかなわずば、よくよく孟子の一書を味わい知るべきなり」。林羅山が、ではどこに一番感心されたのですかと問うと、湯武放伐のところだと答えたともいう。

マキャベリスト家康らしい感想であるが、これは当然のことだろう。家康は桀紂《けっちゅう》を滅ぼした湯武同様に、天皇家の権威にこそ手を出さなかったものの、豊臣王朝を倒して徳川王朝を樹立したのである。家康のための儒学を用意した林羅山は、「湯武の天命に応じ、人心に従いて桀紂を倒せしも、初めよりおのが身のためにせむや」と答申し、「ただ天下の為に暴虐を除いて万民を救わんの本意なれば、いささかの悪とも申すべからず」と安心させた。

しかし徳川政権が安定的に継続されるようになると、今度は一転して、放伐などはゆめゆめおこってはならないことになる。これは当然のことで、身分社会を大前提にした徳川社会は「大義名分」を基本の基本にし、天下の転覆を謀るものはその気配や言動すら許さず、その兆候を徹底して罰したのだ。徳川政権社会こそ日本における放伐思想を「隠そう」としたわけである。

こうして徳川儒学の趨勢は『孟子』ではなく、『論語』の儒学でなければ成り立たないものになっていった。仁斎・徂徠・春台以降、儒者たちは孔子の解読に傾注し、しだいに孟子を論ずることが少なくなる。徂徠にしてその傾向が見えていた。赤穂の浪士が吉良邸に討入りした事件に対して「理」や「義」のためなら国法を犯してもいいというのは筋に悖《もと》ると徂徠は批評した。

孟子の湯武放伐思想はかなり薄められていったのだ。秋成が『雨月』を書いたのはこのような思想トレンドの中でのことだった。

ここで秋成の執筆事情にふれておくと、秋成は「白峯」を書くにあたって「白峯神社縁起」と明《みん》の『五雑俎《ござっそ》』を参考にした。『五雑俎』は全部で十六巻になる中国の民間情報アーカイブのようなもので、国事や歴史や人物評判などが備忘録のように詰まっている。

そのなかに、日本には中国の古典の大半が伝わっているが、『孟子』だけは伝わらなかったということが書いてあった。中国の文献を調べまくって白話小説などにも通じ、その翻案に興じていた秋成はこれを読んで『雨月』に使ったとおぼしい。

いま、中国は日本の首相が靖国に行ったかどうか、やたらに目くじらをたてているが、こういう観察は中国ではずっと昔から徹底していたと思っておいたほうがいい。だいたい倭国の事情を当初から記していたのは中国の歴史書だ。孔子や孟子や四書五経がどんなふうに日本で読まれているかについても、どんなふうに扱われているか、かなり鋭く見抜いていた。日本政府は中国のこうしたインテリジェンスにまつわる観察力を軽視しすぎている。

逆に、仏教伝来と遣唐使以降は日本も中国の文献に詳しくなり、空海が密教に通じ、紫式部や清少納言が白楽天に通じていたように、日中の知の交換は案外に濃厚だった。法然や道元など、中国の経典をそうとう自由に読み替えている。江戸時代も半ばになるとこの交換と変容はさらに激しくなり、たとえば『水滸伝』の読み方など、日本なりに独自のものになっていた。

だから『五雑俎』は秋成だけではなく、他の者も読んでいた。源忠道が序を書いた『桂林漫録』には、「孟子はいみじき書なれども、日本の神の御意に会わず、唐土《もろこし》より乗せ来たる船あれば、必ず覆る」というふうにあるし、藤原貞幹の『好古日録』もその伝承に言及している。

これらを含め、日本の朝廷は湯武放伐《とうぶほうばつ》思想を避けるため『孟子』を入れなかったという風説が仕上がったのだった。これについては昭和になって大川周明が書いた『日本二千六百年史』でも、「大化改新は手本を隋唐に求めたが、中国には王室の転覆があり、そのことを示した『孟子』を認めなかった」云々という記述になっている。

湯武放伐論は真淵や宣長らの国学者にとっても納得のいかないものだった。

宣長は『玉勝間《たまかつま》』巻十四のなかで武王の易姓革命を批判する。「この一章をもて孟軻が大悪をさとるべし。これは君たる人に教え足る語といいながら、あまりに口にまかせたる悪言なり」と手厳しい。こうした国学者たちの孟子批判の気運が、おそらく秋成をして孟子に関する看過伝承を書かせたのであったろう。

ところが幕末が近づくにつれ、孟子の王道論や湯武放伐論が新たな文脈をもって浮上してきた。その急先鋒に立ったのは吉田松陰である。

松陰には『講孟箚記《こうもうさつき》』と『講孟餘話《こうもうよわ》』という孟子講義録がある。前著は幽閉の身があけたのちの講話を筆録したもの、後著はそれに対する山県大華の反論などをふまえて補説したものだ。そのなかで松陰は孟子を解読講義しながら、巧妙に尊王思想を割り出していた。湯武放伐論を称揚したのではない。その革命思想の意義は認めつつも、それは中国の筋のことであって日本にはあてはまらないと見た。なぜなら日本には「国体」というものがあって、「凡そ漢土の流は皇天下民を降して、是が君師なければ治まらず」なのだからと説明する。

つまり、中国では仁や義のある君子でなければ天下は治まらないので、天は人民の中からそれにふさわしい天子を選び出し、その人格が仁義に悖《もと》れば放伐もありうるのだが、日本の天子はそもそもが日嗣《ひつぎ》の御子《みこ》なので、神の後裔なのである。だから、そこには中国とは異なる国体がある。松陰は孟子をそう読み替えたのだ。宣長には思いもよらない読みだった。

儒教や儒学では、君臣・父子・夫婦・長幼・朋友の関係は「君臣は忠、父子は孝、夫婦別あり、長幼の序を重んじ、朋友は相信ず」という五倫でしっかり結ばれている。

松陰はそのようなことは中国のみならず、おそらく多くの国で「同」なのであろうと言う。しかしながら、わが国では君臣のうちの天皇と臣民の関係は特別なものだから、そこは「独」であっていいと考えた。その「独」を成立させているものが国体というもので、その国体において、日本は中国はむろん世界各国とも異なっていると見た。『講孟餘話』には有名な次のくだりがある。「漢土《もろこし》には人民ありて、然るのちに天子あり。皇国には神聖ありて、然るのちの蒼生あり。国体もとより異なり、君臣なんぞ同じからん」。

こうして松陰は、孟子を鏡像的なテクストに見立てて、日本には易姓革命ではない「独」なる革命があるべきだと考えるようになり、これをもって「維新」（維れ新たなり）とみなすようになったのである。

松陰が持ち出した「国体」という用語は、当時すでに会沢正志斎が『新論』で強調していた。「維新」という用語は佐久間象山や横井小楠が言い出していた。松陰はそれらを孟子の文脈を追いながら逆のリクツから浮上させ、そのように国体を守りながらおこす維新には孟子の「浩然《こうぜん》の気」こそが必要だと説いたわけである。

このような松陰による孟子の読み方はかなり風変わりだ。危険な香りも放っている。風変わりではあったが、この考え方は松下村塾の若き門人を通して、維新の嵐の狼煙である尊王的王道論の中心思想となった。ちなみに松陰は刑死する前に、白布に「至誠にして動かざる者は未だ之れ有らざるなり」と書きつけて死んでいった。これは一文まるごとが孟子の離婁篇の一節だ。

いったい孟子はどのように湯武放伐を説いたのか。

王道論が展開されているのは梁恵王篇、公孫丑篇、尽心篇だ。梁の恵王、斉の宣王に王道を説いた。滔々と説いたのではない。梁の恵王が「亦た将に以て吾が国を利すること有らんとするか」と言ったのに対して、「王、何ぞ必ずしも利を曰はん。亦た仁義あるのみ」と応酬したとか、斉の宣王に「王の道とはどういうものか」と聞かれ、「恒産なくして恒心ある者はただ士のみ能くすと為す」と答えたとか、その手の問答が記されているだけだ。それでも産業的な「恒産」に対して「恒心」を重視したのは孟子独特の回答だった。

湯武放伐論については、梁恵王篇に次のようにある。宣王が孟子に「湯、桀を放ち、武王、紂を伐《う》てること、これ有りや」「臣にしてその君を弑《しい》す、可ならんか」と問うたのに対して、孟子が次のように答えたという箇所だ。「仁を賊《そこな》ふ者これを賊と謂ひ、義を賊ふ者これを残と謂ふ。残賊の人は、これを一夫《いっぷ》と謂ふ。一夫紂を誅《ちゅう》するを聞けるも、いまだ君を弑せるを聞かざるなり」。

宣王が、殷の湯王は夏王朝の桀王を放逐して天下を取り、周の武王は殷王朝の紂王を討伐して天下を取ったというが、これは本当ですかと問うと、孟子がその通りだと言うので、宣王は「それなら臣下が君主を放伐することは是認されているのか」と重ねて尋ねた。そこで孟子が「仁を破壊する者を賊と言います。義を侵す人を残と言います。私は武王が一夫の紂を討ったとは聞いていますが、君主である紂王を殺したとは聞いていません」と答えたというのだ。

つまり孟子は、湯武放伐の故事は必ずしも君主を放伐するのではなく「人でなし」を放伐するのだと答え、王道とはこのように仁義を大事にするものです、もしも仁義に悖るなら放伐もありうるでしょうと言ったのである。

孟子は君子の守るべき王道の心得として「不動心」と「惻隠《そくいん》の情」についても説いた。不動心はわかりやすいだろうが、惻隠は四端におこるもので、憐憫の気持ちを抱くことをいう。四端は「惻隠」「羞悪《しゅうお》」「辞譲《じじょう》」「是非」のことで、孟子は端とは端緒のことで、そこには「惻隠の心は仁の端」「羞悪の心は義の端」「辞譲の心は礼の端」「是非の心は智の端」があると解義した。

ぼくは性善説に関してはいささか疑問をもっているのだが、この四端説はなるほどだと思ってきた。おそらくは東洋的シンパシーと儒教的エンパシーの精髄とでもいうもので、これは孟子の言説のなかではとくに澄んでいる。

以上の孟子の言説のなかで、湯武放伐の王道論が日本の近世思想と近代思想に大きな影響を及ぼしたのである。

孟子は湯王と武王が先帝を放伐して天下を革《か》えたことを引いて、そういうこともありうると説いたにすぎないのだが、それが孟子の危険思想とも革命思想の肯定ともみなされたのだ。ようするに、孟子の湯武放伐論は仁義にもとづいた進言だったのに、日本では大騒ぎになったわけである。

なぜそうなったのか。松本は天皇に姓がなかったからだという説明をしたが、これは日本では天皇家に易姓革命をもたらさないようになっていたからで、姓がなければ皇位の簒奪もおこらないとみなされてきたからだ。『大鏡』には嵯峨天皇の子の源融《みなもとのとおる》が皇位につきたいと言ったところ、関白の藤原基経が「いったん姓をもらって氏姓をもった者は皇位にはつけない」と諭したという話がのっている。姓のない親王（皇太子）だけが天皇になれたのである。

それはそうだとしても、しかし実際には簒奪は何度もおこっている。崇徳院もその一例だが、日本の天皇制度を開始したともくされる天武天皇が、大友皇子の即位を阻んで天皇になっていた。大和朝廷の最初の最初がこうなのだ。このことについては『大日本史』の編纂責任者であった安積澹泊《あさかたんぱく》が『帝大友紀議』で、大友皇子の即位を認めるべきだと主張していることが特筆される。

周知のように天武天皇以前、日本のトップリーダーはおおむね「大王《おおきみ》」と呼ばれていた。これを「天皇《すめらみこと》」の呼称にしたのはおそらくは天武その人だ。のみならず天武期では太政官のもとに治部省《じぶしょう》をおき、ここで天皇家（朝廷）が姓を与えるという制度を開始させた。天皇に姓がないのは、このトレードオフのためだった。しかしながらその最初の天皇としての天武が、みずからが皇位につくにあたって大友皇子即位の事実を『日本書紀』からはずさせた。そのため自分の皇子であった舎人親王にその編纂を担わせた。

それは誤謬ではないのか。でっちあげではないのか、事実歪曲ではないのか、澹泊はそう主張したのだった。レベッカの横取りはここにもおこっているのではないかという告発だ。もしそうだとしたら、天武は皇位を簒奪したわけである。この議論はかの朱舜水《しゅしゅんすい》の判定でもあって、長らく議論の対象になってきた。あげく、大友皇子は明治三年に「弘文天皇」として追諡された。

その後の湯武放伐論についての反応を、少し補っておく。

明治日本は天皇の位置を万世一系に定着させて国家神道化を推進したが、西郷隆盛と北一輝を除いては松陰の「孟子の国体思想」をあえて鮮明にした者は少なかった。

西郷が孟子を愛読していたのはあきらかだ。『南州遺訓』には「至誠」という言葉が何度も出てくる。ただ西郷は、孟子の王道論や正志斎や松陰の国体論をあからさまには言挙げしなかった。そのため西郷がどのくらい孟子に打ち込んでいたかは「至誠」や「惻隠」を大切にしていたという以上には議論ができない。それに西郷は志を遂げぬまま西南に没してしまった。おそらく西郷は岩倉や大久保や伊藤の維新革命をあまり気にいっていなかった。せめて本来の王道を持ち出すべく西南に立志したのだが、山県や大久保に討伐された。

この未完の維新革命を継承しようとしたのが北一輝だった。二三歳のときに北は『国体論及び純正社会主義』を書いた。かなり異様な日本革命論だ。そこには孟子の名はひとつも出ていないのだが、その革命思想はまさしく孟子によってこそ形成されていた。

北が提案した国体論は、万世一系の国体論に対する批判に貫かれている。北は明治維新が天皇による革命ではなく「民主」による革命であったと見て、国体も民主をとりこんで進化しなければならないと説いた。

北は日本の国体が三段階にわたって変化してきたと見る。第一期は「藤原氏ヨリ平氏ノ過渡期ニ至ル専制君主国時代」である。鎌足と不比等がつくった天皇制律令国家から摂関時代までを天皇制による専制君主国だと規定した。まあ、そうだろう。第二期は「源氏ヨリ徳川氏ニ至ルマデノ貴族国家時代」である。専制天皇に代わって武家政権が国家を統治した。これも当たっている。そして第三期が、「武士ト人民トノ人格的覚醒ニヨリテ各々ソノ君主タル将軍マタハ諸侯ノ私有ヨリ解放セラレントシタル維新革命ニ始マレル民主国時代」だというのだ。この見方は大胆だ。

北は明治維新は王政復古などではなくて日本の国体が民主に移ったとみなしたのだ。北にとっては、日本は三期にわたって天皇から権力を奪って、天皇の名のもとに政治をおこなってきた乱臣賊子のものだったということになる。まさに横取りだ。しかし武家政治というものの本質はその横取りにあったというのである。その例として、北条義時が父子三帝を捕らえて松籟濤声の地に放逐したことをあげる。承久の乱によって後鳥羽上皇が隠岐に、土御門院が土佐に、順徳天皇が佐渡に配流された例だ。

北は「乱臣賊子」が政権を握ってきたことが明治維新によって民主に進んだと捉えて、孟子の王道論と革命論をつなげていったのである。

野口の『王道と革命の間』には、「孟子→日本儒学化→松陰の読み→明治の啓蒙思想→北一輝の登場」という興味深い流れがあざやかに浮き彫りにされている。そのなかで、野口は松陰の「孟子の国体思想化」が、西郷ではなくて、むしろ明治の西村茂樹や加藤弘之らに寄り道していたことを証した。

西村は『日本道徳論』などのなかで明治日本が新たな王道を歩むためには、儒学と西欧哲理を合致させて、「世外教」(宗教)ではなくて「世教」(道徳)をもって国民精神を形成するしかないだろうと予告した。このとき西村は過去の日本で道徳の軸をもちうるのは、次の四つだと仮定した。①孔孟ノ教ヲ奉ズル者、②神道ヲ以テ道徳ノ教トスル者、③大義名分ヲ主トスル者、④西国ノ理学ニ基ヅク者、である。

この「孔孟ノ教ヲ奉ズル者」が孟子の性善説や王道論にあたる。西村はそれらが神道や西哲と融合できると見ていた。加藤はこの議論をさらに発展させ、『国体新論』と『人権新説』によって人権と国権をつなぐ孟子的な立場を国民がもちうることを仮説した。とくに「民を貴しと為し、社《しゃ》稷《しょく》これに次ぎ、君を軽しと為す」というふうに孟子の言説を正当化した。

おそらくこれらが北一輝の『国体論及び純正社会主義』に流れこんでいったのだろうと、野口は見た。孟子の理想国家論がアーキタイプとなって維新モデルの読み替えが試みられたのである。

それにしても今日、孟子は忘れられてしまったのかというほどに、保守思想にも革命思想にもあらわれなくなった。

孟子とともに王陽明の陽明学もさっぱりである。ぼくの知るかぎり、三島由紀夫の自決直前の言動を最後に陽明学の議論は凪《な》いだままになっている。どうしてそうなっているかはわからないけれど、王道にも革命にも「稜威」が姿をあらわすのが怖くなったとしか思えない。そうでないとすれば、何であれ横取りを戒めたのである。

とすると、もはや「なる」「つぐ」「いきおひ」は行き場を失くしてしまったのだろうか。いやいや、そんなはずはない。日本の根底ではあいかわらずその面影を追って「きのふの空のありどころ」を描こうとしているものが動いているはずだった。

第十七綴……面影を編集する

古代インドの王舎城にビンビサーラ（頻婆娑羅）という王がいた。王妃のイダイケ（韋提希）は子に恵まれない。王子はほしいが、自分の容色が衰えて王からの寵愛が薄れていくことも気になっている。予言者に相談すると、森に住む仙人が三年後に亡くなればその生まれ変わりとして子を身ごもるだろうと言う。

イダイケは仙人を捜し出すのだが三年を待ちきれず、子供を得たい一心で仙人を殺す。仙人は死を迎えながら「私は王子として生まれ変わるが、いつの日か王を殺すだろう」と予言する。

こうして生まれたのが阿闍世（アジャセ）である。阿闍世は生まれるときから一度は殺された子だった。イダイケはそのようにして生まれた子に仙人の怨念のようなものがこもっているだろうことが恐ろしくなって、生んだ阿闍世を塔楼から落としてしまう。さいわい阿闍世は死なないで生き延びるのだが、そのとき小指を骨折する。阿闍世がのちのち「指折れ太子」とよばれるのはそのためである。

青年に長じた阿闍世は、あるときブッダの仏敵であるダイバダッタ（提婆達多）から、自分の出生の秘密を聞かされる。事実を知った阿闍世はそれまで何度となく理想のように思ってきた母親に失望し、幻滅のあまり母親に殺意さえ抱く。ところがそうした殺意のせいか、阿闍世は流注《るちゅう》という悪腫に冒され、苦しむことになった。ハンセン病だったかもしれない。

悪臭を放つ阿闍世に誰もが近寄らなくなったとき、阿闍世を献身的に看病したのは母のイダイケだった。けれども、いっこうに看病の効果があがらない。母はブッダに悩みを打ち明けて、救いを求めた。ブッダの教えを心に移したイダイケの看病はやがて効き目を発揮して、阿闍世の病いも癒えた。その後、阿闍世は世に名君と称えられた王になる――。

仏教説話としてよく知られた話だが、いくつかのヴァージョンもある。そのヴァージョンを翻案して、フロイトの父親型のエディプス・コンプレックスに対して日本的で母親型のコンプレックスがありうることを提唱し、これを「阿闍世コンプレックス」（Ajase complex）と名付けた日本人がいた。古澤平作《こざわへいさく》である。

古澤は明治三〇年に生まれ、仙台二高から東北帝国大学に進んで丸井清泰に師事して精神科学教室に入り、のちに東京で最初の開業精神分析医となった。高校卒業後に白内障にかかって二年半の闘病生活を強いられ、右目を失明していた。

一九三二年、ウィーン精神分析研究所に留学して翌年に帰国した。このときフロイトに学び、ステルバとフェダーンの指導を受けて「罪悪意識の二種」という論文を提出した。エディプス・コンプレックスの療法理論がそのままでは日本にはあてはまらないと訴えたのである。「おそれ」と「ゆるし」が表裏一体となっている日本人の精神構造には、母子関係にひそむコンプレックスがあるのではないかと思ったのだ。

フロイトのコンプレックス理論は「おそれ」を重視しているものの、父の子に対する処罰に対する「おそれ」がどのような「ゆるし」となるかについての言及がない。けれども人間意識にはきっと母との関係において「ゆるし」を期待している部分もあるのではないか。それは父なるものがなかなか果たさないだろう「ゆるし」であって、それをめぐってもコンプレックス（複合意識）が形成されているのではないか。少なくとも日本人にはそういうコンプレックスが色濃くあるはずだ、そう見たのである。

帰国後、東洋的な「因果の物語」がヒントになるだろうと思って、いくつかの仏典を渉猟しているうちに近角常観《ちかずみじょうかん》（浄土真宗大谷派）の仏法説話から阿闍世の物語を抜き出した。そのときいささか翻案を加えたようだ。編集的再構成をしたのだが、仏教学からいえば勝手な仏典改竄をしたともいえる。しかし、この改竄には日本人にひそむ面影を適確に捉えようとする試みが前面化したものがあったと、ぼくは思っている。

もともとの仏典における阿闍世の物語には「父殺し」が描かれている。古代インドのマガダ国に生まれた阿闍世（アジャータシャトル＝あじゃせ）が父王ビンビサーラ（頻婆娑羅）を殺し、母を幽閉して王位につき、マガダ国をインド第一の強国にしたのだが、やがてその罪の重みに耐えかねて、赦しを乞うてブッダの教えに帰依し、その後は仏教の偉大な庇護者になったというものだ。

阿闍世が父王を殺したのは、ダイバダッタ（提婆達多）に唆《そそのか》されたためで、最初は父を幽閉するのだが、それを見かねて父のもとにひそかに食事を運ぶ母のヴァイデーヒー（韋提希＝イダイケ）をも幽閉する。『観無量寿経』が示す当麻曼荼羅《たいままんだら》では、この母の韋提希の苦悩を除くために西方浄土の十六観法を説いたという話になっている。その後、阿闍世はブッダの入滅八年前に念願の即位をするのだが、後悔の念と罪の意識は去らず、大臣ジーヴァカ（耆婆＝ギバ）の勧めでブッダに帰依し、のちに王舎城に舎利塔を建てた。

耆婆《ギバ》は興味深いことに首都王舎城に住む小児科医で、王ビンビサーラと娼婦のあいだの子とも、またアバヤ王子と娼婦の子とも伝えられている。いまのパキスタン北東部にあった古代都市タキシラでピンガラに教えを乞うて医術を学び、戻ってからは名医の呼び声が高かった。仏教信者としても篤く、つねにブッダを外護したことでも知られる。

このような阿闍世説話の原典は、仏典では『観無量寿経』や『涅槃経』梵行品・迦葉品にある。

親鸞もこの物語を好んでいて『教行信証』に採録した。「父殺し」よりも悪業を犯した阿闍世が救われることに注目している。悪人正機説につながるものだった。そこで古澤はこの物語に少し手を入れて「母の赦し」を強調するように編集した。なぜ、そうしたのか。そこが興味深い。

フロイトのエディプス・コンプレックス仮説のもとになったのは、言うまでもなくソポクレスの悲劇『オイディプス王』である。

テーバイの国王オイディプス（エディプス）は父の先王を殺した犯人を追及するうちに、実は自分こそがその犯人であったらしいこと、またそのプロセスのなかで母のイオカステと自分が交わって子供をつくっていたらしいことを知り、愕然として自身の目を潰すという筋書きになっている。世界文芸史上最高の悲劇作品だ。

フロイトはこの悲劇から、男児にひそむ母に対する憧れを父親が阻止しているように感じて、父の不在を期待する心理を抜き出した。そこには父の大きさに対する敬意や畏怖もはたらくため、父からの処罰をいつかうけるのではないかという不安心理も複合されているとみなし、この両面的心情のコンプレックス（複合性）にエディプス・コンプレックス（Oedipus complex）の名をつけた。

このコンプレックスには、自分が抱いている父への敵意がしだいに苦痛に感じられてくるとともに、ここから自我の形成や超自我が派生するスプリングボードにもなりうることが示されていた。父親に対する嫉妬や敵意は、その父から必要な力をこっそり借用し、自分自身の中にそれを取り込むことによって変成し、いつのまにか自己の核となることがありうるとされたのである。

こうしたフロイト理論は男児の心理を解くにあたって評判になった。当然、男児にしかあてはまらないのかという議論もおきた。フロイト自身は女児におけるエディプス・コンプレックスについてはあまり研究していなかったが、その後のフロイト学派では、女児が男児に対して力や才能が劣っていると感じる年齢から、自分にひそむ性差から目をそむけたり、逆に自分の男性性をあきらめないことによって、しだいに男児のエディプス・コンプレックスと近い心理現象と、父親への愛を禁忌することで生じるコンプレックスとが、男女をこえて両義的に発生してくるというふうに考えられるようになった。

途中からフロイトに対立したユングは、女児が母親に嫉妬し父親に愛情を抱くことをエレクトラ・コンプレックス（Electra complex）と名付けた。このネーミングは、ミュケナイの王アガメムノンが妻のクリタイムネストラに殺されるのだが、娘のエレクトラは愛する父のために弟のオレステスと示し合わせて母を殺して復讐するというギリシア神話から採った。やはりソポクレスに『エレクトラ』がある。

ぼくは、エディプス・コンプレックスをもとに「父性」を標準化（世界化）することはできないと思っている。そんなことをすると世界中の父親が目を潰さなければならなくなる。フロイトは自分自身の少年期をふりかえって『オイディプス王』との関連に気づき、この理論を思いついたのであるけれど、少なくともぼくにはあてはまらないし、宣長のいう「なる」「つぐ」「いきおひ」を感じて育ってきた日本人の心情に重なっていくとも思えない。

また、コンプレックスを動かしているだろう「おそれ」に注目してみると、その「おそれ」を解消するのに自我や超自我を獲得するだけで、心の事態が進捗していくとは言いがたい。古澤もそういうことに気がついて、「おそれ」に絡む「ゆるし」の問題を浮上させようとしたのであろうと思う。そこで阿闍世の物語を持ち出したのだ。

しかし、インドの仏教説話の筋書きをそのまま用いたのでは、何かがそぐわない。阿闍世の物語では「おそれ」は父殺しと母の幽閉からくるものであって、その「おそれ」はブッダによって解消されているからだ。「ゆるし」もブッダによる提供であり、そこに母の介在があったとは見えにくい。いったい、古澤は何をもって阿闍世の物語に「ゆるし」の構造を認め、母をめぐるコンプレックスを〝発見〟したのであったのか。

古澤は阿闍世コンプレックスを理論化するために、仏典にある阿闍世の物語を少し変更した。作業を弟子の小此木啓吾《おこのぎけいご》も手伝った。古澤・小此木はその原典の物語の強調点を変え、以下のようにした。

原本の『観無量寿経』には仙人の話も阿闍世が「指折《ゆびおれ》」とよばれたことなども書かれているが、父王を殺したのはあくまで阿闍世であって、また仙人の死が待ちきれずに仙人を殺したのは、仏典では母親ではなくて、父王というふうになっている。仏典は、この奇怪な物語を解して「未生怨」というコンセプトも提示する。「生まれる以前から父に恨みを抱いていた者」という意味だ。

すなわち、阿闍世の物語ではいつか父親を殺すことになるだろうということがメインテーマになっているわけで、その悲劇的内容の骨格は『オイディプス王』とほとんど変わらない。そうだとすると、阿闍世は典型的なエディプス・コンプレックスの対象なのである。しかし古澤・小此木は、この物語の大意を、母との関係を重視する物語に改竄した。

古澤・小此木によれば、阿闍世は父親殺しの殺意を予言されるとともに、自分を生んだ母親にも殺意をもっている。この二重の殺意のために阿闍世の悪瘡が治らない。これを治せる力があるとすれば、超父性や超母性をもつであろう神仏の力である。それゆえ母親はブッダにすがらずにはいられなかった。そのためには、母親はブッダの「ゆるし」を待って、初めてわが子の看病に霊験をもつことができる。これならば、たしかに母の介在によって阿闍世の心は贖われることになる。

心理学とは妙なものである。十九世紀半ばをすぎるまで、そんなものはなかった。ヘルダーやヴントの民族心理学が話題になって、人間文化にひそむ心理的傾向が分析の対象に浮上してくると、やがて個人の「性格」や「心」にタイプを見いだすことに熱心になりだしたのである。だからフロイトやアドラーの登場は二〇世紀の人知をゆさぶるに、やたらに影響力をもつことになった。

けれども、そうした「心理」がそれまで話題になっていなかったかといえば、もちろんそんなことはない。いまは統合失調症などという、平易だが妙に思わせぶりな病名になっている数々の精神分裂病について、かつて中井久夫はこういう「心の病い」は人類文明の当初の発達とともに始まっていたと書いた。『分裂病と人類』という本だった。

中井によれば、古代文明では神を知る者は自己処分能力がある者のことをさしていた。この能力がある者は、他のコトやモノについても知っているとみなされたのである。知は万能の治癒力をもっているとみなされたのだ（だからタンタロスがこれを盗んではならなかった）。しかしそのうちに、「知っている」という状態と「知らない」という状態とが対置されて、知っていることを分割し、定義づけ、分掌して社会をつくっていくようになった。

この分割のやりかたで使われたのはレリギオ（religio）である。のちには「合理」と呼ばれた。レリギオは切れ味のよい刀ではあったが、このとき、二つのことが蔑視された。ひとつは「知らない状態」についてのことだ。レリギオのない無知蒙昧は嫌われたのである。もうひとつは「勝手に知ったつもりになっている状態」だった。知ったかぶりやオカルト（隠れた知）はルナティックな扱いをうけた。こちらはタンタロスの罪とされた。二つの蔑視はどう見ても不当きわまりない分断だった。

こうして何がおこったかというと、レリギオは人間や社会にとって最も重要だったはずの「不安」や「焦操」というものの正体を覆い隠したのである。それは古代ギリシアではアーテー（ātē）とされた狂気だった。やがて、それを「狂気」と言うか「不安」と名付けるかはべつとして、このような不安定で不確定でちぐはぐなものが社会に露出することは、排除や矯正や隔離の対象になった。アブノーマルや異常や異質が排除されたのだ。そしてそのぶん、人類に精神分裂病が蟠《わだかま》ったのである。そんな病状から取り出されるものは、まっとうな世には有害なものとされた。世界中に精神病院ができていくのは、このあとだ。

しかしこんなことをしているうちに、われわれは「面影」を取り出す方法をついつい見えにくくさせてしまったのである。面影とはときにアーテーをともなうものだったからだ。

ぼくが面影の編集を大切にしてきたのは、「心の病い」の治癒のためではない。治癒が必要なときもあるだろうけれど、それは別途に用意されていい。それよりも、正体不明の面影の世界を自由に出入りできる「方法」が必要なのだ。それには心理学の成果を借りることがあってもいいが、むしろ面影が動向する場面や物語がいろいろ想定されて、それらごと、編集が動いたほうがいいと思ってきた。

世阿弥が能舞台の橋懸かりの向こうから登場させたシテは、ほとんどがこの世の者ではない。神や仙人や老人でない場合は、亡霊か死者か狂者か行方不明者たちである。あの世の者とはかぎらない。どちらかといえば世に忘れられた者たちだ。かつ、この者たちはほぼすべからく「残念」と「不安」の持ち主だ。慚愧にたえないと感じている。すなわち「思い」を遂げられなかったか、もしくは「思い」の実現を阻まれた者たちである。

世阿弥はこの「残念」と「不安」を描くには、これを受け止める者、すなわちリリースしてあげる者が必要だと考えた。それが素面《すっぴん》のワキである。直面《ひためん》という。世阿弥はワキをリリーサーにすることによって、シテとワキとその他のアイやワキツレの関係を設定して、これを心で編集できるようにした。能とはそういうものだ。このこと、ワキ能役者の安田登の卓見だった。

ぼくもそのような面影をのせる「世」の叙述とともに、面影こそが編集されるべきだと考えてきた。それをメディアを通して、またインターフェースを新たにして、編集したかった。雑誌「遊」も、日本美術文化全集「アート・ジャパネスク」も、『情報の歴史』も、トークライブ・シリーズ「連塾」も、そしてイシス編集学校も、松丸本舗も、田中泯・宮沢りえ・山本耀司とともに舞台化した『影向《ようごう》』も、そういうふうにつくった。

第二綴「きのふの空」にも書いておいたことだが、そういう面影編集はたいてい「寂《せき》」や「絶《たえ》間《ま》」を端緒にできる。そのちょっとした端緒は「かわる」と「がわる」のあいだの面影として、「借りる」と「返す」のあいだの面影として、ギリとニンジョーのあいだの面影として、ゴジラとシン・ゴジラのあいだの面影として、世界と世間のあいだの面影として偲び出る。

ところでこのところ、ぼくは面影編集にはひとつには数奇が、もうひとつには仏教がものを言ってくれるのではないかと期待するようになっている。

なぜ仏教がものを言うかというと、いろいろ理由があるが、いちばん大きな理由は、日本人の心理的な特性とおぼしいあれこれを「甘え」や「義理人情」や「間柄主義」や「あいまい性」などに求めるときに、阿闍世の物語に象徴されるような仏教的感覚がもっと身近になっていたほうがいいだろうと展望しているからだ。

仏教はこの世を「一切皆苦《いっさいかいく》」とみなすところに始まっている。この世は不安・苦悩・迷妄・残念・幻滅に満ちているとみなした。だからブッダが初転法輪で真っ先に説いたのは「四諦《したい》」であった。それによって四苦八苦からの脱出を促した。生・老・病・死の四苦、愛別離苦《あいべつりく》・怨憎会苦《おんぞうえく》・求《ぐ》不得苦《ふとっく》・五蘊盛苦《ごうんじょうく》の四苦、併せて八苦である。この四苦八苦を一切皆苦とみなし、立ちはだかる不安と苦悩をのりこえるための心身実践が苦諦・集諦・滅諦・道諦という四諦になる。「苦」を「集」として束ね、それを煩悩とみなして「滅」をはかり、そこから「道」を見いだしていくという方法だ。こういう方法には日本人にはなじみやすいものがある。

ただし、なじむためには（なつくためには）物語モデルがあったほうがいい。また阿闍世のようなキャラクターが身近に実感できたほうがいい。たとえばどうだろうか。鬼子母神《きしもじん》、阿修羅、不動明王などになじんでみては。

鬼子母神は、夜叉毘沙門天の配下の武将のひとりパーンチカ（般闍迦、半文迦薬叉王）の妻、ハーリーティーのことである。子供を抱いて、右手には吉祥果（ザクロが多い）をもつ。訶梨帝母《かりていも》とも漢訳される。

五〇〇人の子の母だったが、これだけの数の子を育てるための滋養をつけるため人間の子を食べた。これを見かねたブッダは末子のピンガラを托鉢の鉢に隠した。鬼子母神はわが子が見つからないので半狂乱になってブッダに泣きついた。ブッダは「多くの子を持ちながら一人を失っただけでも嘆き悲しむのなら、ただ一人の子を失う母親の苦しみも理解しなさい」と諭した。鬼子母神はブッダに帰依して、以降を安産と子供たちの守り神になって活動した。

すでに法華経では鬼子母神が十羅刹女とともに法華信仰の擁護者とされている。日蓮は法華曼荼羅をあらわすときに鬼子母神の名号を重ね、そのイコンの力をことさらに強調した。「おそれ入谷の鬼子母神」で知られる入谷の真源寺、雑司が谷の法明寺鬼子母神堂、市川の遠寿院が江戸三大鬼子母神になったのは、もともとはこうした日蓮の編集力によっている。

鬼子母神は恐ろしいところと慈愛に溢れたところがまぜこぜになっている。そのまぜこぜが非線形でユニークだ。明治の仏教改革者の清沢満之《きよさわまんし》はそのように二つのものが別離対立しないで同じくなっていくべきことを、賢明にも「二項同体」と呼んだ。面影は二項同体にこそ出所する。

阿修羅モデルも有力な候補になるだろう。

黒海とカスピ海とインド洋に囲まれた三角地帯に半遊牧半農耕の母集団がいて、これが分かれてイラン地域とインド地域に入っていったとき、イランでは光神アフラが、インドでは闇神アスラが生まれた。ゾロアスター教ではアフラはアフラ・マズダとして天界に君臨したのだが、ヒンドゥー教ではアスラは天界から地下界への転身をさせられた。このアスラが阿修羅になった。

仏教がアスラを転じて天界に昇じさせていった。阿修羅は八部衆（または二十八部衆）として守護神となり、汚名挽回をはたしたのだ。インドのイコン思考はこういうところが強靭だ。追放もするが格上げもやる。富永仲基が三国仏教を比較して、インドは「幻」、中国は「文」、日本は「絞」と比較したのがよくわかる。興福寺の阿修羅像には慈愛と葛藤の表情があらわされている。

アスラの上昇拡大は、さらに続く。ついではヴァイローチャナとして華厳の教主となった。奈良の大仏に名高い毘盧遮那《ビルシャナ》仏だ。重重帝網（インディラ・ネットワーク）の世の救主となったのである。それでもまだ格上げはとまらない。アスラ＝ヴァイローチャナはさらには時代がすすむと、密教界のグレートアーキタイプに採用されてマハー・ヴァイローチャナ（大日如来）になった。その経緯と理由については、かつて『空海の夢』（春秋社）に詳しく綴っておいた。

大日如来もその姿にとどまらない。教令輪身《きょうりょうりんじん》をおこして不動明王の姿もとった。大日如来と不動明王は二つでひとつ、一身で二体なのである。ハードに修行するなら大日如来で、カジュアルにソフトな悩みを打ち明けるなら「お不動さん」が対応するようにした。真言密教の多重的な編集力がおこしたしくみだった。

とりあえず鬼子母神モデル、阿修羅モデル、毘盧遮那モデル、不動明王モデルをあげてみたが、これらには仏教による面影編集がよく生きている。二一世紀仏教は古澤の阿闍世モデルに匹敵するキャラクター・アプリをもっと繰り出したほうがいい。「ゆるキャラ」ばかりでいいはずがない。

せめては「せんとくん」の作家、藪内佐斗司の仏教キャラに遊ばれたい。あるいは、みうらじゅん・いとうせいこうの『見仏記』に遊ばれたい。

面影とはそこに截然としてあるものではない。そのイメージが景色や風情をともなって、おぼつかなくも模擬的に再来してくるものをいう。紀貫之は「こし時と恋ひつつをれば夕ぐれの　おもかげにのみ見えわたるかな」と詠んだ。面影が見えるとは、たんに記憶が再生されるのではない。たんなる思い出がよみがえっているのでもない。思い浮かべられた景色にこそ面影が見える。

面影は模擬的に、模倣的に、メタフォリカルに起動する。そのトリガリング・コンディションはどこにもある。母の化粧台にも中島みゆきや椎名林檎のポップソングの一節にも面影は起動する。ニューオーリンズのカフェやポール・デルヴォーの一枚の油彩画からも面影は起動する。もっとわかりやすく、忘れかけていた名前にさえ面影は蹲《うずくま》っている。兼好法師は「名を聞くよりやがて面影は推しはからるる心地する」と『徒然草』に書いた。

まさに「凧《いかのぼり》　きのふの空のありどころ」なのである。また「散りてのちおもかげにたつ牡丹かな」なのだ。凧はもう、そこにない。ただ空だけがある。それでも蕪村はそこに凧の面影を見た。牡丹はもう散った。けれども散ったがゆえに、その面影の中で牡丹は咲いているのだ。

面影は暗示的に動く。だから編集できる。見立てが動く。だから景色がつくれる。面影編集は日本独特のものではないが、日本人が面影を大事にしてきたことは否めない。

ここまでぼくは、「世」というものを世界として捉えて普遍をめざしすぎると、何か大事な忘れものをしてしまうのではないかということを綴ってきた。また世間の変なところを見ていないと、長靴猫が何の「つもり」で活動していたか、ギリとニンジョーのどちらが重いのか、感知できなくなるだろうということを、縷々綴ってきた。

そのうえで何を申し上げてきたかというと、世界にも世間にも確定不能や予想不能なことがあるのは当たり前で、ちぐはぐになったりあべこべになったりするからといって鬼の首を取った気になるなと言いたかったのだ。世の中はカント的にはできてはいない。サンデル的にも片付かない。世界と世間を「かわる」と「がわる」のあいだに見ることで、そこに面影が出入りすることを景色にするほうが、ずっと大事ではないかと綴ってきたわけだ。

いったいこのような見方を何と呼べばいいのかというと、それが面影を編集するということなのだが、それを一言に集約すれば、世を「擬《もどき》」とみなすということだった。

第十八綴……擬

昭和二〇年七月二六日、内務省五階の情報局講堂で戦意高揚の啓発宣伝を組み上げるため、文化芸能団体の協力を要請する会合がひらかれた。日本の敗色は濃厚だったが、最強硬派の陸軍は本土決戦を控えて文化人や芸能人の戦意を確認しようとしていた。

会合では啓発活動実施要領が配布され、久富達夫情報局次長の挨拶、今井一二三総務部長、栗原悦蔵報道部副長、井口貞夫情報局第三部長、下村宏情報局総裁の訓示が続いた。質疑応答では公論社の上村哲彌社長が机を叩いて檄をとばした。上村は大東亜研究所の阿部仁三らとともに当時の国内言論を牛耳っていて、陸軍の意向を代弁していた。

この発言に一人の出席者が異を唱えた。当日、その男の隣りの席に座っていた高見順が『昭和文学盛衰史』にその模様を記している。「そのとき、私の隣のひとが静かに発言をもとめる手をあげた」と書き、その印象を加えている。「誰だか知らなかつたが、見るからに温厚さうなひと」が「言葉こそおだやかだけれど、強い怒りをひめた声」で、「安心して死ねるやうにしていただきたい」と言ったというのだ。上村が「安心とは何事か」と気色ばんで詰め寄ると、彼は「己を正しうせんがために、人を陥れるやうなことを言つてはなりません」とたしなめた。高見順は、この発言に「はつとした」「民を信ぜよといふ声を頭から押しつぶしたことに対して、そのひとは黙つてゐられないといふふうだつた」と書いている。その発言をしたのは折口信夫《おりくちしのぶ》だった。石川公彌子《くみこ》が好著『〈弱さ〉と〈抵抗〉の近代国学』で紹介していた場面だ。少し痛々しいが、凛とした折口の面目が躍如する。あとでわかったことだが、折口はこのときの歌を二首詠んでいた。「一介の武弁の前に　力なし。唯々《いい》たるかもよ。わが連列《つら》の人」。「たけり来る心を　抑へとほしたり。報道少将のおもてに　対す」。

この歌には真っすぐで切々としたものがある。義憤を凌駕するとはこういうことを言うのだろうが、もっと深いものがある。折口のそれまでの思索と万感がいっぱいになっている。

ぼくは折口にめろめろだ。ずっと以前から長らくめろめろで、いまもってめろめろだ。『死者の書』は日本文芸史上のベスト5に入れている。

最初に折口学に耽ったのはいつだったろうか。早稲田大学新聞を編集していたころ、友人の田中基が折口学をつかって人麻呂論を書き、その感想を求められたときはまだよくわからなかった。田中はのちに『どるめん』の編集長をした。本気で折口を読み始めたのは「遊」の創刊準備をする直前の数カ月だった。全集を入手して奥会津に持ち込み、戻ってきて脳圧亢進で入院したときには病院に持ち込み、また読み耽った。

以来、何かにつけて折口に戻り、古代語の意味を折口に聞き、日本の面影を折口から考えなおすということをしてきた。折口こそは「世」というものと刺し違える方法をもっていたと感じた。それこそは、ぼくが「面影の編集」として継承したいと思ってきた方法だった。

そういう折口の思索と万感には、ごくおおざっぱにいうと、次のような五つの特色が継続されてきたとおぼしい。

第一にはマレビトへの憧れがあった。マレは「最少の度数の出現又は訪問」を示す言葉で、ヒトとは「神及び継承者の義」をもっている。したがってマレビトとは、「そもそもは神を斥《さ》す言葉で、常世《とこよ》から時を定めて来たり訪う者のことを意味した」(国文学の発生)。

このようなマレビト観は、神の絶対化をおこしかねない神道観にすぐれて相対的な見方をもたらすとともに、神人を一体化するのではなく、神と人とのふれあいのモデルを想定することを可能にさせた。それだけではなく折口のマレビト論は、翁《おきな》や嫗《おうな》のような共同体における敬虔の母型に対しても、新たな見方がありうることを提供した。

第二に、折口には言葉を伝える者についての深い思索があった。語り部、かきべ、巡遊伶人、ほかひびと、うかれびと、漂泊伶人などについて、独自のイメージをもってきた。それは面影を唱導するということの、言い伝えるということの方法に対する注目だ。言葉だけでなく、ナリ・フリにも関心を寄せた。扮装や擬装も重視した。そのため曲舞《くせまい》・田楽・猿楽などの日本芸能の担い手に関する基本像を想定し、古代の流浪民との関連をつきとめた。

言葉を伝える者のモデルとして、ミコトモチも重視した。ミコト（御言・命）は神意をあらわす言葉であるが、そのミコトを伝える者がミコトモチである。天皇や側近や神官たちがミコトを発動した。折口はこのようなミコトモチには権威の破片がそこにあるだけでなく、もっと注目すべき特徴があると見た。それは、いかなる小さなミコトモチでもそのミコトを一緒に発したものと同一の資格をもちうるという共通性が感染され、受容され、ついには相互シェアされたということだ。折口はそこに格別の贈与の力を認めた。

第三に、歌にひそむ「たをやめぶり」を一貫して愛した。折口は青年期に何度も自殺を試みようとしたようだが、そのため「生き死に」については独特の考え方をもっていた。

とくに「生命が美しい」ということについては、たえず重なる思いを注いできた。そこには「死にたくつても、それを以て死んだと思はれることの堪へがたさに生きてゐる」という意志が作用した。それが折口をして生死の境いをよぎるものへの永遠の憧憬となり、その面影をうたう歌についてのとてつもなく深い共感になっていた。

このような考えは、斎藤茂吉が折口に「君の今度の歌は、なんだか細々しくて痩せて、少ししやがれた小女《をんな》のこゑを聞くやうである」と酷評してきたとき、「ますらをぶり」ばかりが歌の本意ではなく、むしろ「弱さ」を感じさせる「たをやめぶり」こそが厳正な力を秘めるものだと反駁してみせたことに、如実にあらわれた。

こうした考え方が折口に育まれたのは、第四に「たまふり・たましづめ」ということを確信していたからだった。折口は魂を一人の体にずっと内在しているものではなく、体に出入りする動きをもっているものとみなしていた。魂は「外来魂」なのである。この見方は、天皇の即位式にあたる大嘗祭についての考察において、独特の解釈になった。天皇は真床覆衾《まどこおふすま》に際して、天皇霊という外来魂を付着させるのだというエクソフォニックな解釈だ。『大嘗祭の本義』に詳しい。

第五に、折口は天皇は現神（アキツカミ）ではあっても、現人神（アラヒトカミ）ではないという立場をとった。折口は天皇の力は神から一時的に付与されたもので、ミコトモチを発意していないときは人にすぎないと見たのである。しかも万葉の時代すでに、天皇は神の生活から遠ざかっていたとも見ていた。そうだとすると「惟神《かむながら》」というものは神そのものとはかぎらない。神であってまた人でもあるまぜこぜなものということで、それゆえ天皇は現神ではあっても、現人神ではないということになる。

これは折口ならではの天子非即神論である。折口は天子即神論は明治以降に成立したものにすぎないと断定していたのだ。そうであってもらわなければ、折口は安心して死ねないと思って昭和を過ごしてきたのだったろう。このあたり、三島由紀夫などとはまったく異なっている。

折口は戦時中からずっと神社神道のありかたに批判的だった。とくに天皇を雄々しく語る風潮に手厳しかった。折口にとって、天皇は寂しく、わびしく、つらくてたまらない生活に堪える人でなければならなかったからだ。それが天皇という面影《プロフィール》なのだ。この心情は、折口の有名な「大君は神といまして　神ながら思ほしなげくことの　かしこさ」にうたわれている。

いささか折口を持ち上げすぎたかもしれないが、日本の面影を編集する方法として、折口のやりかたはぼくにはとても大きい。

この方法の結束はまとめていえば「擬《もどき》」というものだ。「擬」の本質を知ること、あるいは日本人の面影の正体を「擬」として捉えなおすことができることは、折口とともに日本の本来を解義していることに当たっている。

ときどきしか上演されないが、能には『翁《おきな》』という格別の演目がある。「父尉」「翁」「三番猿楽」で構成されるので、式三番ともいう。

上演される『翁』は能であって能でない。狂言役者が出てくるが狂言ではないし、まるで神事のようだが神楽でもない。だいたい筋書きがない。もっと不思議なのはシテが舞台上で面《おもて》を付けるところを見せて、それから翁の芸能になるという順だ。それまでは翁のための面は箱に入ったまま舞台に飾られている。おそらく鎌倉期のどこかで生まれた呪師《のろんじ》による翁舞を猿楽師がやるようになり、そのうち寺社の法会や祭礼で舞われるようになった祝言《しゅうげん》の曲目だったのだろうと思われる。

ひとしきり舞台奥からのお調べが鳴りやむと、橋掛りから面箱《めんばこ》を先頭に、すっぴんの翁と千歳《せんざい》と三番叟《さんばそう》がゆっくり登場し、そのあとを後見、地謡《じうたい》などの諸役が続く。シテの翁役が舞台の右奥に着座すると、その前に面箱が据えられる。

やがて笛と小鼓が吹き打ちされ、翁は神歌《かみうた》のような「唱えごと」をする。翁の「とうとうたらりたらりら　たらりあがり　ららりとう」という朗唱に、地謡は「ちりやたら　たらりら　たらりあがり　ららりとう」と応え、ツレの千歳も「たえずとうたり　つねにとうたり」などと合いの手を入れる。まるで呪文のようである。

ついで千歳が大地を踏みかためるように舞っていると、翁が面箱から恭々しく面を取り出して、これを儀式のように付ける。白式尉《はくしきじょう》の面だ。これは「ご神体」だ。翁はここから神になる。面を付けた翁は舞台中央に進み出て、両袖を広げて祈祷のような舞を見せつつ、「ちはやぶる　神のひこさの昔より　久しかれとぞ祝ひ　そよやりち」「天下泰平　国土安穏　今日の御祈祷なり　ありはらや　なぞの翁ども」などと謡う。翁は舞いおわると面をはずして面箱に収め、ふたたび中央に下座すると正面に礼をして小鼓にあわせて退場する。千歳も退場する。

ここでそれまで後方に控えていた三番叟が進み出て、揉の段という舞を躍動的に演じて黒色《こくしき》尉《じょう》の面を付け、面箱持ちから鈴をうけとって鈴の段を舞う。おわって三番叟が面と鈴を面箱に戻し、退場していく。地謡も囃子方も退場して、あとはしーんと静まりかえる……。

これが『翁』だ。何度見ても不思議な芸能だ。

謡いの歌詞の「とうとうたらり　たらりら　たらり」は寿詞《よごと》めいて、意味が追えず、聞いているだけでだんだん気が遠くなる。ぼくは何度も陶然とした。舞もまたすこぶる様式的で、何かを指し示しているとは思えない。シニフィエもシニフィアンもない。ひたすら夢想の彼方に舞うようだ。笛と小鼓三丁だけの囃子《はやし》も独特である。こんなものは能にはない。

そもそも役者が面箱から面《おもて》を恭しく取り出して、それを衆目の中で付けるという所作は他のどんな能にも見られない。箱に入れられた翁面がご神体であるらしいのはわかるのだが、あの面箱はどこか大事なところに所属していた「借りもの」のようなのだ。翁たちが老体であることも不思議だ。翁と三番叟が老人で、千歳は稚児めいて見える。どうしてこの三者が選ばれているのかは、あまりに謎めいてその正体がわからない。

これまで『翁』についてはさまざまな推理がなされ、多くの研究が試みられてきた。先頭を切ったのは能勢朝次の『能楽源流考』だったかと思うが、その後は天野文雄、表章、山路興造、山折哲雄、松岡心平らが興味深い仮説をいろいろ提起した。すでに中世では世阿弥や金春禅竹も推理していた。

それらを総合してみると、修二会《しゅにえ》との関係、稲積の翁との関係、田の神との関係、延命冠者との関係、鬼との関係、後戸《うしろど》の神との関係など、さまざまな背景があったろうことが見えてくる。しかしこれらを総じても、折口信夫が『翁の発生』で「翁は三番叟によって擬《もど》かれたのである」と喝破したことを超えてはいなかった。すべての翁論はこの折口のモドキ論に含まれている。

いまではこの折口説を疑う者はいない。日本の芸能は神を擬き、翁を擬き、乞食を擬き、世を擬いてきたのだ。とくに神楽や田楽や猿楽（申楽）がそうした擬きの芸能をあからさまにした。春日の若宮おんまつりには「比擬開口《もどきかいこう》」という祝言のモドキがあるし、折口が感動した信州新野の雪祭りにもモドキが揃っていた。白拍子も傀儡もモドキの芸能だし、当然、世阿弥の物学《ものまね》もモドキの能だった。


文字通りには「擬く」とは「何かに似せてつくる」ことをいう。擬装すること、扮装することがモドキで、そのように擬かれたものもモドキだった。

何かに似せてつくるのだから、そうやってつくられたモドキはすべて「まがいもの」であって「まねもの」であり、ありていにいえば「にせもの」だ。つまりはイミテーションであって、フェイクであってシミュラークルであり、コスプレなのである。しかしそれは、どこか本質的なものやことに導かれたうえでのミミクリーや模倣にもなっていて、それゆえモドキは何かの近似体であって、何かの相似物であることを告知しつづけるものなのである。

モドキは歴史を擬装することもある。第六綴に綴っておいたように、ユダヤ長子相続を擬装者としてのヤコブが継承したということもおこる。またその擬装は新たな模倣によってしか暴かれないということもある。第七綴で述べておいたように、いったん擬かれたものには模倣力によってしかあらわれてこない動向が含まれる。つまりモドキはそもそもが「何かのモドキ」であったのだから、そこには必ず「何かの」がくっついている。そして、その「くっついた何か」が日本文化の景色の中をずうっと摺り足で動いていく。ここが重要だ。

日本の芸能は、この「何かの」を面影として継承するために「擬きの芸」に徹した。『翁』はそうしたモドキの芸能の原初にあたっていた。神を擬いた芸能だったのである。

モドキには先行する類型や原型がある。先行しているのは何かの「もと」である。何かの「おおもと」だ。それがなければモドキは生まれない。モドキは何かの「もと」や「おおもと」を必ず随伴させる。

ところが日本における先行モデルは、鮮明な原初のプロフィールやルーツとしてのフィギュアをもっていないことのほうが多い。「もと」はあるのに、その姿や形がはっきりしない。縄文人にも卑弥呼にもイザナギにも、崇神天皇にも蘇我馬子にも藤原不比等にも、日本人の先行モデルははっきりしない。だから平田《ひらた》篤胤《あつたね》はオオクニヌシを「もと」にして日本の本来をはっきりさせたくなった。島崎藤村は父親をモデルにした『夜明け前』で明治維新が「或るおおもと」を見えなくさせたと書いた。

それにくらべると、ギリシア・ローマ神話に登場する神々は「もと」そのものが擬人的だった。ゼウスもアフロディテもタンタロスもすっかり人間じみている。だから原初のモデルはそのまま人間社会のモデルになった。神話と歴史はつながっていた。神と人心もつなげられた。フロイトがオイディプス王にエディプス・コンプレックスの類型を見たのは、そのためだ。

日本はそうならなかった。縄文以来の無文字社会が長かったせいもあって、そこにやってきたのが漢字という異国の文字文化ということもあり、「もと」を明示することが曖昧になった。ちぐはぐにもなった。しかも縄文以来の日本語《やまとことば》は、近隣のどの民族の言葉とも似ていない。ここにおいて日本人は「もと《ルーツ》」をあらわすにあたっては、「もと」を擬《もど》くという方法を編み出したのである。建築家の磯崎新がこの事情を伊勢神宮論を通して「始原のもどき」という言い方をあてがったのは、なかなかの絶妙だった。

かくして日本の芸能が擬こうとしたモデルや類型には、ギリシア・ローマ的な鮮明な人格や性格や姿形《すがたかたち》が告知されてこなかったのである。アマテラスもホノニニギもイワレヒコも、アメノワカヒコもタケミカヅチも、漠然と暗示されているだけなのだ。そのため、後世の者たちは和歌や芸能のモドキの手法によって、その先行モデルの一部始終や特徴を偲ぶことになった。つまりはモドキを媒介にして面影のよすがを偲び、その面影をもって歴史の起点をつくったのだ。

これは困ったことだったろうか。その逆だ。ここにこそ「日本という方法」がある。モドキが面影を手繰るために欠かせない方法になっていったと見るべきなのである。

モドキの方法はやがて「見立て」や「本歌どり」として、文芸や美術でも茶の湯でも和菓子でも発展する。そこからは百花繚乱で、とくに談林俳諧や川柳や浮世絵や狂歌があらわれてからは、モドキは流行にさえなっていった。

近世後期から近代にかけて、なんでもがモドキになったのはまるでキッチュの流行のようで呆れるが、モドキの核心にあるものは、『翁』が能であって能でないように、決して安直なものではなかった。ヨーロッパの方法には稀薄な、「もと」を手繰りよせる方法だったからである。

ただ、この核心をどう説明するのかはけっこう難しい。誰もが説明できるものではなかった。早々にモドキの重要性に気が付いたのは藤原定家や心敬《しんけい》や世阿弥だったろうが、またモドキを最も短縮した韻詞であらわせるとしたのは宗祇や宗因や芭蕉であったろうが、そのことに言及する手立てを思いついたのはやっと本居宣長だったのではないかと思う。

真淵《まぶち》に『源氏物語』の精髄を学んだ宣長は、この国における「もののあはれ」とは何かということを考えた。わかりやすくいえば「風雅」の起源を考えた。宣長にとって「もののあはれ」や「風雅」を感じるとは、「古」と「今」とを二重多重に結びつけ、「本来」と「将来」をつないだままに思索と行為に生きられることを意味した。

古と今は密接につながっている。そこを安易に切断してしまえばどうなるか。『石上私淑言《いそのかみのささめごと》』であきらかにしているように、宣長は古今の切断がおこれば「思ひやり」がこの世から失われると見た。宣長にとって、今とは、たんに流れ去る「浮き世」などではない。日本歴史の根本精神につらなる「憂き世」だ。『玉勝間《たまかつま》』にそう書いている。その今を「あはれ」と「思ひやり」によって古につなげるには、そこに多重のブラウザーの束が必要だ。その束ねられたブラウザーがたぐり寄せるものこそ「擬《もどき》」なのである。そう宣長は見通した。

そう見るにあたって、宣長は二つの解釈系を打ち立てた。ぼくが本書のそこかしこで綴ってきたことと深い関係がある。

ひとつには、日本の歴史を語る言葉には表象力と伝達力が使い分けられてきたとみなした。「ただの詞《ことば》」による表象伝達と「あやの詞《ことば》」による表象伝達だ。「ただの詞」は歴史の「ことはり」をあらわすための、「あやの詞」は日本文化の「あはれ」をあらわすための言葉である。宣長は「ただの詞」では日本歴史はさかのぼれないと見た。古今がつながらないと見た。どうしても「あやの詞」を手繰り寄せ、紐解いていかなければならない。

もうひとつには、世の中にはそもそも「あらはれごと」(顕事)と「かくりごと」(幽事)があると見た。これまたすでに綴ってきたように慈円も考えていたことで、世が「顕の世」と「冥の世」との両方で組み上げられているという見方にもとづいている。宣長は「あらはれごと」の管掌にアマテラスの一族を配し、「かくりごと」にオオクニヌシの一族をあてはめた。こうみなすことによって顕事と幽事が人の世だけではなくて、神の世に連なっているものだと見た。

記紀神話には出雲の「国譲り」の物語の一部始終が暗示的に描かれている。ことの経緯は、大略、こうだ。

高天原の神々（天津神《あまつかみ》）が勝手なことを言い出した。葦原中国《あしはらのなかつくに》を統治するのは、われわれアマテラスの子孫である天津神でなければならないと。高天原なんてあるわけがないから、この連中はのちにヤマト朝廷を確立した一派のことで、天津神というのも実際には海外からの渡来一族を含んだヤマト朝廷派のことである。その連中が、繁栄ぶりが噂にのぼっている別の国を統治したい、もしくはモデルにしたいと言い出したのだ。

葦原中国とは高天原と黄泉《よみ》とのあいだの国、もしくは出雲のことをさす。かつて姉と弟の関係だったアマテラスとスサノオが対立し、スサノオが開拓した国である。その出雲が代々たってオオクニヌシ（大国主）やコトシロヌシ（事代主）の世になって大いに繁栄していた。その伝聞が入ってきたので、調査をして抱き込んでしまおうと考えたわけだ。攻め入って領土にしてしまおうというのではなく、重ね合わせたいというニュアンスだ。『古事記』には、アメノホシオミミ（天忍穂耳）が葦原中国を治めるべきだと書いてある。CEOあるいはネゴシエーターとして派遣しようとしていたわけである。

ところがアメノホシオミミが天の浮橋に立って下界を覗いたところ（つまり出雲社会との交渉に入ったところ）、そこはたいそう賑わっていて、活気のある騒がしい状態だったので、アメノホシオミミはこれでは自分の手には負えない、あるいはあそこはあのままのほうがいいと言って交渉役を辞退した。そこで高木神と天照大神がアメノワカヒコらを派遣することにしたのだが、こちらは帰ってこなかった。

やむなく天界は、これはと思うネゴシエーターを次々に国津神《くにつかみ》たちがつくりつつあった出雲の国に派遣した。交渉は困難をきわめたようだが、結局は、タケミカヅチがあいだに立ってオオクニヌシの子であるコトシロヌシとの交渉が進捗し、いわゆる「国譲り」を承服させた。

宣長はこの「国譲り」の一部始終を解釈して、日本には高天原型の「あらはれごと」としてのガバナンスと、それとは別の出雲型の「かくりごと」としての治乱吉凶や禍福があって、その二つで成り立っていると見た。いいかえればアマテラスが顕事を、オオクニヌシが幽事をつかさどったと見て、この相互関係のなかにこそこの国の「もと」を解くための「解釈系の母型」があるとみなしたのだった。

こうした宣長の見方は平田篤胤《ひらたあつたね》によってかなり大がかりに広げられた。『霊能真柱《たまのみはしら》』には、こう書いてある。世の中が「見える世」と「見えない世」というふうに分かれたのは、天下をアマテラス＝天皇が統治するようになったためで、そのぶんオオクニヌシはやむなく「幽界」に隠れた。しかしこれをひるがえっていえば、幽界は人間の死後の霊魂が集まるところとみなされているけれど、天皇族では見取ることができない善悪の判断を見きわめていることでもあるはずだ。そうであるのなら、現世こそが「寓《かり》ノ世」であって、幽界こそが「本《もと》ツ世」であろうと主張したのだ。この世が「かり」で、あの世が「もと」なのである。

そうとうな拡張解釈ではあるが、篤胤のリバースエンジニアリングは幕末維新にふえていった国学の志士たちの維新感覚にぴったりだった。

宣長や篤胤の見方を短絡すると、ヤマト朝廷にはモドキがあって、それが出雲だったとも、また出雲のモドキがヤマト朝廷であるとも解釈できる。どちらもたいへん大胆な見方だが、日本の国学はそのように大きな国家仕掛けをすらモドキとみなしたのである。

ところが、明治期に新たな国学のリーダーとなった大国隆正以降になると、この顕幽のデュアルスタンダードは一方的な主君への忠誠におきかわり（立憲君主思想におきかわり）、万世一系の臣民国家の紐帯として解釈されるようになって、ついには宮中祭祀からオオクニヌシを除外した。

古来のデュアルスタンダードは破られたのだ。これは「見えない世」の公式な否定であり、近代ナショナリズムの勃興であって、国体論の実体化であった。かくて明治日本はピラミッド型の国家の確立をめざし、そのまま日清・日露、日韓併合、満州事変へと驀進していった。

そういう国家観に根本の疑問を呈したのが折口だったのだ。折口は、モドキの本来が壊されている、こういう昭和日本は直情すぎている、安心して死ねませんと言ったのだ。

折口の昭和二〇年七月の発言を紹介した石川公彌子の『〈弱さ〉と〈抵抗〉の近代国学』には、折口だけではなく柳田国男や保田《やすだ》與重郎《よじゅうろう》も同様のことを訴えていたことが述べられている。ちょっと紹介しておきたい。

柳田も若い頃には篤胤流の幽冥論を語っていた。柳田は、宣長が師事した二条派の桂園学派の松浦辰男に歌の心を習っていたが、それは松浦にそういう思想があったせいだ。やがて、そんな柳田を変化させる事態が次々に出来《しゅったい》した。日露戦争後、戊申詔書のもとで組み立てられた「地方改良運動」によって、神社統一整理政策が策定されたのである。神社を教会になぞらえ、一町村に一社が定められることになった。

柳田の生家であった松岡の家も鈴の森神社の氏子であったにもかかわらず、熊野神社の氏子に転入されることになり、柳田は神職であった父の操とともに、このような強引な施策に疑問をもつ。地方改良運動はまた、若衆組や若連中といったしくみが小学校教育の妨げになるとして、改組をすすめた。柳田はこれにも疑問をもった。さらに文部省が推進しようとした郷土認識建設運動にも疑問が沸いてきた。この運動は近代ピラミッド国家と直接に結びつかない骨抜きの国土をつくろうとしていたからだ。

柳田は抵抗した。小学校の郷土科のカリキュラムとは一線を画し、新渡戸稲造の「地方学《じかたがく》」の提唱に共鳴して、大正二年に「郷土研究」を創刊する。これが日本民俗学のスタートなのであるが、それは「日本の面影研究のための新国学」というべきもののスタートでもあった。

保田與重郎についても一言、綴っておく。保田は国学的な言霊《ことだま》学者であった富士谷《ふじたに》御杖《みつえ》を高く評価していた。

御杖は、世の中の顕事と幽事を人々がちゃんと受け取れないのは、神の言葉を直言とみなしているからで、そこには「倒語」があるとみるべきだと考えた。そのような倒語としてのアヤの言葉というものは「言ふと言はざるとの間」にあるもので、それをこそ言霊《ことだま》の機能だと捉えた。倒語とは「所思をいへるかとみれば思はぬ事をいへり、その事のうへかと見ればさにあらざる」というようなもの、「所思のうら」を「言」とする表現力のことをいう。御杖は日本の和歌とその心は、こうした倒語によってこそ成り立ってきたと見た。

御杖の言霊論は独特のものだったが、土田杏村を通して保田の心に響いた。保田はこのことと宣長が『源氏物語』に「もののあはれ」を看取したこととをつなげ、「もののあはれ」には言霊としての倒語性があらわれているはずで、その方法にこそ日本人の心性を読みとらなければならないと考えるようになった。

こうして保田はイロニー（アイロニー）を重視した日本的心性を主張するようになる。その方法にもとづけば神の世と人の世とが分離する以前の理想を感知できると考えるようになった。まさにモドキによる日本心性の表明だ。イロニーとは「あやの詞」によるモドキの表象のことをいう。保田は、上代で神と人とが「同殿共床」にあったのがやがて「神人分離」していった以上は（戴冠詩人の御一人者）、こうした流れのなかにある後世のわれわれが神人一体の感覚をもつには、日本語の表現史のなかから倒語や言霊や「もののあはれ」を正確に見いだしていかなければならない、それこそが国文学の新たな伝統にならなければならないとも説いた（大伴家持と相聞歌）。

保田の理想は上代の天皇像の面影に、すなわち「稜威《いつ》」に向けられたのである。保田はそれを神人分離以前の「神典期」と呼んで、「古典期」以降の歌にその理想と分解の「悲しみ」をうけとることが真の国文学でなければならないとした。

保田が国文学に読みとろうとしたものは、あまりにパセティックだった。そのため、鹿持雅澄が万葉集の古義として「皇神の道義」と「言霊の風雅」を認めたことに加担して、日本人は万葉集を読みこみさえすれば皇神の「みたまのふゆ」に浴することができるとまで考えた（柿本人麻呂）。

このような考え方は、ついで保田を祝詞《のりと》の表現世界を強調するほうに導くことになって（事依佐志論）、近代日本の神社神道の批判に傾けさせた（皇大神宮の祭祀）。鈴木重胤の『延喜式祝詞講義』などの影響が強かった。

保田は祝詞に「神人一如の状態」が生きているとみなしたのである。このことは、伴信友の『長等の山風』『残桜記』から伴林光平の『南山踏雲録』におよんだ「述志の文学」が大義をうたっていることを重視させ、草壁皇子の「残念」に歌の心を見いだした人麻呂の大和魂を過大に評価するにいたった（言霊私観）。

戦局が進行すると、保田は「偉大な敗北」を謳うようになっていく。それはまさに「弱さ」の究極に思いを寄せるものではあったものの、行きすぎれば危ういものと交わらざるをえないものを抱えていた。タレブが振りきったような「アンチ・フラジャイル」にまではいかない。

理想が俗世間に敗れることを後鳥羽院に認めたまではよかった（後鳥羽院）。ぼくもそこには「心ばへの歌」と「憂結の歌」がふたつながら称えられていたと思っている。しかしやがて「偉大な敗北」観は、国学の本質が「思想上の攘夷」にあるとみなすほうに進み、さらには皇軍の本質は偉大な敗北に向かうことであるとさえ主張するようになった（大東亜文化論の根底精神）。かくて委細はわからないけれど、右翼思想の総帥ともいうべき大東塾の影山正治と近づき、歌誌「ひむがし」を拠点に藤田徳太郎らとともに新国学協会を結成したり、末次信正のスメラ学塾や川面凡児の神道言説や神政龍神会の宮中工作に批判を加えたりしているうち、かなりの深みに入っていった。

こうした保田の偏重を心配していたのが折口だったのである。

折口の祖父の造酒ノ介《みきのすけ》の出身地が保田の実家の隣村であったこともあり、保田と折口は親しく交流し、保田は出征に際して、「自分の身に万一のことがあれば、子供を折口先生に託すように」と典子夫人に言いのこしている。折口の『死者の書』も、保田のエッセイ『当麻曼荼羅』から刺激をうけていた。

しかし、折口は保田が大東塾にかかわったり、スメラ学塾の批判に向かったりすることに危ういものを感じ、「保田さんの才能は惜しい、右翼の人との付き合いをやめて、詩か小説にあの才能を生かしてほしい」と近親の者に洩していたという。

スメラ学塾というのは、昭和十五年に海軍の予備役大将の末次信正を塾頭として設立された思想団体で、駐独大使大島浩、駐伊大使白鳥敏夫、国民精神文化研究所の研究員たち、西田幾多郎門下の小島威彦らを配して、これはずいぶん奇矯な理念にとりつかれたとしか思えないのだが、日本が「スメラ文化圏」の担い手になるべきことをモットーに動いていた。昭和二〇年六月には九州を独立させて新政府を樹立させようとした。

保田はこのような工作に対峙しようとして、かえって精神主義的な日本論に傾きすぎたのだ。保田には、柳田や折口が依拠しようとした郷土感や共同性についての思いが希薄だったのだろう。また、各地の祭りやユイやモヤヒや若衆宿や頭屋制などの日本的な組織感への配慮も乏しかったのだ。保田の「偉大な敗北」は戦後の日本社会からは見捨てられることになる。

戦時中、『源氏物語』が不敬文学扱いされた。国語教育者の橘純一は小学校教科書から源氏を削除するキャンペーンを展開し、谷崎潤一郎訳『源氏物語』は大幅な削除をうけた。

こうした風潮のなかで、折口は源氏には貴胤流離の典型が描かれていること、「もののあはれ」

の本質がうたわれていること、光源氏は「弱さ」の表象であることなどを説いて、貴人の無力を肯定するべきだと主張した。それは軍国主義による大和魂とはまったく異なるものだった。「軍人が説いたやうに、戦争を好んで死ぬのを何ともないといふのが大和魂だといふのはとんでもない間違ひです」。

戦時中の日本の皇国観ほど複雑怪奇なものはない。超国家主義や日本ファシズムの高揚の経緯を解きほぐしたものは、まだ出ていない。平均的な見方は丸山真男の評定によっているが、それだけでは解けない。ぼくも学生時代は橋川文三や丸山の解体作業に沿っていたけれど、どうもそれだけではすまないなと感じるようになった。そこには戦勝を祈願するための大和魂の謳歌があり、敵性言語を排撃するための国語主義的な言霊観がまじり、軍人精神高揚のための神人一致観が称揚されていた。

そうした迷走する過剰な日本主義のなかで、一貫して独自の「日本という方法」を紡いでいったのが折口なのである。折口がそうなりえたのは、すぐれて古代観念に通じる「擬《もどき》」の思索を保ちえたからだ。「面影の編集」は折口のほうへ向かって継続されるべきだった。

第十九綴……複雑な事情

あたりに光の粉をまいて「二つ目の角を右に曲がって、それから朝までまっすぐ！」。そう叫んだ赤毛の少年はロンドンの夜空を駆けて颯爽とネヴァーランドに飛んでいく。次の夜も、また別の夜も。御存知、ジェームズ・バリーの『ピーター・パン』だ。

この物語は「ほんと」と「つもり」はとうてい区別がつかないと言っている。バリーが最初に書いた一九〇六年の『ケンジントン公園のピーター・パン』では、ピーター・パンは半分が人間で半分が鳥だった。半鳥半人のピーターは歳をとらない。生と死が半分ずつで分かれていないからだ。

いま世間に出回っている一九一一年脱稿の『ピーター・パンとウェンディ』も、リアルな現実世界とヴァーチャルな幻想世界があるのではなく、現実《リアル》と幻想《ヴァーチャル》のすべてが中途半端に混じりあったまぜこぜ界であることを描いている。ピーターだけがそう感じているのではない。ピーターはウェンディにお母さんの「つもり」になっていてほしいのだが、ウェンディも自分がお母さんになっているような気がしてくるのだし、ウェンディの弟たちも姉がそんな「つもり」になっていると、「ほんと」のお母さんに見えてくる。

世間では「ほんと」は実際におこって現実化したことで、「つもり」はその逆に現実にはおきなかったことだと信じられているが、そんなばかなことはない。

第一綴の冒頭に綴っておいたように、そもそも「ほんと」とは何かということ自体がたいへんにあやしい。朝は晴れていた、応仁の乱で京都は戦場になった、物価が安定した、セルビアが独立したがっている、リンゴは赤い、電車は混んでいた、鉄が錆びた、バチカンは男色の巣窟だ、母親の機嫌が悪い、庭の紫陽花が育った、彼女の服は似合っている、トルコがシリアを爆撃した、コンビニで食べたいものを買った……。これらのいったいどこからどこまでが「ほんと」なのか。

そんなふうに問うてみればすぐわかるように、「ほんと」を実証するのは、宝石やニセ札や良寛の書を鑑定するよりもずっと難儀なことなのだ。

それ以上に、「つもり」の正体がどういうものなのかなどということは、もっと抜き出せない。この歌は唄いやすそうだ、来年は家族で海外旅行に行くつもりだ、今度の映画は当たるだろうね、このプロジェクトで儲けたい、銀河系には生命があるはずだ、プログラマーになりたい、あの件はチャラにしよう、もっと人間を磨きたい……。ここから「つもり」だけを抜き出すのは至難のわざなのだ。

世間では「つもり」から「ほんと」を引いた勘定をしたいのだろうが、そうは問屋が卸さない。はっきりいえば、世界と世間のすべてが「つもり」でできているからだ。ネヴァーランドがそういう国だった。太陽と月はいくつもあったし、人魚と妖精とタイガー・リリーと海賊クック船長とインディアンが一緒に暮らしている。「つもり」ばかりなのに「ほんと」が感じられる国、それがネヴァーランドという擬国だったのである。

童話やファンタジーにばかり「ほんと」と「つもり」が同棲しているわけではない。極上の科学にもその行き来があった。

一般に科学は実証的なものだと思われている。たしかにそうなのだが、それは観測された現象や数値が与えられた条件のもとに何度でもおこるというテストをクリアできたから実証的な科学たりえているということで、その科学が科学の土俵に上がる前は、大いにつ、も、り、仮説的だったのである。このことについては夙にアンリ・ポアンカレの『科学と方法』『科学と仮説』がほとんどのことを言い尽くしている。またジェイムズ・スタインの『不可能、不確定、不完全』などがこのことを数学が証明するには、いかに極上の方法が駆使されてきたかを言い尽している。科学も数学も「つもり」と「ほんと」のあいだを出入りしているものなのだ。

極上の科学には、たいてい格別な特徴が共通する。ぼくはずうっとそう実感してきた。それは一言でいえば、「あてがう」あるいは「あてがって見る」という独特の見方が際立っているということだ。補うのではない、補助線を引くのでもない。付加でも修正でもない。一つのレイヤーの中での組み替えでもない。むろん解釈のちがいなどをもちこむのでもなく、上手な解説をすることでもない。

そこに欠如しているもの、そこに見えていなかったことを、別の仮想の「つもり」として導入する。できるだけレイヤーをこえて導入する(＝あてがう)。ときには大胆に、その「つもり」をあえて仮説科学的に誂《あつら》える。極上の科学ではこの「つもり」と「あてがい」と「誂え」を絶妙におこしてきた例が少なくない。

たとえば今日の天体物理学では、宇宙には見えない暗黒物質としてダークマターが八〇パーセント以上あるということになっているが、また一九九八年にマイケル・ターナーがそう名付けてからはダークエネルギーが七〇パーセント近く、ダークマターが二七パーセントあるということになっているが、こうした仮説が成立するにあたっては次のような「つもり」が科学されていた。

一九七九年のこと、MITのアラン・グースは理論的には定義されている重い粒子(磁気単極子)が観測にかからないことに疑問をもって、宇宙は誕生してまもなくインフレーションのように途方もなく膨らんだので、仮に重い粒子があったとしてもきっと彼方に吹き飛んでいったのではないかと考えた。しかし、そうだとするとそういう彼方に吹き飛んだものたちがどこかに集まっていてもいいわけだから、そのようにみなしていろいろ計算してみようということになった。

各国の天文学者たちが計算してみると、宇宙総体では八〇パーセント以上の物質（粒子たち）が隠れたままになっていることが計上された。そこで、それを仮想の暗黒物質ダークマターというふうにみなすことにした。重い粒子がどこかに行ったつもり、それらがどこかで溜まっているつもり、ダークマターがあったつもり、そういう辻褄合わせがもたらした仮説だった。

なぜ、こんな「つもり」が極上の科学になりえたかというと、「見えない」「観測データにかかってこない」ということを、ひっくりかえして「見えない物質がある」「観測にかからない状態がある」というふうに見方を切り替えたからだ。インビジブルであるということは、「インビジブル物質」があるということ、波が見えないということは波がないのではなく、波を打ち消している「波消し物質」や「波取り現象」があるということなのだ。

科学ではしょっちゅう「仮りのもの」があてがわれてきた。熱素も光素もエーテルも仮りものだった。熱素は燃えている物質の中にあるもの、光素は見えているものから発せられている物質のこと、エーテルは重力の粒だか波を宇宙に吹かせていると想定される要素風のことだった。もちろんみんな仮名乙児たちだ。これらはやがて酸素や光子や重力子などとして科学的に説明されることになった。

仮りのものであるということは、どこかからの「借りもの」があるということだ。借りものがあるということは、第十三級「カリ・ギリ・ドーリ」に綴っておいたように、どこかに「借り先」があるということだ。物質現象では「仮りもの」の位置と「借り先」の位置は遠く離れていたってかまわない。こうして、この貸し借りの物理収支を合わせるつもりになると、そこに新「つもりの科学」が発生する。


二〇一二年七月四日、世界の新聞とテレビに「ヒッグス粒子の発見」というビッグニュースがかけめぐった。エディンバラ大学のピーター・ヒッグスが一九六四年の論文で予想した素粒子だ。実際には〝発見〟ではなくて、研究機関ＣＥＲＮ（ヨーロッパ合同原子核研究機構）のＬＨＣで生み出されたものだった。ＬＨＣというのはラージ・ハドロン・コライダーという陽子衝突型の大加速装置のことをいう。

光速に近いスピードまで加速した陽子と陽子を衝突させて、ビッグバン直後に似た高エネルギー状態をつくりだし、そのとき出てくる粒子を次々に検出器にかけて分析する。その中にヒッグス粒子が見つかったのである。

ヒッグス粒子は、南部陽一郎とヒッグスがスーパーシンメトリー仮説（超対称性理論）とエクストラディメンション仮説（余剰次元理論）をめぐる数式の中での「誂《あつら》えもの」だった。借り先はビッグバン前後のヒッグス場。そこには南部の極上の「見方のサイエンス」があった。

南部陽一郎がプリンストン高等研究所からシカゴ大学に移ったころ、超伝導のしくみを仮説するBCS理論（BCSは研究者の頭文字）があった。超伝導では電子どうしがペア（クーパーペア）をつくって凝縮し、素粒子間を媒介するボソン粒子のような現象になるため、それが伝導体の内部の格子構造を失わせた超流動のように見えるのではないかという仮説だった。

南部はこの理論の波動関数に電子数が保存されていないことを訝り、超伝導流体が電子などの素粒子数を保存していないのは、自然界の基本的な対称性に違反することになる、そうなるのはそこには「まだ見えていないしくみ」がはたらいているのではないか、もしそうだとすると、そこには質量のない「集団モード」（collective mode）がおこっているのではないかと考えた。

BCS理論で電子のクーパーペアがボソンに凝縮すると説明されるのは、粒子どうしにひそんでいた対称性が破られたからであろう、その破れがボソンという新粒子として出現してきたとみなしたほうがいいだろう、と推定したのだ。BCS理論から見えてくるものには「見えてこないもの」が含まれるという見方だった。

これが「自発的対称性の破れ」（spontaneous symmetry breaking）という画期的な仮説が出現した瞬間だ。ぼくはこの経緯のあらましを初めて知ったとき、その図抜けた「つもりの科学」の発想に何十回となく動顛するほどに感動したものだ。それはまさに極上中の極上の「誂え」が生まれた瞬間なのである。のちに南部さんと、若い研究パートナーのデイヴィッド・ポリッツァーと座談会をする機会をもったのだが、そのときも抉られるように感動しっぱなしだった。このときの記録の一端は工作舎の『素粒子の宴』という一冊になっている。

ピーター・ヒッグスはこの南部の発想にもとづいて、ヒッグス粒子を予想した。ヒッグス粒子は宇宙当初にあてがわれた「つもり粒子」だったのである。それからずいぶんたって、ヒッグス、南部、ポリッツァーはノーベル賞を受賞した。遅すぎた。とくに南部さんに対する日本人の評価が遅すぎたとぼくは思っている。

宇宙は光とその光から生まれた物質でできている。光には質量がない。ということは、もし最初の宇宙がそのまま発展していたら、あらゆる基本物質（素粒子）は光速で飛びつづけることになり、質量がないままになっていた。しかし、そうはならなかったのである。ビッグバンから電話注文がきて、質量が誂えられたのだ。

今日の宇宙が誕生する以前、一番最初の「前宇宙」ともいうべきところは真空になっていて、そこにはなんらかの「宇宙の極小の粒々《つぶつぶ》」めいたものがうごめいていた。この極小の粒々は10のマイナス30乗メートルというプランクスケール級の超々極微なものなので、粒々たちはごく僅かに生まれてはすぐ消え、一瞬消えるとまた生まれるという極微痙攣的状態だった。「真空のゆらぎ」とも言われる。

真空状態がずっと続いていれば何もおこらなかったのだろうが、何かがおきて現在の宇宙がつくられてきたのだから、真空であったということは、そこに何もなかったのではなく、なんらかの「真空のクセ」が隠されていたということだ。

そういうクセをもった真空が、ある段階で仮りに「ヒッグスのゆらぎの海」とでもいうべきものになったとすると、その海に何かの粒々的な動向が僅かにおこり、それが超初期的な素粒子事情をもったにちがいない。この動向は真空からの抵抗力を受けただろうから、すぐに動きにくくなったはずである。動きにくくなったというのは、「動かない」というのではなく、「動きにくさ」にあたるつもり物質が出てきたということだ。

だとすれば、最初の粒々が「質量のかけら」をもったか、もしくはそこに「質量っぽさ」がくっついたということだ。これをヒッグス粒子とみなせば、ゆらぎの海のほうはそのカケラのような粒子の「借り先」にあたる。これをヒッグス場と呼ぶ。現実にそういう場があったというのではなく、そういう「つもり」を生み出す場のことだ。

ちなみに今日の宇宙物理学では、ヒッグス場にヒッグス粒子がうごいて、隠れていた真空のクセがかたちをなしていくことをヒッグス機構と呼んでいるのだが、「隠れていた真空のクセ」なんていうことも「つもり」と「ほんと」のまぜこぜ機構のことなのである。

質量とは「動かしにくさ」のことだ。現代物理学にあてはめてみると、二つの見方ができる。光のスピードから遅くなる量を示しているとみれば慣性質量（inertial mass）という見方になり、万有引力（重力）による重たさをあらわしているとみると重力質量（gravitational mass）という見方になる。この二つの見方による質量は、高い精度で一致しているとみなせるというのが、マッハが提唱してアインシュタインが相対性理論に導入した等価原理というものだった。

この原理からすると、宇宙が生まれてまもないころ、初期素粒子は光と同じスピードをもっていた。質量はゼロ。そのうち何かの理由で素粒子たちが動きにくくなり、質量めいたものが生じた。いいや、そのように動きにくくなったことを質量と呼ぶことにしたのだ。いいかえれば、どこかから質量を借りてきた。その「借り先」は真空だ。その受け渡しをしたのがヒッグス粒子だった。

こうしてヒッグス粒子が初期宇宙に対して、質量を貸与あるいは贈与したということになった。別の見方でいえば、真空のゆらぎに質量をもった物質が坐れる席がもうけられたのである。

この本は「世」についてのもので、「世」はどこかで「擬《もどき》」というしくみを内包したり、見せかけにしてきたのではないかということを綴ってきた。このことは科学にも適用されてよかったのである。しかし、これまでさんざん邪魔をされてきたのだが、科学の言葉と文化の言葉とはあまりにも相性が悪く、二つの領域をつなげて編集構成的に語ろうとすると、あのねえ、そんなことは実証できないのだからおやめなさいと言われてしまう。極端な邪魔は、文化は「つもり」だが、科学は「ほんと」ですからねと言わんばかりなのである。

それはおかしい。科学にだって「つもり」も「誂え」もある。ただし、そんな説明ばかり続けていると、ピーター・パンにお出ましいただくとか、南部陽一郎さんについての注目を喚起しておくとか、そういう配慮をしなくてはならなくなって、いささか疲れる。できればもっと科学と文化を一緒くたにできる話をしたいのだ。自然と社会を連動させて語っていたいのだ。

最近になって（といってもこの二〇～三〇年間ほどのことだが）、やっと二つの自然システムと社会システムをダイナミックにまたいでもかまわない見方が出てきた。「複雑系」（complex system）という見方だ。

自然と社会のシステムのそこかしこに隠れていながらも、その様相がつねにダイナミックな意外性を伴ってあらわれる進捗を掴むのに最もふさわしい見方は、その系を複雑系というふうに掴まえることである。複雑系はこみいっているということではない。「複雑さ」というものがある、ということだ。

複雑系の定義はいまだはっきりしていないが、とりあえずは次のように言える。相互に関連する複数の要因や現象が合わさって、その関係ぐあいによってその系になんらかの性質や挙動があらわれてくるとき、また、その性質や挙動が系を構成しているであろう個々の要因や部分の総和によっては説明できないとき、それは「複雑さ」が関与したからで、そのような「複雑さ」が関与している系そのものを複雑系というふうに呼ぶ、というふうに。

いろいろ特色がある。複雑系はつねに変化する。発生したときの初期条件やその後の僅かなちぐはぐに敏感に反応する。だから次の一手を予想させないという性質を見せる。数学的には非線形になり、その構造はたいてい輻湊的にネステッド（入れ子）になっている。そこにはたいてい正負いくつかのフィードバック・ループが含まれる。

複雑系の境界を決定することが難しいことにも特色がある。「そこ」が複雑系になっているかどうかは、観測者が「そこを見る」ことで生じてくるからだ。一言でいえば「隠されていたつもり」が隠然とあらわれてくるシステム、それが複雑系なのである。

ぼくは三〇年ほど前に、このような見方の一端を生物物理学の清水博とカオス論の津田一郎から叩き込まれた。イリヤ・プリゴジンの散逸構造論、ヘルマン・ハーケンのシナジェティクス、清水博による自己組織化理論と自律生成システム論の講義、マンフレート・アイゲンのハイパーサイクル理論、津田一郎自身が解説してくれたカオス理論、マトゥラナとヴァレラのオートポイエーシス理論、鈴木良次の神経の生物物理の解説、そのほか次から次へと複雑系をめぐる考え方を学習させてもらった。

合言葉はプリゴジンの“Order from Chaos”（混沌から秩序へ）だった。そんなこともあって、ぼくが生まれて初めて国際会議に参加したのも、三日間にわたる「複雑性をめぐる国際会議」というものになった。そのころの清水・津田ご両人からの薫陶、たいへんありがたかった。

いまや複雑系をめぐる科学はかなり多岐にわたっている。物理学・化学・生物学・経済学の最前線あるいは最深部に及んでいるし、システム論・進化論・ネットワーク論・パターン形成論・脳科学・コンピュータサイエンスなどをつなぐ研究開発の交差領域を急速に拡充させつつある。サンタフェ研究所がやたらに有名になったが、最近は複雑系専門の研究室はどこにでもある。

なぜこれほどに複雑系は蠱惑的なのか。複雑系は見方によってはどこか化物じみているし、どこか万能ぶっているようにも見える。よくいえばハイパーセオリーめいているのだが、複雑系の見方を自然史や世界史の見方に適用できるのかどうかは、まだまったく検証されていない。最近の人工知能ブームもやはり化物じみて万能ぶっているように見えるところがあるが、そんな感じがするときは気を許しすぎてもまずいのだ。まことしやかな複雑系の議論が眉唾のままになっていることだってありうるからだ。

そこで折にふれ、ぼくはぼくなりに複雑系の目でこれまでの目ぼしい古今東西のハイパーセオリーっぽい成果を問いなおしてみた。問いなおすというのは、編集工学的には言いなおしてみることだ。点検するのではない。批判するのでもない。思考のモジュールのいずれにも「乗り換え／着替え／持ち変え」をおこしてみることだ。

やがて見えてきたのは、次のことである。プラトンからスウェーデンボルグまで、屈原からゲーテまで、ボスコヴィッチからハイゼンベルクまで、ナーガールジュナ（龍樹）から三浦梅園まで、ヒルベルトからゲーデルまで、フランシス・クリックからロジャー・ペンローズまで、ラマチャンドランからチャーマーズまで、目ぼしいハイパーセオリーの提案者たちの多くは、内部的な気持ち悪さの解消をおおむね最深部の本質的動向のわかりにくさと外部との作用関係に求めていて、内と外とをちぐはぐなまま統合しようとはしていないということ、また、内部の気持ち悪さが変じて新たなものになっていくという見方を、ほとんどしてこなかったということだった。

　それに対して、複雑系はシステムの内部にも外部多様性を認めているし、複雑系にはシステム内外の近傍に系を変じる現象がひそむはずだという考え方を採りえていた。こういう考え方は過去の名だたるハイパーセオリーには、あるようで、なかったのである。


　多くの一般科学は「不変なもの」を通して「変わっていくこと」を記述できるようにする。ニュートンからダーウィンまで、マックスウェルからアインシュタインまで、そういうふうに仕事をまとめた。

　しかし複雑系では「不変なもの」とは関係なく、出来事が自律的に変わっていく。その自律的に変わっていくことを創発（emergence）がおこっていると見る。創発は、局所的な相互作用がある段階でそれまでの個別の要素のどんな合成からも予想がつかないふるまいを見せることをいう。

　このような特色を秘めたハイパーセオリーは、過去にはほとんどなかった。あるとしたら、それは宗教か、もしくは生命現象そのものだった。

　地球という熱力学系に生命というシステムが誕生したのは、宇宙の大エントロピーが放っておけば平衡系の宿命としての「でたらめ」に向かうのに対して、生命系ではそうならなかったからだ。非平衡な地球では生命が「負のエントロピー」を食べる系になることによって、「反でたらめ」すなわち「生命活動という秩序」を創発していけた。この創発的秩序をつくった張本人は、生命体が形成されるプロセスで高分子化されたヴィークルに乗る「情報」だった。情報はタンパク質の発現として創発をおこすものになった。

最も劇的だったのは遺伝子発現だ。発現のことを英語では“revelation”というが、これは「隠れたものがあらわれる」という意味である。暴露もすっぱ抜きも漏洩も発覚もレベレーションで、まさに遺伝情報の発現はそのようなレベレーションを見せつけた。

このようなことをあれこれ考えていくと、複雑系は情報の複雑さが何かの具合によってレベレーションしているあたりに最も顕著に見えてくることがわかる。しかしそれは、新たなものが見えてきたというよりも、何かの潜在や潜勢があらわれてきたということである。おおもとの面影が動き出したということなのだ。

発現や創発は偶発なのではない。偶発的に見えたとしても、そこには「隠れたもの」が内在していたわけだから、創発には偶発性ではなくて「偶有性」ともいうべきものがひそんでいたことになる。この情報的偶有性のことを、この用語がとても重要なのだが、ぼくはある時期からもっぱら「コンティンジェンシー」（contingency）として理解してきた。

コンティンジェンシーという言葉は、そこに含まれている意味がとてつもなく重要なわりには、いささかわかりにくい。語源はラテン語の動詞"continger"である。「互いに触れあう」「同時に重なる」という意味をもつ。お互いに(con)接触(tingence)しあっているところ、相互に共接しあっているものという意味になる。だから訳せば、偶発性ではなくて偶有性なのだ。

哲学的にはボエティウスが『哲学の慰み』のなかで、偶有性としてのコンティンジェンシーをアリストテレスの"endechomenon"(他のようにもありうる)として定義した。「他のようにもありうる」はオルタナティブということではない。「そこ」の中に他様な発現性があるということだ。ただボエティウスの解釈は形式的すぎた。わかりやすくは次のように考えればいい。

何かの事件や事故がおこったとき、「まさかこんなことがおこるとは思わなかった」というふうに、多くの者が感じる。たいていはそう感じるといってもいいだろう。しかし、「まさか」と思うか「いつかそうなると思っていた」と感じるかのちがいはあるだろうものの、事件や事故はおこったわけだから、そこには何かが先行していたはずなのである。一般的にはここで原因の究明にのりだすのだが、たいていの原因は複合的で多因的だろう。こうしたとき、この一連の出来事やシステムには「もともとなんらかのコンティンジェンシーが偶有されていた」というふうに見る。これがコンティンジェントな見方というものだ。

見えなかった原因が見えてきたというのではない。ある結果に対してある原因が見つかったというのでもない。他様な発現をきっかけに、それらの因果を含めた「別様の可能性」が認められたのだ。そういうとき、その対象や現象やシステムには、共接的なコンティンジェンシーがひそんでいたというふうに見る。

つまりコンティンジェンシーとは、「そこ」に含まれていただろう「別様の可能性」のすべてというものなのだ。事件や事故はその「別様の可能性」の中から、何かのはずみで何かが涌出した。レベレーションしたのだ。とはいえ、いつもそういう事件と事故がおこるとはかぎらないから、そこはそもそもがコンティンジェントなのだ。

だからコンティンジェンシーには、古代ギリシア哲学や諸子百家このかた議論されてきた「偶然の本質」や「偶発の可能性」がもちろん含まれる。キリスト教や神学では、当時は「運命」などと呼ばれていたコンティンジェンシーも議論されてきた。運命は〝chance〟でもあるが、実はコンティンジェンシーのこと、すなわち「別様の可能性」のことなのである。

もっとも、こういう議論だけではコンティンジェンシーの重要性は十分に語れない。コンティンジェンシーはもっともっと可能態に満ちている。それゆえ、あらかじめコンティンジェンシーに気がつけば、そこから新たな創発的な筋書きさえ組み立てられる。

コンティンジェンシーを思想的に重視したのは、社会学者のニクラス・ルーマン、科学哲学者のクラウス・マインツァー、分析哲学のリチャード・ローティ、そして科学哲学のミシェル・セールやカンタン・メイヤスーたちだった。

ルーマンは社会がすこぶる複雑なシステムであって、そのシステムの特徴は「意味」と「信頼」と「価値」によって構成されているとみなしていた。最初のうち、そのような特色はシステムのオートポイエーシス（自律的生成力）が生み出してくるとみなされた。しかしながら、多くのシステムはしばしばゆきづまったり、破綻したり、事故をおこしている。そのことを考えると、システムそのものに「リスク」ないしは「リスクの種」が内在していると考えざるをえないというふうになってきた。

システムがリスクを内蔵しているのだとすれば、元来のシステムはそもそもコンティンジェントにできあがってきたとも言える。リスクは発現することもあれば、潜在したままになっていることもある。リスクは「もと」の中や「もと」との相互関係の前後左右に控えていたものだった。リスクはそういう「隠れもの」である。ルーマンはそういうシステムの発現可能性については、きっと「ダブル・コンティンジェンシー」として捉えるしかないだろうと見た。この用語はタルコット・パーソンズが提案した。ダブルという言い方がわかりにくいが、宇宙の最初の粒々のように出たり入ったりするのだと見ればいいだろう。

マインツァーは『複雑系思考』のときはそうでもなかったが、『複雑系から創造的偶然へ』ではコンティンジェンシーによって科学哲学史を語りなおせるのではないかという試みを提起した。とくにわれわれがカイロスという時間の開展によって物事を見るようになっているときは、そこにはなんらかのコンティンジェンシーがかかわっているとみなせる科学哲学が作用してきたと説いた。

ただ、そういう科学哲学がどういうものなのかは、提示できなかった。

新プラグマティズムを提起したローティは、『偶然性・アイロニー・連帯』などのなかで、システムとコミュニケーションの両方を相手どって、コンティンジェンシーを「生起の本質」というふうに捉えた。これは「生起」や「発現」こそが「別様の可能性」の中からおこってくるという見方の提案だった。ぼくはこの見方に勇気をもらったが、ローティの推理はさらに大胆なところに向かっていった。自己の本質や言語の本質や意味の本質もコンティンジェントにできているとみなしたのだ。自己も言語も意味もダブル・コンティンジェントじゃないか、さらには多重的な別様の可能性でできているじゃないかと指摘したのだ。

ローティが自己・言語・意味に多重のコンティンジェンシーを認めようとしたのは、ローティの提起するリベラル・ユートピアが自己や言語を生起する発生現場の様相そのものにあることを示唆していた。自己・言語・意味の本体がコンティンジェントなのだろうという示唆だ。

ミシェル・セールがどのようにコンティンジェンシーを捉えていたかということについては、ロラン・バルトに戻って説明したほうがいいように思う。

バルトに『偶景《アンシダン》』(Incidents) というテクストがある。アンシダンを「偶景」としたのは沢崎浩平の妙訳だが、フランス語のアンシダンは英語のインシデント (incident) にあたるもので、アクシデント (accident) が突破的あるいは偶発的におこった出来事や事件であるのに対して、ごく些細におこった出来事のことをいう。落葉がひらひらと落ちてきたり、水の流れや音に変化が生じるようなこと、それがインシデントなのである。

バルトは日本に来て、俳句を知って『偶景』を書いた。これで暗示されるように、世の中にはアクシデンタルに記述できることとともに、インシデンタルに表象されるべきものも、けっこうあるはずなのである。歴史というものはさまざまな外的アクシデントに原因・推移・結果をつなげて記述する。けれども多くの心象では、原因・推移・結果が截然としないままにインシデントに出入りする。そこでは偶然と必然が入りまじる。この偶然でも必然でもない偶有感覚をコンタンジャンス(contingence)というふうに捉えたのが、ミシェル・セールだった。

セールは『五感』などのなかで、コンタンジャンスを皮膚感覚で捉まえた。皮膚はわれわれの人体としては内部を覆っている被覆体であるが、その機能には殺傷的な強いアクシデントに反応するものも、わずかな風のそよぎに反応する弱いインシデントなものもある。皮膚は外部であって内部であり、内と外を共接触させている界域なのだ。セールはこのような皮膚感覚の両義性にこそコンタンジャンスが偶有されているとみなし、そうだとしたらわれわれの存在は外界（環境）とまじりあっている混合体の一部である偶有体《コンティンジェンシー》にほかならないと考えたのだった。

ちなみに、このようなセールの考え方を日本で最も早くに理解して、数々のコンティンジェントな感覚を表明していったのは、いまはしばしば奄美で三線《さんしん》を奏でる文化人類学の今福龍太だった。今福の『薄墨色の文法』には最も良質な「別様の可能性」が言及されている。

メイヤスーについてはふれる余裕がなかったが、その思弁的実在論（speculative realism）は偶然性でしか必然性があらわせないという、究極のコンティンジェント仮説にまで至ろうとしているようで、歓《たの》しみである。

バリーがピーター・パンに託して描いたことからバルトやセールがインシデントなコンティンジェンシーに託したものまで、ざっと示してみた。

ぼくが綴っておきたかったのは、「つもり」と「ほんと」は区別がつきにくいこと、科学にも「仮りもの」や「借り先」があること、ときには「世」を非線形な複雑系として捉えること、その複雑系にはしばしば創発がおこること、システムとコミュニケーションには「もと」というものがあって、そこにコンティンジェントな出入りがあることを認めること、これらは、ぼくがこれまでの仕事と人生のなかで長らくめざしてきたこととほぼ同じだったということだ。

他方において、これらの見方を重視することと日本文化の本来を「擬《もどき》」として解こうとする見方とは、かなり重なっているとも示しておいた。「擬」は科学にも文化にも要請されてよい共通の変換モデルなのである。そうであるなら、これからは世界も世間も最初の最初から複雑系と見たほうがいいはずだ。そのほうが覚悟がつく。

かくして二一世紀の思想的方法は「ほんと」と「つもり」のあいだを行ったり来たりするリバースエンジニアリングを武器とするのがいいだろうと思う。そこにはまた、千葉雅也に『別のしかたで』という著書があったけれど、新たな哲学の行方にもコンティンジェントな別様力を求めてもいいだろうと思う。

ひるがえって、編集の仕事はどんなプロジェクトの中でも模倣や見立てをとりこんで、どんどんモドキをつくっていくことなのである。ぼくはかつて『知の編集工学』（朝日文庫）のなかで、そういうふうに編集モドキになっているものには、すこぶる edit real な「エディトリアリティ」があるはずだと訴えていた。いまは、はやくも懐かしい。

第二十綴……マレビトむすび

いとうせいこうとユースケ・サンタマリアが二人司会をしていたTBS『オトナの！』の最終回は、ぼくがゲストだった。番組のおわり近く、二人が「松岡さんにとってオトナって何ですか。どういうオトナが本物のオトナですか」と訊く。毎回、同じことをゲストに訊いているようだ。ぼくの前の回やその前の回では佐野元春や宮本亜門や矢野顕子や安野光雅が答えたらしい。どう答えたかは知らない。

ぼくは一拍おいて「うーん、マレビトになることかな」と答えた。ユースケが「マレビト？　それってなンすか？」と返してきた。「稀な人になることだね」。「えっ、稀っすか？」。いとう君は微笑していた。ユースケには「例外者になること」と言っておいた。とても素直なユースケは「おお

ー っ、例外者！」と応じた。

十八綴でふれておいたように、マレビトは折口信夫が日本の客神に名付けた総称だが、平たくいえば「ときどきやってくるストレンジャー」のことだ。神さまならば常在していない神である。どこかからかやってきて、どこかに帰っていく。だから遍在しているともいえる。来訪神とも遊神ともいえる。「翁《おきな》」も、沖縄のニライカナイからやってくる神も、マレビトの一種だろう。

マレビトはふだんは見慣れない。見慣れないのはその扮装でもあるし、その挙動でもある。だかららマレビトは変に見える。変に見えるだけでなく、その共同体の生活者や仕事人たちがふだん見慣れていることとは違ったことをする。世に対して変わった見方もする。変わった見方をするから、まわりからは変人扱いされる。長靴猫や「ぼくの伯父さん」なのである。

日本ではマレビトの来訪とともに春が告げられ、さまざまな祝いや祭りがおこなわれる。変わった者にしかできないことだ。このとき、その村や共同体にムスビがおこる。ムスビは結びである。何かがあらためて結ばれる。そうすることで、みんながあらたまる。

もともとはムスビは「ムス・ヒ」だった。ヒは魂や霊の力のことで、ムスは産出するという意味だから、ヒを産出させるかのようにその場に何かを漲らせることがムスビだ。そうすると、いくばくかの稜威《いつ》が発するわけである。

たいていはムスビのしるしとしては「そこ」に結界を定め、その結界の中央の依代《よりしろ》や四隅の榊に注連縄《しめなわ》や幣《みてぐら》を結んで、神籬《ひもろぎ》をしつらえた。そういうムスビは漢字をあてはめると、「産霊」というふうになる。半村良に『産霊山秘録《むすびのやまひろく》』という傑作伝奇小説があったものだが、あの話はムス・ヒのヒをプロフェッショナルに扱う「ヒの一族」が時空を超えて日本の危機を救うべく各所を結界していくという筋書きになっていた。

ムスビという行為は無意識に生まれていくものではない。そこにたまたまマレビトがやってきたから、それをきっかけに共同体がしたくなったきわきわの行為だ。世界や世間の構成要素の点検がおわったから、そこに生活をするメンバーの統計処理がおわったから、結論や結着をつけたいというのではない。ムスビは共同体にとっては、何かのなりゆきの結節を示す産出景色の中での、きわきわの結像をあらわしたものだ。面影を結んで、次の世に伝えるためのものだ。

すでにこうしたムスビの姿は、さまざまな行事や祭りや意匠や扮装に大胆な結び目としてあらわれてきた。正月の鏡餅、神木《しんぼく》に巻き付く標飾《しめかざり》、満月の下での綱引き、象徴的な髷、日本酒の一斗樽の化粧、横綱の土俵入り、花魁《おいらん》や芸者の帯結び、数々の水引、贈答品を包んだ風呂敷の結びなどなどだ。いずれも何かの決定的な祝い結びになっている。きわきわになっている。ぼくはこういうものを見るのが、ずうっと好きだった。

ここまで「世」について気になることを「あべ」と「こべ」を行き来しながら綴ってきた。「かわる」と「がわる」のあいだに着目し、「ちぐ」と「はぐ」とが衝突にならない可能性を追ってきた。「あ」と「こ」、「か」と「が」、「ち」と「は」と昵懇《じっこん》にしてきた。何が気になってこんなふうに綴ってきたのか。

ぼくはいったん世界と世間を分けたのである。分かれるべきだと思ってきたからではない。ローカルな世間に、グローバルな世界をめぐる思考と制度の成果が押し付けられ、捺印されすぎていると感じてきたので、いったんこれを別々に見たほうがいいと思ったのだ。

このやりかたはすでに漱石が試みたことだったが、漱石は世界を記述する科学の方法についてはほったらかしにした。ぼくはその両方ともを相手にしたほうがいいと思うほうだったので、科学的な合理をめぐる議論にも、そんなことはどうでもいいような議論にも、普遍はどこかにもありうるよと嘯くことにした。これが「抱いて普遍／放して普遍」という見方のスタートだった。

そうしてみると、いろいろ意外なことが語られるべき可能的な産出景色として見えてきた。とくに彼辺《あべ》と此辺《こべ》、鎮具《ちぐ》と破具《はぐ》が分断をこえて一緒に語っていいものになっていった。なぜ一緒《コンティンジェント》に語ったほうがいいのかといえば、そのほうが編集的に重視したい「面影」をその場に去来させることができるからだ。「きのふの空のありどころ」を示せるからだ。

面影は温存できるわけでもないし、持続できるわけでもない。面影はおぼつかない。だからこそその表象を前後左右に去来できる方法が必要になる。ディマケーションもしたい。また、面影には「あらはるるもの」もあるけれど、「かくるるもの」もある。その両方で面影なのである。量子力学者のボームはそのような面影を明在系と暗在系に分け、そこに「ほんと」と「つもり」のフィジカルイメージが拮抗してきたことを説いた。慈円や宣長はそれを「顕」と「冥」に分け、それを表現するには「ただの詞」と「あやの詞」を使い分けたほうがいいと提案した。のちに「顕」が天皇の歴史に、「冥」が出雲の歴史に振り分けられた。

ぼくは振り分けだけでは不満だった。「かわる」と「がわる」が入れ替わり立ち代わってほしかった。交りあいやインタースコアがおこってほしい。振り分けると次々に分類や区分けがおこっていって、それらのユニットどうしが勝ち負けを競うようになりすぎるのだ。

勝ち負けを競うようになると、みんなが予想に熱心になる。ボラティリティ（変動性）に対して過敏になりすぎる。それでもたんに日常の出来事を予想しあっているならまだしもかわいらしいけれど、そのうち生産力や金融力の当たり外れを自慢する。それには予想の力をつける必要があり、予想の力をつけるには標準と統計を設けたくなって、ここにグローバル・スタンダードのためのデファクト・ゲームが過剰になっていく。

こうなると、うんざりだ。スーザン・ストレンジのマッドマネー資本主義が多忙をきわめ、新自由主義経済の太鼓を叩いたミルトン・フリードマンや竹中平蔵を名指しで非難したくなる。

一九八〇年前後から、ぼくはグローバリズムにはからっきし関心がなかった。第十四綴にも書いたように、同時通訳のグループを十年ほど預かっていたので、グローバル・コミュニケーションや多言語文化にはそれなりの関心をもち、多少の努力もしたつもりだが、どこかで諦めた。そのうち「小さなこと」や「少なめ」のほうが大きく感じられたり、かえって「足りなさ」の自覚のほうが豊かに感じることに積極的な関心をもつようになった。

グローバリズムに代わって気になってきたのが、借りたり貰ったりすることだった。ただし、貸すのは利子までとれるけれど（シャイロックのようでないかぎり）、借りるのはニュートラルにはおわらない。元金も返さなければならないし、利子はたまっていく。とはいえ、物持ちが物持たずに何かを無償で配るなどということは、鼠小僧のような義賊でもいないかぎりはなかなかおこらない。物持たずが物持ちに何かをねだって成功するということも、めったにおこらない。

それなら、ねだらずに奪取するか、物持ちの立場を既存の位置から引きずりおろすかということになるのだが、これは一揆をおこすか、盗賊集団になるか、プロレタリアート革命をおこすか、テロリズムに走るしかなくて、これまたなかなかうまくはいかない。孟子の湯武放伐論や陽明学や国体論は、あまりにも危なっかしいものになっている。それならせめてアナーキーになろうということで、バクーニンの『神と国家』や大杉栄の『生の闘争』や白土三平の『カムイ伝』はそこを攻めた。けれどもこれでは多くを自暴自棄にもしてしまう。

こうしたいっさいの不埒なやりかたをことごとく取り締まれるようにして、世界を席巻していったのが資本主義というものだった。そのしくみは明快だ。物を余るように生産しておいて（そうでないときは貨幣をだぶつかせ）、これを市場を通してリーズナブルな（とおぼしい）価格で捌きあい、物持ちと物持たずの非対称なバランスを生んでいく。ただこれだけだ。上場企業はＲＯＥ（株主資本利益率）に走るだけ、あとは政府が裕福と貧乏の差を別途少なくしていけばいい。

そういうことではあるのだが、ところがこれで万事がめでたしとなることなど、ほとんどおこってこなかった。なぜなのか。ぼくは多少の不埒をのこさなかったからだと断言したい。

世の中には、誰かに何かを借りていた、誰かに何かを貰っている、誰かに何かを負っている、どこかに助けてもらっていると感じることはけっこう多い。そこに恩恵を感じることも少なくない。親の恩や師弟関係も、ギリとニンジョーも、そういうものだろう。

世の中にはどこかに、このような「あてどもない授けもの」や「授かりもの」を感じていると思えることが行き交っているはずなのだ。どう見たって借りものや授かりもののほうが多いはずなのだ。経済学的には贈与の交換ともいうべきもののようなことが、大局的にはゆっくり進行しているはずなのだ。それを最も雄弁に語るのは、巨視的には自然の恵みがないかぎり人類全体がまったく立ち行かないということだ。メアリー・ノートンや宮崎駿やナタリー・サルトゥ＝ラジュが示したことである。

ということは、貸し借りという出来事にはＰＬ（損益計算書）やＢＳ（貸借対照表）では説明がつかないような、資本主義の合理で済まそうとしても片付かないような、そんな変ちくりんなやりとりがおこっていて、それがさまざまに変じて哲学や宗教や文学や音楽に、先生や看護師やボランティアになってきたということなのだ。

この本では、こうしたことをできるだけ童話や説話に例を求めて綴るようにしてみた。その一方で、ぼくはこうした貸し借りには「横取り」や「乗っ取り」も同時におこっていて、それらがまぜこぜになって「模倣」や「お裾分け」の文化をかたちづくってきたとも綴ってみた。また、これらのアンビバレントなことは社会史以前の生命史にそもそもが発していたことを、RNAワールドやミトコンドリアを例にして綴っておいた。

なぜこんなふうな綴り方にしたのかといえば、世の中のどんな結び目《ネクサス》にも「正」の出来事と「負」の出来事が同時に、かつ他様性とも混ざっておこってきたからだ。しかもその結び目《ネクサス》の「もと」や、その「もと」の「おおもと」には、ヒッグス機構のような自発的な非対称性の可能態がひそんでいたからだ。そういうことをさすがに一挙同時には綴れないから（ハイパーテクストやアシルテクストでも難しいだろうから）、「かわる」と「がわる」のあいだに鎮具や破具をさしこんで、このような一冊を綴ってみた。できれば、これらの行間にいくつものコンティンジェンシーが胚胎していたと願いたい。

それにしても、世の中にはよくぞ風変わりな物語がいろいろのこされてきたものだと思う。それらは本書で示してきたように、たいてい矛盾や葛藤を孕《はら》んでいた。にわかに理解できない話も少なくない。それにもかかわらず昔話や童話はその「ちぐはぐ」を解消しないように、起承転結をのこしてきた。そうだとすれば、そこにこそ「世」の本質が情報保存されてきたはずなのである。

こうした物語の根底にあるのはヨブやタンタロスやアメノワカヒコなどの神話群である。その次にはレベッカや阿闍世にまつわる信仰説話があって、そこへアーリア主義や湯武放伐問題や国体主義などの、民族物語や国家物語が容赦なくかぶさったのであろう。

けれどももちろん、それだけでは足りなかった。だから、シェイクスピアの物語、妹山と背山の交換悲劇、キツネと星の王子さまの「なつく」物語、ピーター・パンの「ほんと」の「つもり」の合体などが登場してきた。むろん、これだけでもまだ足りない。本書では例示をしなかったけれど、これらを承けてカフカや太宰が、セリーヌやボルヘスや安部公房が、フェリーニやタルコフスキーや寺山修司が、「ちぐはぐ」と「あべこべ」を新たな物語に寓意させてきた。ここにはさらに、バラードやディックのSF、塚本邦雄やエーコの言語観、バルテュスやカバコフのアート、八木一夫や楽吉左衛門の陶芸、ウエストウッドや耀司のファッションなどが連なった。こうしたものたち、いずれも「擬《もどき》」の表象だったはずである。

その後もこれらの提示は続いている。ぼくはその試みの多くがポップカルチャーやサブカルチャーに浸透していったことをけっこう歓《よろこ》んでいる。とくに日本がめざましい。落語家たちの語り、萩尾望都・大友克洋・吉田戦車らのマンガ、ラーメン戦争、井上陽水・桑田佳祐・椎名林檎らに起爆したポップソング、数々のゲームクリエイターたちの発想、宮藤官九郎や猪子寿之に及んだ若手映像、極上の和食や唸るような生活用品をつくりだした連中、コスプレ・ブーム……。いろいろだ。

これらに共通しているのは、表象された物語性の中に多様な擬態がコンティンジェントに併存しているということである。一見ちぐはぐなのに、コンティンジェントなのだ。これらからは別様の可能性がいくつもやってくる。そのくせ、どの凧《いかのぼり》をとっても、そこから「ありどころ」という面影が見えてくる。それぞれが例外者《マレビト》であろうとしているからである。ぼくが嬉しいのはそこなのだ。こういうことがもう少し続行していくのなら、世の中はまんざら付きあいにくいものでもなくなっていく。

しかし、そうなるにはやっぱりどうしても譲れない条件がある。それは、「世」という本質の大半が首尾一貫しなくともかまわない「擬《もどき》」でできているということを、そろそろ歴史の大前提だと言いきってしまうことである。このこと、科学者やミュージシャン、思想者やアーティストにも、託したい。

別様のあとがき

この本は少し変わっている。ちぐはぐなこと、ノイジーな現象、辻褄があわない言動、公認されてこなかった仮説、残念至極な出来事、模倣や真似をする癖、おぼつかない面影を追う気持ち、借りてばかりの生活などの肩をもっているからだ。

脱落や反逆を奨めているのではない。矛盾や犯罪を擁護したのではない。判断が合理と非合理に分けられすぎること、世の中の方針が正解に向かおうとして撞着を排除しようとすること、そのために平均値や標準化が社会的な力をもちすぎてきたことに、疑問を呈したのだ。

ぼくの関心はずっと以前から、思考というものはゆらゆらとゆらぎつつ、目標に向かって逸れながらしか進めないだろうということにあった。これは思考の「もと」を合理に還元しても詮ないことだろうということを告げる。「ほんと」と「つもり」は截然と分けられないことを訴える。行動も同様だ。コミュニケーション行為の長短優劣はお互いさまで、編集的相互作用以外のなにものも含んでいない。それゆえぼくは、長らく首尾一貫を誇る建前や立場を疑ってきた。

こういう不埒で奇矯な見方からすると、たとえば保守と革新を分けること、世の中を勝ち組と負け組にみなすこと、良識派と反社会勢力を区別すること、組織コンプライアンスに時間をかけるなどというのは、ほとんど説得力も魅力も感じない操作だということになる。

こんなことを標榜しているようでは、きっと大向こうからの誇りを受けるだろうことまちがいないが、けれどもそういうことをあえて綴っておきたかった。

綴るにあたっては、三つのことを念頭においた。大念頭、中念頭、小念頭がある。

大きくは、多様性や複雑性を掬《すく》うということだ。その最も如実な例は、生命情報のしくみのいっさい、神話や宗教や昔話や童話の成り立ち、言語の葛藤をかかえこんだ文芸作品、創発の仮想現場を示す科学思考、弾丸のように突出してきたアートやポップカルチャーなどにある。これを端的にいえば、大事なことは細胞内外におこっている活動か、表象か作品か数学の方程式か、もしくはメディアの片隅や意外なファッションに見いだせるとみなすということだ。

中くらいには、世の中の仕事をもっとまぜこぜにして評価したほうがいいと言い聞かせた。まぜこぜの最も興味深い例は、世界各国の料理、祭りの構成と次第、寺田寅彦やシオランやレヴィナスのエッセイ、感情の発露とストレスの関係、エックスジェンダーやトランスジェンダーの動向、混乱するネットコミュニティ、個性豊かな演奏力・演技力・歌唱力などに認められるが、満を持した映画やアニメやテレビ番組の制作プロセスにもこれらのことが結実することも少なくない。だから文中にしばしばアーティストやクリエイターの名を入れた。

細かくは、一言でいえば「職人の技」と「物知識《シング・ナレッジ》」に相当の価値を認めるということだ。ここには農家の作物づくりから兵器の開発技術まで、蕪村の俳諧や半泥子の茶碗からサディ・カルノーの熱力学装置まで、蒔絵や左官の仕事ぶりから測定機器の発明や試料の発見まで、日用品の工夫からICTの組み合わせ技法まで、さまざまなものが入る。その基本にあるのは「言ひおほせて何かある」と「高くこころを悟りて俗に帰るべし」ということだ。

これらを念頭に二十綴《てつ》を組み立て、世の中を「擬《もどき》」あるいは「別様の可能性《コンティンジェンシー》」として捉えなおしたいということを綴った。文章の素材にしたのは「千夜千冊」である。ざっと六〇夜くらいをモンタージュした。そこに好んで、神話・童話・仏教説話・歌舞伎・文芸・映画・アニメなどの典型ミュトスをあしらってコラージュした。ぼくなりの編集作法だ。タイトルがなぜ「擬」なのか、なぜ「世」を相手にしたのか、なぜ「別様の可能性」なのかについては、本文にいろいろなアンカーを打っておいたのでおよそはわかってもらえただろうが、念のため、もう一言加えておく。

ぼくが考えている「擬」という見方は、ボードリヤールのシミュラークルではないし、従来のシステムに代わるアナザーシステムでもない。本物があって擬物があるのではなく、「ほんと」と「つもり」がまじった状態でしか世界や世間は捉えられないという見方だ。すべては内属しつつ外包されているからだ。

擬制や擬物というまがいものを褒めようというのではない。モドキはイコンからロボットまで、怪物からコスプレまで、方法と意識の副産物としてとても大事なものたちではあるが、そのような副産物が生まれてきたのも、「ほんと」と「つもり」のあいだでまじりっけをいかした「擬く」という方法が動いたからなのだ。

そもそもたいていの現象や事態にはシステミック・リスクや冗長度が含まれる。現象や事態の奥を探ろうとしても、このリスクやゆらぎやノイズは排除できない。それらは「そこ」に向かうにつれて発現してくるからだ。そこでやむなく要素に分解するか、確率分布によって統計的処理をするのだが、これではまじりっけを捨象してしまう。近似を求めるには修正が必要になるか、平均値や標準値を世の中にばらまくことになる。これはつまらない。

それよりも、そのようなリスクやゆらぎが見えてくるということが、その現象や事態を成り立たせてきた「そこ」の別様な可能性であるだろうと見たほうがいい。その「そこ」にはコンティンジェントな発現可能性がひそんでいた。

しかし、このコンティンジェントな発現可能性は「そこ」の本質や本体なのではない。「そこ」を覗こうとするとあらわれてくる（あらわされてくる、あるいは偶発してくる）ものだ。ぼくが注目するコンティンジェンシーとは、そのような偶然性（偶有性）や自体歪曲性や異質融合性を孕《はら》んでいる。そのため既存の哲学や科学では「もと」を取り出せなかったのだし、「何か」に到達することもなく、これまではヌースとかダールマとか稜威《いつ》としか呼ぶしかなかった。あるいはカントのように考えるしかなかったのである。

本質に何かを還元して「そこ」のまるごとを求めるのはよしたほうがいい。それよりも「そこ」は「擬かれたもの」としてしか見えてこないとあきらめたほうがいい。システムに向かうことの全容とプロセスそのものがちぐはぐに「擬かれている」わけなのだ。

本質に向かいたいのに別様なものしか出てこないなんて、こんなことでいいのかと訝る向きもあるだろうが、ぼくはそれでこそよろしいと思ってきた。いや、そうでしかないだろうと確信してきた。この見方は、いまのところ哲学でも科学でも未熟な試みにしかなっていないけれど、そのうち誰かがブレークスルーを発見するだろうと思う。それまでは文学やアートやマンガやジャンクな商品にコンティンジェントな可能性が充ちていることを話題にしていてほしい。

この本ではもうひとつ、暗示的に強調したいことがあった。それは、このようなコンティンジェントに「擬く」という見方は、本居宣長や折口信夫や石川淳が暗示した「日本という方法」に近いものだろうということだ。

日本は長らく「面影」を追うための方法として、技法的なコンティンジェント・メソッドを磨いてきた。そこから連歌や茶の湯や能や歌舞伎や俳諧がつくられた。また、数寄屋や三味線音楽や和菓子や数々のプロダクトデザインが工夫されてきた。冒頭の第二綴に蕪村の「凧《いかのぼり》きのふの空のありどころ」という句をあげておいたのは、これらの方法のおもしろさを暗示するためだ。ただこのようなことについては、すでに『日本流』『日本数寄』『日本という方法』『山水思想』などで何度かふれてきたことでもあるので、本書では詳しくは説明しなかった。

肺癌の告知をうけた数日後、この本を綴ろうと決めたことについては、文中にあきらかにしておいた。そのためあれこれの紆余曲折があり、春秋社の佐藤清靖さんを待たせることになった。お詫びしたい。

本書の中身には多くの先達や友人からの借りものがいっぱいである。出典をあきらかにしなかったところも多いが、勘弁していただきたい。松岡正剛事務所、編集工学研究所の諸君、イシス編集学校の師範代や学衆の諸姉諸兄からもいろいろな支援をもらった。ぼくの人生は、まだまだ借りが続くのである。

二〇一七年八月十五日

松岡正剛

松岡正剛 まつおか・せいごう Matsuoka Seigow

1944年、京都生まれ。オブジェマガジン「遊」編集長、東京大学客員教授、帝塚山学院大学教授などを経て、現在、編集工学研究所所長、イシス編集学校校長。情報文化と情報技術をつなぐ研究開発に多数かかわるとともに、編集的世界観にもとづく日本文化研究に従事。おもな著書に『空海の夢』『知の編集工学』『ルナティックス』『フラジャイル』『遊学』『日本数寄』『日本流』『17歳のための世界と日本の見方』『連塾・方法日本』『国家と「私」の行方』『白川静』『3・11を読む』『にほんとニッポン』ほか多数。編集構成に『全宇宙誌』『アート・ジャパネスク』『色っぽい人々』『情報の歴史』『松丸本舗主義』『インタースコア』など。2000年に開始したブックナビゲーションサイト「千夜千冊」は2017年9月現在1640夜を突破。

（http://1000ya.isis.ne.jp/）

擬 MODOKI「世」あるいは別様の可能性

2017年 9 月20日　第1刷発行
2017年12月25日　第3刷発行

著　者　松岡正剛

発行者　澤畑吉和

発行所　株式会社 春秋社
〒101-0021東京都千代田区外神田2-18-6
電話 03-3255-9611
振替 00180-6-24861
http://www.shunjusha.co.jp/
印刷製本　萩原印刷株式会社

装幀＋本文設計　芦澤泰偉

ISBN 978-4-393-33354-9
定価はカバー等に表示してあります